講談社文庫

新装版
# 顔十郎罷り通る(上)

柴田錬三郎



講談社

目次

# 顔十郎罷《まか》り通る

(上)

# 行列橋

## 一

　おそろしく長い顔であった。頤《あご》が、岬のように突出しているので、愈々《いよいよ》長く見える。もうひとつの特徴は、その中央に盛りあがった巨大な鼻であった。べつだん団子をくっつけたように、大あぐらをかいている不細工なしろものではない。鼻それ自身としては見事な恰好をしているのだが、他の造作と均衡がとれていない巨大さなのである。

　造化の神は、おそらく、やりそこなって、特大の長顔をつくってしまったので、あわてて、せめてそれにふさわしい高い鼻をくっつけてみたに相違ない。

　いずれにしても、一瞥《いちべつ》しただけで、生涯忘れられない顔であることは、まちがいなかった。

背丈もまたひどくひょろ高く思われるが、六尺をこえているほどでもない。素浪人らしく痩せぎすで、肩がとがって、栄養にめぐまれぬ骨格だからである。なりもみすぼらしい。着流しの黒羽二重《くろはぶたえ》は、幾年も前から、着たきりであろう、よごれもひどく、つぎもあたっている。

刀は一本だけ、顔や背丈との調和を考慮したわけではあるまいが、三尺二、三寸あろう、大変長いのを帯びている。

ふところ手で、のそのそと歩く姿は、飄々乎《ひょうひょうこ》として、浮世ばなれした気色を漂わせる。

京都粟田口《あわたぐち》から山科《やましな》へ抜ける坂路をのぼって、日岡峠の休み茶屋へ、ふらりと入った。

茶屋のおやじが、

「あ——旦那様！」

と、目を瞠《みは》った。

「今朝がた、貴方様を追うて、三騎ばかり、おさむらいが、山科へむかってお行きになりましたぞ」

うなずいただけで、落間《おちま》の床几《しょうぎ》に腰かけると、両手をのばして、大きく背のびした。

おやじは、この峠に茶店を出して、もう二十年になるが、こんな変った人間に出会《でくわ》
したのは、はじめてである。

ちょうど一年前に、西からやって来て、この茶屋に入ると、おやじの顔を眺めて、
すぐ、

「お前は、生れてまだ一度も、嘘をついたことがないような顔をして居るな」

と云った。

「さあ、一度や二度は、ついたかもしれませぬ」

「いや、お前は、天下一の正直者とみた」

「正直の上に、馬鹿がつきます」

「その馬鹿正直を見こんで、ひとつ、たのもうか」

ふところから、縞財布をとり出すと、おやじのてのひらにのせた。

おやじは、その重さに、あやうく、とり落とすところであった。

「こ、これア！」

あっけにとられたおやじに、明るく笑って、

「二百両ある。あずかっておいてくれ」

そう云ったのである。

「見も知らぬてまえに、こんな大金を、おあずけになって、なんの心配もなさいませぬのか？」

「わしは、だから、人相を観る。いまだ嘗《かつ》て、わしの目は狂ったことがない。たのむ」

まことに、あっさりしたものであった。

去りがけに、姓名をきかれて、

「顔十郎《かおじゅうろう》、とでもおぼえておいてくれ。本名はほかにあるが、どこへ行っても、こう称《よ》んでくれるので、めんどうだから、自分でも、そう名のることにして居る」

と、こたえたことだった。

それから一年間、一度も、姿をあらわさなかったのである。

それが、今朝——陽がさしそめた頃あい、せわしく坂をかけのぼって来た騎馬が三騎あって、ひらいたばかりの店の前で、たづなをひくと、

「おやじ！　ここを、大層顔の長い、鼻の特大の浪人者が通らなんだか？」

と、訊問《じんもん》したのであった。

咄嗟《とっさ》に、

——あ！　あのご浪人！

と直感したが、

「ただいま、店をひらいたばかりでございまして——」

と、かぶりをふり乍《なが》ら、さてはいよいよ会えるな、と期待したのである。

一年ぶりで、出現したこの風変りな人物を、つくづくと見まもり乍ら、いつの間にか、ずうっとむかしから懇意《こんい》の間柄のような気がしているおやじであった。

「茶漬けをくれぬか、おやじ」

顔十郎は、所望してから、寝不足らしいあくびをした。背中に、草がくっついている。野宿したらしい。

おやじは、いそいで、奥に入って、大切にしまっておいた二百両入りの縞財布を持って来ると、

「はい、お返し申しあげます」

と、さし出した。

「預け賃を、十両ばかり、その中から取っておいてくれ」

「十両なんて、とんでもない」

おやじは、かぶりをふった。

「金は欲しくないのか？」

「いえ、欲しくないことはございませぬが……」

「じゃ、取っておくといい」

「左様でございますか。じゃ、頂戴いたします」

おやじは、財布の紐を解いて、片手をさし入れた。

十枚の見当をつけて、つまみ出したとたんに、おやじは、眉をひそめた。

一両小判とばかり思っていたのが、あきれたことに、かたちを似せただけの、ただの鉄板だったのである。

二

さすがに、むっとなって、おやじは、顔十郎を、見た。

顔十郎は、にやりとして、

「成程、お前は、正直な人間だ。預って一度も、中をのぞいてみようとしなかった証拠だ」

「おからかいになっては、困ります」

「からかったのではない。……むかし、大阪で名うての御用聞きであったみめぐり道七も、世をすねて、こんな峠で二十年も、茶屋のおやじをやっていると、いささか耄碌《もうろく》しているのではないか、と疑って、試してみたのだ」

ちゃんと、こちらの以前の素姓を知っていたのである。

「どういうことでございます？」

道七は、思わず、むかしの俊敏な岡っ引の顔にかえって、じっと、顔十郎を、瞶《みつ》めた。

顔十郎は、懐中から、油紙に包んだ書類らしい品をとり出すと、

「あらためて、これをお前に預ける。近いうちに――あるいは今日にも、江戸から、これを受け取りに来る者がいる。どんな身なりに化けているか、わしは知らぬ。たぶん、目だたない顔つきをしている、商人風だろう。渡してくれ」

と、手渡した。

「承知いたしました」

道七は、それを奥にしまって、かわりに、茶漬けをはこんで来た。

さらさらと、かき込んだ顔十郎は、張った腹を、ぽんとたたいて、

「これで働ける。腹がへっては、いくさは出来ぬでな」

と、道七に、笑ってみせた。

「失礼でございますが――」

道七は、声をひくくして、訊ねた。

「貴方様は、ご公儀の隠密をつとめておいでございますので?」

「わしは、どこにも飼われては居らぬ。ただの、野良犬だ。ただし、報酬次第では、猟犬もやるし、番犬にもなる。それだけの話だ」

床几から立ち上った顔十郎が、

「では、たのむ」

と云いざま、道七へ、「茶漬け代だ」と、無造作に抛《ほう》ったのは、これは、まぎれもなく山吹色の一両小判十枚だった。

「お気をつけなさいまし」

出て行く顔十郎に、道七は、そう云った。

顔十郎は、振り返りもせず、飄々乎として遠ざかって行った。

道七は、しばらく、てのひらの上の十両の小判を眺めていたが、ふっと、

「……わしも、老いぼれた」

ふかい感慨を、その一語にして、洩らした。

顔十郎が、自分を夜明けがた追い抜いて大津まで駆けて、引きかえして来る三騎に、出会したのは、山科をこえて、四の宮にさしかかった折であった。

一町ばかり彼方《かなた》が曲り角になっていて、そこに騎影があらわれたのをみとめた顔十郎は、さっと臀《しり》からげをするや、くるっと踵《きびす》をまわして、どんどん逃げ出した。

その走りかたは、しかし、一向に敏捷さはなく、むしろ、蟷螂《かまきり》のように痩せこけたひょろ長い下肢の動作が、われ乍らもどかしげな、ぶざまな恰好を露呈しているように見受けられた。

げんに、うしろから来ていた数人の旅人たちは、いかにも必死によたよた走る顔十郎を、なかば軽蔑し、なかば気の毒そうに、眺めやったものである。

三騎は、みるみるうちに、土煙りを蹴たてて、追いついた。

顔十郎の痩身は、そのまま、騎馬の蹄《ひづめ》にかけられて、みにくく地べたに匍《は》うか、と思われた。

ところが——。

次の瞬間、目撃者たちは、驚くべき意外な光景を、そこに見せられて、あっとなることになった。

あわや蹄にかけられるか、とみえた刹那、顔十郎は文字通り蟷螂のように、ぴょんと、一間を跳んだ。

そして、くるっと、向きなおった身には、三尺の白刃が抜き持たれていて、鼻と頤ばかりの顔を、愉しげにほころばせたとも受けとれそうな表情にして、

「やあっ！」

と、叫びざま、逆に速騎めがけて、突進したのである。

その奔走は、いままでのよたよたぶりとはうってかわって、まさに風のような迅《はや》さであった。

目撃者たちは、棹立《さおだ》った三騎の前脚が、まるで薪木か何かのように、ぽんぽんぽん、と宙へ、飛ばされるのを、見た。

三騎の間隔は、それぞれ、一間あまりあったのだが、二番騎も、三番騎も前騎の脚が両断されるのをみとめ乍ら、どうにもふせぐいとまがなく、わずかに、しんがりが、馬上で、のけぞるようにして、抜刀したにすぎず、抜いた瞬間には、もう馬脚を斬られていた。

横転する馬から、三士が跳びはねて、路上に立った時、ふたたび、「やあっ！」という懸声が、かかって、顔十郎が、駆けもどって来た。

「おのれ！」

「くそっ！」

「うぬっ！」

三士は、それぞれ、目を剝《む》き、歯を剝き、短い、鋭い、本能そのものの叫びを発して、白刃をふりかぶって、顔十郎を迎撃《げいげき》しようとしたが……。

そこでもまた、目撃者たちを、唖然とさせる現象が起った。

すなわち、顔十郎めがけて、斬りつけた者たちの腕が、一本ずつ、正確に、肱《ひじ》のところから、大根のように、すぱっ、すぱっと両断されて、撥ね上ったことである。

もとの地点に駆けもどった顔十郎は、長い白刃を、腰に納めると、呼吸も乱さず、そのそとした足どりにかえって、地べたに倒した敵がたへ、いちいち、鄭重《ていちょう》に頭を下げて、

「ご無礼——ごめん！」

とことわっておいて、通りぬけて行ったのである。

三

逢坂山を下って、大津の宿に入った顔十郎は、相変らず、のそのそした特徴のある足どりであったが、それでも、汚れた手拭いで、長い顔だけは包んでいた。尤《もっと》も、その手拭いのあいだから突出した鼻だけは、かくすわけにいかないので、行人が、怪訝《けげん》な眼眸《まなざし》を向けるのを、ふせぐわけにはいかなかった。

——いかんな、どうも。

顔十郎は、予感がしていた。

京から、さらに多数の追手が、馬を駆って来ている。これは、まちがいないことのように思われる。

どう躱《かわ》すかである。

ともかく、草津へ出て、東海道を選ぶか、中仙道を採《と》るか、きめなければならぬが、それまでに、追いつかれそうな気がするのである。

札の辻から黒門まで、八町と呼ばれる往還には、本陣、脇本陣、旅籠《はたご》屋、立場《たてば》茶屋がずらりと並んでいるが、とりあえず身をかくす場所はなさそうである。

浜通りへ折れて、水茶屋のある山伏湖岸へ出て、矢橋舟を物色したが、あいにく、出はらって、一艘もない。

「やむを得ぬ、出たとこ勝負といこう」

顔十郎は、瀬田の長橋を渡ることにした。

そして、ひきかえそうとした時、どこからか、

「いたぞ！」

という叫びがあがるのを、きいた。

水茶屋の二階あたりから、見はっていたに相違ない。

「さて――出たとこ勝負だが」

顔十郎は、足をはやめ出した。

瀬田の長橋の上で、迎え撃って、一人のこらず、湖水へ投げ込む――といったあんばいにいけば、文句のないところだが、こんどは、五騎や六騎ではあるまい。

顔十郎は、長橋の袂《たもと》まで来た時、はたして、後方に、騎馬の蹄の音が起るのをきいた。

「これア、いかん！」

あいにくなことに、大名行列が、しずしずと、橋を渡って来ていた。

十万石以上の格式をそなえた行列と、みた。のみならず、金紋の先箱につづいて、羅紗鞘《らしやざや》の鳥毛の鎗《やり》のほかに、薙刀《なぎなた》を二本立て、着替えの衣服を蔵《おさ》めている挟箱《はさみばこ》の数が夥《おびただ》しく、また、徒《かち》、小人などよりも、女中の頭数が多いのは、行列の主《あるじ》が、女性《によしよう》であることを示していた。

咄嗟《とつさ》に、顔十郎は、ひとつの思いつきを脳裡に泛《うか》べるや、ひょいと、欄干《らんかん》の上へ飛び上り、両手を左右にさしのべて、軽業よろしく、ひょいひょい、と走りはじめた。

頰かむりし、臀《しり》からげした、むさくるしい浪人者が、巨《おお》きな鼻を、午後の陽にひからせ乍ら、およそ不恰好な、あぶなっかしい腰つきで、欄干を渡るのである。

行列の人々は、咎《とが》めるのを忘れて、あっけにとられ、且はらはらした。

「狂疾者《くるいもの》であろう」

「とりおさえい！」

ようやく、その声があがった時には、顔十郎は、落ちるかとみせて、落ちもせず、主が乗っている立派な乗物のところまで達していた。

前後の小納戸《こなんど》や徒目付《かちめつけ》が、走り寄って、

「こら、ひかえいっ！」

「乱心いたしたか！」

と、叱咤《しった》すると、顔十郎は、ついに足もとを踏みあやまったように、

「あっ！」

と、叫んで、大きく、外側へ、痩身を傾けた。

流石《さすが》に、人々は、あっと、息をのんだ。

ふしぎだったのは、たしかに、落下して行ったのに、水音も、飛沫《しぶき》も立たなかったことである。

すべての視線が、不審のままに、水面へ投じられた。

その隙に、反対側の欄干を躍りこえた速影が、さっと、音もなく、乗物の中へ、消えた。これは、誰一人として、気がつかなかった。

顔十郎は、転落したとみせかけて、橋桁《はしげた》をつたわって、反対側へ移る離れ業をやってのけたのである。

追手の十数騎は、橋袂《はしだもと》にかたまっていたが、かれらの目にも、顔十郎の速影は、とまらなかった。

乗物の戸を開いて、とびこみざま、乗り主《ぬし》の口をふさいで、戸を閉める——これを、音もなく、間髪を容れぬ間にやってのけた顔十郎は、すばやく、耳もとで、

「曲者にあらず、悪人にあらず——、窮鳥《きゅうちょう》とおぼしめされい」

と、ささやいて、その口から、大きなてのひらをはなした。

それから、乗り主が、大層な美人であることを、みとめた。二十歳あまりであろう。切長の大きな眸子《ひとみ》が、やや険《けん》を含んでいるのを除けば、整いすぎているくらい整った貌《かお》である。肌も白く美しい。

顔十郎は、これとそっくり同じ貌をした内裏雛《だいりびな》を、いつか観たような気がした。

気性もしっかりしているに相違ない。一瞬の驚愕《きょうがく》が去ると、顔十郎の口上を肯《き》き入れて、黙って、じっと、瞶《みつ》めている。

顔十郎は、どちらかといえば、婦人に対して図々しい方であるが、こういう、処女の匂いを、高価な香料と一緒にむんむんたてこもらせている美しい姫君とは、全く縁がなかっただけに、そのまたたきもせぬ凝視《ぎょうし》が、いささか眩《まぶ》しかった。

狭い乗物の中である。

顔十郎は、四肢を窮屈に折り曲げ、姫君の膝に、跨《また》がって、顔と顔とをくっつけるあんばいになるのをさけられぬ。

否応なしに、澄んだ眸子に射られたまま、その甘い香を、鼻孔いっぱいに吸い込むことになった。

顔十郎は、照れかくしに、手拭いをはずして、にやっとしてみせた。

姫君は、そのなんともふしぎな変り顔に、あきれた表情になったが、なお、口をつぐんだなりであった。

「姫様！」

外から徒目付の声がかかった。

乗物をかついでいる陸尺《ろくしゃく》たちが、にわかに、中が重くなったのを訝《いぶか》って、徒目付に告げたのである。

すると、姫君は、徒目付に、問いかけをゆるさぬ、きっぱりとした語気で、

「大事ありませぬ。このまま、すすむがよい」

と、云った。

——話せる！

顔十郎は、姫君に、うなずいてみせた。

# 刺客坂

## 一

夕陽が、琵琶湖の水面を染めた頃あい――。

姫君行列は、大津宿の本陣に到着した。

乗物の中から、爽やかな声がかかって、玄関でとめずに、奥へかつぎ入れるように、と下知《げじ》された。

病気か、もしくは、婦女子の場合、月水中は、このしきたりであった。

姫君は、なかなか要心ぶかく、奥に入っても、老女一人をのこして、女中たちをも遠くへ退《しりぞ》かせておいて、乗物から出た。

老女に、耳うちしておいて、姫君は、上段の間の、自身の座に就《つ》いた。

老女は、途方もないことをきかされて、いったんは、きもをつぶしたが、肚《はら》のすわった婦人とみえて、顔を無表情にもどすと、

「ご浪人、出られませい」

と、促《うなが》した。

乗物から、ひょいと長い顔をのぞけた顔十郎は、老女に、

「ご造作《ぞうさ》に相成る」

と、挨拶した。

老女はいまわしげに、視線をそらした。

顔十郎は、のそのそと、上段の間に入ると、両手をつかえて、

「それがし、鼻の顔十郎と申す生れ乍らの浪人者にて、作法いっさい心得申さず、ご無礼の儀、何卒《なにとぞ》お見のがし賜りますよう――」

と、鄭重《ていちょう》に、平伏した。

姫君は、かたい表情で、じっと見据えたまま、口をきかなかった。

代って、顔十郎の背後から、老女が、おごそかな口調で、

「将軍家ご息女遊姫さまにて、あらせられまする」

と、告げた。

顔十郎は、あらためて、姫君の貌《かお》を見なおして、

「なるほど！」

と、頷《うなず》いた。

さして、おどろきも、恐懼《きょうく》も、しない態度であった。

「なにゆえの無礼の振舞いの儀か、仔細を申上げますように」

老女は、促した。

「なろうことならば、不問に付して頂きたく存じますな。たって申せと仰せられるならば、百両の儲け仕事には、生命の危険をともなうのは必定にて、やむを得ず、高貴のお姫様《ひい》とは知らず、ご迷惑をおかけいたしました」

いささかもわるびれぬ口上であった。

遊姫は、はじめて、口をひらいた。

「百両欲しゅうて、おそろしい仕事を引受けたとお云いか？」

「左様です」

「その百両を、なんとする所存じゃ？」

「将軍家ご息女様ならば、金の有難味をご存じありますまい。尾羽打ち枯らした素浪人めは、金子《きんす》には、飢えて居ります」

「控えませい！」

老女が、叱咤した。

「尾山《おやま》、よい。きこうぞ」

遊姫は、老女を抑えた。

「顔十郎、百両を何に使うぞ？」

「酒に博奕《ばくち》に女——これが、男子三つの快楽でありますな」

老女尾山は、剃り落した青い眉《まゆ》あとを、びくびくっと、痙攣《けいれん》させた。

「その三つの快楽に耽《ふけ》りたいばかりに、生命がけの危険な仕事を引受けた、とお云いか？」

「主《しゅ》を持たざれば忠義を行う儀もなく、孤単放浪の身なれば、恩顧《おんこ》を蒙《こうむ》って義理をふまねばならぬ筋合もなく、浮世を気ままにすごして行くばかりとお思い下さいますよう——」

「うらやましい身分じゃ」

遊姫は、ほっと、溜息をついた。

「姫さま、お食事の時刻にございますれば……」

はやく、このけがらわしい浪人者を去《い》なせるように、と尾山が暗示した。

「お腹《なか》は空きませぬ」

こたえてから、遊姫は、さらに、かえって、尾山の方にむかって、

「そなたは、下ってよい」

と、命じた。

尾山は、むっとした顔つきになった。

遊姫は、かさねて、

「下ってよい」

と、立たせようとした。

「いえ！」

尾山は、かぶりをふった。

押し問答があってから、遊姫は、いきなり、脇息《きょうそく》を、尾山に投げつけた。

——これは大層強い姫君だ。

顔十郎は、おどろいた。

二

尾山がしぶしぶ、次の間に下って行くと、遊姫は、じっと、顔十郎を瞶《みつ》めて、

「その方は、酒と博奕と女をもとめると申しましたね？」

と、念を押した。

「本音でござる」

顔十郎は、わざと、ぞんざいなこたえかたをした。

「では……」

遊姫は、云いかけて、ちょっと口ごもったが、すぐ、思いきって、

「わたくしでは、いかがじゃ？」

「いかが、と仰せられると？」

「わたくしが、操《みさお》を与えると申したら、どうします？」

そう云う表情が、必死なものであるのをみとめて、流石《さすが》に、顔十郎も、咄嗟《とつさ》に、ぬけぬけした返辞ができなかった。

遊姫は、顔十郎から、眼眸《まなざし》をそらして、

「わたくしは、これから、播磨《はりま》の赤穂《あこう》城へ、輿入れします。良人となる森和泉守は、すでに五十をこえた年寄じゃ。……阿呆《あほ》らしい」

と、投げすてるように、云った。

――成程、それは、阿呆らしかろう。

顔十郎は、同情した。

強い気性と美貌を持って生れた姫君は、幼い頃から、自分にはどんな凛々《りり》しい美丈夫の殿御がさずかるかしらん、と夢見つづけたに相違ない。

五十越えた爺《じい》さんでは、我慢がなるまい。

赤穂藩は、宏大な塩田《えんでん》を所有していて、大変内証裕福なので、そこらあたりに、公儀閣老たちが、将軍家息女を輿入れさせる曰くがありそうである。さぞかし、この姫君が、したたか反抗したことは、想像される。だが、所詮《しよせん》は、大奥で育ったむすめであり、公儀の方針にそむくことはゆるされず、おのが運命をあきらめたものであろう。

ただ、赤穂城が、だんだん近づくにつれて、自棄《やけ》になり、ともかく、五十越えた爺さんに、無垢《むく》の肌身をゆるすことに堪《た》えられない衝動がつのって来ていたに相違ない。

たまたま、途方もない異相をそなえた浪人者が、文字通りとび込んで来て、しゃあしゃあと、本音を吐くのをきくうちに、ふっと、遊姫は、

——このみにくい浪人者に、操をくれてやろうかしら。

と、思いついたのである。

これは、自分の運命をめちゃめちゃにした将軍家や閣老たちに対する復讐であった。また、五十越えた爺さんのくせに、十九歳の清浄な肌身を抱こうとする図々しい根性に対する反撥でもあった。

「姫様が、本心から仰せられて居りますならば、下世話に申す、据膳《すえぜん》食わぬは男の恥——たしかに、有難く、頂戴つかまつります」

「与えまする！」

きっぱりとこたえて、遊姫は、流石に、すこし蒼《あお》ざめたようであった。

「されば——」

顔十郎は、袂《たもと》から、骰子《さいころ》をとり出した。

「これに、貴女様の操をお賭け下さいますよう——」

「その方が負けたら、どうするのじゃ？」

「赤穂城に忍び入って、森和泉守の首を刎《は》ねる役目をお引受けつかまつります」

「おもしろい！」

遊姫は、目をかがやかした。

「ご免――」

顔十郎は、立って、床の間で、香煙を昇らせている香炉の蓋《ふた》をとって、遊姫のすぐ前に、座を占めると、丁半を教えておいて、骰子をそれへ投げこみ、からからと音たてまわして、

「勝負！」

と、ぱっと、畳の上へ伏せた。

「半じゃ！」

遊姫が叫んだ。

顔十郎は、すっと、蓋をあげて、ろくに賽目《さいのめ》を見もせず、

「それがしの勝でござる」

と、云った。いかさま賽だから、勝つのにきまっていた。

「もう一度」

遊姫が、云った。

「真剣勝負は、ただ一度ときまって居り申すが……」

「お願いじゃ」

遊姫は、両手を合せた。それが、大層無邪気に見えた。

「やむを得ませぬ」

こんどは、顔十郎は、わざと、負けてやった。遊姫は、手をたたいて、よろこんだ。すっかり、賭博《とばく》の刺戟に昂奮したようであった。

顔十郎は、三度、香炉の蓋を、畳に伏せた。

遊姫は、のり出して、食い入るように瞶《みつ》めていたが、

「丁！」

と、叫んだ。

「丁でよろしゅうござるか？」

顔十郎に云われると、遊姫は、たちまち迷って、

「は、半に、する！」

と、云った。

「半でよろしゅうござるか？」

「ばか！」

遊姫は、顔十郎を、睨《にら》みつけた。

「姫君様お手ずから、おあけ下されい」

顔十郎は、すすめた。

遊姫は、上座から降りて来ると、微かにわななく手で、蓋をあげた。

顔十郎は、とたんに、片膝たてて猿臂《えんぴ》をのばすや、さっと、すくいとるように、遊姫のからだを、かるがると抱きとった。

遊姫は、顔十郎の巨《おお》きな鼻を、見あげて、処女の本能から、恐怖の色を示したが、すぐ、目蓋を閉じた。

顔十郎の振舞いは、まことに、当を得ていた。もし、愚図愚図していたら、遊姫の気持が、どう変ったか、知れたものではなかった。

顔十郎は、次の間との仕切襖《しきりぶすま》を、足で開いた。それから、さらに、その奥の襖をも、足で開いた。

そこが、寝所であった。

六曲屏風《ろっきょくびょうぶ》がたてまわされ、その中に、褥《しとね》がのべてあった。博多の紫絣黒独鈷《どっこ》に緋縮緬《ひぢりめん》の、豪華な夜具であった。

掛具を、足ではねた顔十郎は、遊姫を、そうっと、仰臥《ぎょうが》させた。

「お目をひらかれませぬように——」

そう命じておいて、帯を解く手間をかけるのは面倒とばかり、差料を抜くや、すっと、縦に両断してしまった。

薄紅梅の大紋綸子《りんず》の留口小袖の前を左右にはだけさせ、さらに、白羽二重《しろはぶたえ》の下着も、容赦なく、拡げさせた。

あとは、燃えたつような緋縮緬の襦袢《じゅばん》いちまいであった。

顔十郎が、生唾《なまつば》をのみ込んだ時、老女尾山が入って来て声をかけた。

「もうやすみました。下って、そなたも、旅の疲れをとるがよい」

遊姫は、目蓋をとじたまま、平然として、こたえた。顔十郎は、その清らかな美しい寝顔を見まもり乍《なが》ら、

――これだから、女は地獄の使いだとか、大蛇を見ると雖《いえど》も女を見るな、などと坊主に目の敵にされるのだ。

と、胸の裡で、呟《つぶや》いた。

まことに、処女であり乍ら、いったん度胸をきめると、斯《か》くのごとくに、不敵さを発揮するのである。

「あの浪人者は、いかがいたしたでございましょう？」

尾山の質問にも、遊姫は、打てば響くようにこたえた。

「庭から立去りました」

尾山が挨拶して、下って行くと、遊姫は、薄目をあけて、顔十郎を見あげ、すぐ、目蓋をとざした。

——あの老女は、わしがここにいるのを知っていたようだな。

顔十郎は、そう感じていた。

三

その朝、陽かげが地上にさした頃あい、顔十郎は、草津宿の札の辻にある立場《たてば》茶屋の床几《しょうぎ》に腰かけていた。

夜の明けぬうちに、遊姫の睡《ねむ》りをさまさぬように、褥《しとね》からすべり出て、本陣を去って来た顔十郎である。

しかし、誰にも見咎《みとが》められずに、脱出して来たわけではない。

闇のこめた廊下へ出た瞬間、びゅっと薙刀《なぎなた》の刃風が唸って来た。紙一重で躱《かわ》して、薙刀を奪いとり、ねじ伏せてみると、攻撃者は老女尾山であった。

尾山は、すべてを知っていたのである。事前に妨碍《ぼうがい》しなかったのは、遊姫の心を尊重したからに相違ない。しかし、大切な姫君の操を奪って去る不所存者《ふしよぞんもの》を、生かしてかえすわけにいかなかったのであろう。

顔十郎は、尾山と判ると、すぐに、はなして、さっさと庭へ降りて行った。すべては、無言裡《むごんり》に、なされたのである。敗北した尾山は、もう再び襲っては来なかった。

顔十郎は、朝靄《あさもや》の中を、鈴を鳴らして通って行く乗掛馬へ、視線を投げ乍ら、なんとなく、ぼんやりしている自分を、他人のように感じていた。

遊姫は、いざその期に及ぶと、当然、痛がった。

いたい、いたい、と叫び乍ら、枕をはずして、ずるっずるっと、褥の外へ背匍うて行く遊姫を、顔十郎は、ややもてあましたことである。

およそ、一刻もかかって、充塡作業をやりとげた時、流石の顔十郎も、総身がじっとりと汗ばんでいた。

思いきり下肢を拡げさせられた遊姫は、拷責《ごうせき》に堪《た》える素直さで微動もせず、すこしばかり、泪《なみだ》をこめかみに流した。

いま、顔十郎は、その光景を甦《よみがえ》らせて、ぼんやりしている。据膳を食った快感は、さらにない。自己嫌悪に陥るほど懐疑的な男ではないが、さりとて、けろりとするほど無神経でもない。

もう一度、遊姫に会いたい気持も、どこかにある。

――これは、顔十郎、一生の不覚であったかも知れぬ。

後日の悔《く》いになるのではないか、とふっと思って、顔十郎は、長い顔を振った。それから、小銭を床几へ置きすてて、茶屋を出た。

この札の辻は、東海道と中仙道の岐《わか》れるところであった。

顔十郎は、ちょっと迷ったが、堂々と、東海道を行くことにした。

草津川をこえると、下の新屋敷、上の新屋敷、とつづく。

それを過ぎると、街道は、丘陵にさしかかる。

登りかけた顔十郎は、坂の上から、急に、足もとまで延びて来た長い影法師に視線を上げた。

編笠をかぶった浪人ていの人物が、行手をさえぎって、うっそりと佇立《ちょりつ》していた。

その姿から、妖気めいたものが、かげろうのように漂い出るのを、顔十郎は、視た。

待伏せていた刺客に相違ない。追跡して来る騎馬の群のほかに、こういう刺客に襲われることは、あらかじめ覚悟していた顔十郎である。

すすむよりしかたがないので、顔十郎は、足をはこんだ。

距離が一間にせばまると、対手《あいて》は、編笠の蔭から、

「鼻の顔十郎か——成程、生れそこなったものだ」

と、云った。

「御用か？」

と、顔十郎が問うと、

「うむ」

と、頷いた。

次の瞬間、抜く手も見せぬ、おそるべき迅さで、居合の一刀を送って来た。

躱《かわ》すいとまはなく、顔十郎は、辛《かろう》じて、抜き合せた。

刃金と刃金が、嚙みあって、ぱっと火花が散った——刹那には、もう、対手は、とび退っていた。

そして、中段に位取《くらい》り乍ら、

「どうする？」

と、云った。

「どうするとは？」

顔十郎は、訊ねた。

「このまま、勝負をつづけるか、どうかだ」

「勝手なことを云う御仁《ごじん》だ。斬りつけたのは、そちらではないか。こちらは、斬られるのはいやだから、ふせいだまでだ」

「うむ。……おれの初太刀を見事に受けとめたのは、お主《ぬし》がはじめてだ。このまま、つづければ、おれの方が斬られるかも知れぬ。斬られるのは、おれも、ごめんだ」

そう云ってから、対手は、急に、咳《せき》込んだ。

──肺を患っているな。

顔十郎は、そう看てとった。

対手は、刀を地べたへすてると、蹲《しやが》み込んで、烈しく咳込みつづけた。そのうち、なんとも云えぬいやな音を、咽喉《いんこう》に鳴らすと、片手で口を押さえた。

その指のあいだから、みるみる鮮血が、噴いて、地べたへ、したたり落ちた。

顔十郎は、黙って見まもっているよりほかはなかった。

対手は、ようやく咳がおさまると、編笠をはずして、地べたへ仰臥《ぎようが》し、顔へ、その編笠をかぶせた。

ほんの瞬間、ちらと見えた蒼白い顔は、凄《すご》いほど端整であった。まだ二十代も半ばのようであった。

「行ってくれ」

編笠の下から、対手は、云った。

「当分、そうやって、寝ているつもりか？」

「うむ。動くとまた、血を喀《は》く」

「名まえだけきいておこう。いずれまた、出会うだろう」

「かげろう左近《さこん》」

「きいた」

顔十郎は、歩き出した。

丘陵の頂上に来て、ふりかえると、かげろう左近は、なお、死んだように、地べたに仰臥したままであった。

# 若殿恋い

## 一

水口《みなくち》―京から十二里二十五町、江戸へ百十二里三十一町。

加藤越中守二万五千石の城下である。

ここの日野、八幡は、古来近江商人の本場で、京、大阪、江戸へ出て商業をいとなみ、奮勉励精、よく成功した者が、すこぶる多い。

城下自身も、他の町とちがって、なんとなく活気がある。旅籠《はたご》の前に立っている女たちの、旅人の袖のひきかたも、ちがう。

手とり足とりといった執拗《しつよう》さで、まつわりついて、むりやりに、家の中へひき込む。但し、この城下の旅籠は、三百六十五日、客に、どじょう汁しか食わせない。

あちらこちらで、客をひっぱる女たちの嬌声のあがっている通りを、一人だけ、声をかけられもせずに、のそのそと歩いて行く旅人があった。

巨きな鼻と長い顋《あご》を、夕陽にさらし乍ら、よごれた黒羽二重を尻端折《しりはしょ》りにして、ひょろ長い毛だらけの脚を、いかにもぶざまに交叉させて行く風体は、懐中無一文で、三日も水腹をつづけているとしか見えなかった。

とある辻に出ると、まん中に建てられた庚申《こうしん》堂の前に、罪人送りの唐丸籠《とうまるかご》が据えられ、代官手代が宿継《しゅくつ》ぎをやっていた。

顔十郎は、一瞥《いちべつ》さえもくれずに、行き過ぎようとした。

とたんに――。

「旦那！　顔十郎の旦那！」

と、声がかかった。

唐丸籠の中からである。

顔十郎は、ふりかえった。唐丸籠は、琉球《りゅうきゅう》莫蓙《ござ》で包んであって、外からは、罪人の姿は見えないようにしてある。前面に孔があるが、これは、椀の出し入れができるくらいの大きさである。

「誰だな？」

顔十郎は、近よって、中を覗《のぞ》いた。

「おいっ！　勝手に覗いては困る」

あらたに引継いだ代官手代が、呶鳴《どな》ったが、顔十郎は、平気で、

「ほう——お祭り秀太ではないか。とうとう、年貢をおさめたか」

と、笑った。

「退《ひ》いてもらおう」

代官手代に、肩を突かれて、顔十郎は、その特製の長面を擡《あ》げると、

「お願いがござる」

と、云った。

「なんだ？」

「こやつ、それがしとは、十年前からの旧知でござる」

「それがどうした？」

「江戸へ送られ申したならば、獄門うたがいなしと存ずるゆえ、せめて、今生《こんじょう》の別れに、こやつが好物を、くらわせてやりたく存ずるが、いかがでありましょうな？」

「好物とは、なんだ？」

「にぎり飯でござる」

「にぎり飯?」

「焦げ飯をにぎったのが、こやつの無二の好物でござる。まげて、おゆるし願えまいか」

顔十郎は、対手の袂《たもと》へ、すばやく、しかし、二分銀であることをちゃんと見せておいて、投げ込んだ。

「すぐ出発いたすゆえ、手間をとっては困る」

代官手代は、尊大な口調で云った。

「忝《かたじけ》ない」

顔十郎は、すぐむこうにある旅籠へ、入って行った。

やがて、顔十郎が経木《きょうぎ》にのせてはこんで来たのは、赤児の頭ほどの大きさのにぎり飯であった。

代官手代は、しかし、にぎり飯が大きすぎるからといって、咎《とが》めるわけにはいかなかった。

「秀太、貴様の好物の焦げ飯だぞ。この世のなごりに、一粒あまさず、くらうがよい」

そう云って、顔十郎は、差入れ孔一杯に、それを押し込んでやった。

「旦那！　ありがとうござんす。獄門になる時に、このにぎり飯を思い出しまさあ」

囚徒《しゆうと》は、縛られた上に、手錠をかけられた不自由な双手《もろて》を、ようやく動かして、受けとった。

顔十郎は、覗き込んで、むしゃむしゃくらいはじめるのを見戍《みまも》り乍《なが》ら、

「うまいか？」

と、訊《たず》ねた。

「こんなうまいものを食べられて、もう、この世に思いのこすことはありませんや」

「まことに、人間というやつは他愛のないものだのう」

顔十郎は、やおら腰をあげると、陽の沈みかかったあかね空を仰いで、

「さて、そろそろ、宿をとるか」

と、呟いた。

二

自分のみなりにふさわしい薄ぎたない旅籠に泊ることになった顔十郎は、湯から上って来ると、いつの間にか、相宿にされていた。

さむらいであったが、もう六十の坂を、とっくに越えていて、白髪のちょん髷《まげ》が小さくしなびていた。

尋常の面差《おもざし》なのだが、憂悶《ゆうもん》があるのか、深い皺《しわ》のあいだに、くらい翳《かげ》があって、いかにも、疲労の色が濃かった。

挨拶がおわると、顔十郎は、

「長旅をされているようですな」

と、云った。

「おわかりでござるか？」

「なんとなく、そう感じました」

「国を出て十四年にあいなり申す」

そう告げて、老いた武士は、ひとつふかい溜息をもらした。

「十四年！　これは永い！」

「左様、永うござる。国許からの便りによれば、それがしが出発間際に、一人のこす老妻に、なぐさめ相手として貰い与えた小猫が、老いぼれて、とうとう、今秋、死んだと申す」

「お国は――？」

「肥前松浦郡五島でござる」

「五島と申すと、平戸島のむこうの——？」

「左様でござる。平戸島から、さらに西に、十三海里。江戸からは、実に、三百九十五里ござる」

——五島列島の藩主は、五島左衛門尉であったな。

顔十郎は、胸のうちで、呟いた。

老人は、問わず語りに、おのが故郷について、ぼそぼそと、話しはじめた。

五島と称するのは、福江島、奈留島、若松島、中通島、宇久島である。勿論、そのほかに、小さな島が無数にある。

これらの島は、地下一、二尺がことごとく、石である。甘藷《かんしょ》しかできない。五島間に六水道があるが、潮流が強く、漁民が小舟をあやつるには、十年の年期を要し、それでもまだ、時おり、熟練の水主《かこ》が、行方不明になる。

知行は一万二千六百石、ということになっているが、とんでもない。実際は、せいぜい、四千石であろうか。

要するに、日本一遠く、貧しい、忘れられた小藩なのである。

「ただ、お城のある福江は、土地が火山灰を以て成り申すゆえ、甘藷は、これぐらいのもの（と、幼児の頭ほどのかっこうを、両手でつくってみせて）ができ申す。味も大層よろしく……」

顔十郎は、そんな退屈な話を、黙ってきいてやった。

と――急に、老人は、うなだれた。

ぽとり、と一滴、膝へ泪《なみだ》を落すのを見て、顔十郎は、眉宇《びう》をひそめて、

「どうされた？」

と、訊ねた。

老人は、指で泪をぬぐって、

「和子《わこ》が、ご存世ならば、もう二十三歳――立派な青年になられて居ろうものを――」

「…………」

「十四年前に、行方知れずに相成り、以来それがしが一人、日本全土をさがして居るのでござる」

「かどわかされたのですな？」

「殿は、大層武芸を好まれ、麻布六本木の藩邸に、しばしば、兵法者を招いて、手の内をごらんあそばしたのでござるが、それが、わざわいとなり申した」

十四年前に、このことをつたえきいて、作州浪人で、宮本武蔵の苗裔《びょうえい》と称する男があらわれ、いかなる手練者《てだれ》と立合わされても、二合と撃ち合わずに、破ってみせる、と豪語した。

小面憎し、と憤《おこ》った藩主五島左衛門尉盛成は、わざわざ馬庭念流《まにわねんりゅう》九世樋口十郎兵衛定雄を呼びよせて、立合わせた。

この時、宮本左馬之介と名乗る浪人者は、勝利をおさめたあかつき、望みのものを賞与されたいと、申し出た。左衛門尉は、何が欲しいかとはききもせずに、ゆるした。よもや、樋口十郎兵衛が敗れるとは、考えなかったのである。

ところが——。

結果は、樋口十郎兵衛の無慚《むざん》な敗北となった。

理由があった。十郎兵衛は、無類の酒好きであった。

十郎兵衛は、その朝、宿舎で、何者とも知れず、贈られて来た酒を、吟味もせずに、出発まぎわに茶碗で二杯ばかりひっかけたのである。

それに、毒を溶いてあったとみえて、木太刀《きだち》を携《さ》げて、庭前に立ちあらわれた時には、四肢がけだるかったそうである。

そして、総身に剣気を構えて、対峙《たいじ》するうちに、全身がしびれて来て、指一本動かすことも叶《かな》わなくなったのである。しかし、十郎兵衛も天下にきこえた兵法者であるからには、奸計にかかったと口走ることは、かえっておのが油断を世間にさらす恥となると思い、黙って、去ったのであった。

宮本左馬之介が、所望した褒美《ほうび》は、意外にも、藩主の嫡子《ちゃくし》――当年九歳になる盛也であった。

途方もない所望をされて、左衛門尉以下家臣らは、当惑した。もちろん、それを容《い》れるわけにいかなかった。

宮本左馬之介は、傲然《ごうぜん》とあしざまに罵《ののし》り散らし、さし出された二百両の金子を鷲掴《わしづか》みにして立去った、という。

若殿盛也が、突然、行方不明になったのは、その翌々日であった。夜のあいだに、寝所から、煙のように消えうせていたのである。宮本左馬之介が、忍び入って来て、拉致《らっち》したとしか、考えられなかった。

爾来《じらい》十四年間、ついに、盛也の行方は、杳《よう》として知れないのである。

三

顔十郎は、長い頤をなで乍ら、奇妙な話をききおわった。

「で——、ご老人は、いまだに、望みをおすてにならんのですな」

「老いの一徹でござる。家中一同は、もはやあきらめて、はやく、ご養子を、と殿にすすめて居り申すそうなが……、それがしは、反対でござる。和子《わこ》の生死が判明せぬかぎり、ご養子など、とんでもござらぬ」

「失礼だが、ご老人は、若殿の傅役《もりやく》であられた？」

「妻が、お乳人《ちのひと》でござった。もったいないが、子無しのわれら夫婦には、和子は、わが子以上のいとおしい宝であり申した」

「……………」

「眉目《びもく》は、万人にすぐれ、一をきいて十を知る利発な、まことに、名君におなりあそばされる和子であったのじゃが……」

老人は、ふたたび、ふかくうなだれた。泪が、もはや遠慮なく、ぼうだとして、膝《ひざ》にしたたった。

——わしなら、三年いや、せいぜい一年、捜して、あきらめるが……。

——あまりに善良に生れると、このように苦難を背負わねばならぬ。

顔十郎は、聊《いささ》か不遜《ふそん》な独語を、胸のうちにもらし乍ら、うまくもない地酒の盃を、せっせと、重ねた。

この当時は、夜がはやく更ける。灯を節約するためであった。

女中はあと一本と、たのむ顔十郎に、にべもない返辞をして、さっさと夜具を敷いてしまった。

やむなく、横になるよりほかはなかった。

老人も、語る人を得たので、すこしは気楽になったのか、黙々として床《とこ》に就くと、すぐに寝息をもらしはじめた。

顔十郎は、闇の中で、三度ばかり、大きなあくびをした。それから、すぐに、いびきをたてはじめた。

いびきが、ぴたっと止んだのは、半刻あまり経ってからであった。

習練によって、ねむっていても、わが身をまもる神経だけは、絶えず、どこかの片隅で、さっと応じられる用意ができていて、いざとなると、ぱっと冴《さ》えかえるのである。

これは、本能に近いものになっている。

何者かが、この闇の中に忍び入った気配がある。

——敵か!

顔十郎は、対手のひそむ位置を、冴えた神経でさぐった。

夜具の裾《すそ》に、いる。

——どうする？　突いて来るか？

声なく問うとたんに、顔十郎は、苦笑した。

敵ではなかった。

「お前か——」

ひくく、そう云った。

「へい。……有難うござんした、旦那」

お祭り秀太であった。

みごとに、唐丸籠を破って来たのである。

あの大きなにぎり飯の中に、顔十郎は、庖丁の先っぽと五寸釘を入れておいてやったのである。それだけ与えれば、地下牢からでも抜け出して来る男であった。

顔十郎が、この旅籠へ泊っていることぐらいかぎつけるのは、朝飯前である。

「相宿だから、迷惑をかけてはならん。そこで、朝まで睡《ねむ》っておれ。わしも、ねむい」

顔十郎は、そう云って、こんどこそ、熟睡するために、大あくびした。

老人は、何も気がつかずに、寝入っている様子であった。

四

夜明けがた、老人は、急にさわがしい人声と物音に、目をさまさせられた。

役人が、捕手を多勢ひきつれて、やって来た様子であった。

その役人が、この部屋にもふみ込んで来た時、老人は、となりの床が、もぬけの殻《から》になっているのに、はじめて気がついた。

枕もとには、しかし、ちゃんと、旅籠賃が置いてあった。

役人が、追跡するために、あわてて、走って行ったあと、老人は、首をかしげた。

「悪人とは思えなんだが……、わからぬものだ」

その頃、顔十郎は、一里ばかりさきの、朝靄《あさもや》の匍《は》う小里の土手道を、お祭り秀太をつれて、のそのそと、歩いていた。

秀太は、どこでととのえたのか、ちゃんとした職人ていのみなりになっていた。きびきびした大工か左官としか見えない。顔だちはいいのである。

「秀太――」

前を向いたまま、顔十郎は、うしろへ呼びかけた。

「へい。なんです？」

「お前は、生娘を犯したことがあるか」

旅籠を抜け出てから、ずうっと、沈黙をまもっていたが、どうやら、顔十郎は、遊姫のことを考えていたらしい。

「運がわるくて、一度も、ありませんや。試しに、六十の婆さんを寝こかしたことはありますがね」

「不潔な奴だ」

「旦那、どうして、そんなことをお訊きになるんです？」

「うむ――」

顔十郎は、長い顚をなでた。

このおり、背後に、せわしく駆けて来る馬蹄《ばてい》のひびきが起った。

「旦那っ！」

ふりかえって、靄をすかし見た秀太が、叫んだ。

「来やがった。代官手代ですぜ」

「二騎か――ふむ」

うなずいた顔十郎は、秀太に、斜面へ伏せろ、と命じた。

秀太は、顔十郎の腕前を知っていたので、

「おねげえします」

と、頭を下げた。

「お前のためばかりではない」

顔十郎は、尻からげするや、例の奇妙な不恰好な走りかたをはじめた。

騎馬は、みるみるうちに迫って来て、先頭の士が、

「そやつだ！」

と、喚《わめ》いた。秀太ににぎり飯を与えるのをゆるしてくれた代官手代にまぎれもなかった。

誰の目にも、顔十郎の走りかたは、滑稽なものに映らずにはいない。蹄にかけて、かんたんにはねとばしてくれられる、と思える。

「たわけ！　逃げられると思うか！」

罵《ののし》りざまに、一気に、追いついて、蹴とばそうとした。

ところが――。

馬の首が、あわや、ぶっつからんばかりに肉薄するや、顔十郎の速度が、急に増した。ぶざまな走りかたは、すこしもかわらぬのに、疾駆する馬脚と全く同じ迅《はや》さになったのである。

馬上では、むしろ、馬の方が、顔十郎の速度に合わせたかと、錯覚を起したくらいであった。

わずか二尺あまりの間隔が、どうしても、縮まらなくなったのである。

「こやつ！」

苛立った代官手代は、大きくからだをのり出して、革の鞭《むち》を、びゅっと、搏《う》ちくれようとした。

刹那――顔十郎は、身をひねって、耳朶《じだ》すれすれに、その一撃をかわしたばかりか、ひょいと、その鞭をつかんだ。

「あっ！」

叫びをのこして、代官手代が、地上へころがり落ちる代りに、顔十郎の痩身が、ひらりと、馬上に躍り上った。

次の瞬間には、うしろから疾駆《しっく》して来た騎馬へむかって、さっと馬首をめぐらし、奪った鞭をひと振りして、その馬上からも、あっけなく、はらい落してしまった。

土手下へごろごろと、ころがり落ちた追手二名は、それきり、死んだように動かなかった。

顔十郎は、空馬のたづなを曳《ひ》いて、秀太の立っているところへ、馬を駆け寄せると、

「乗れ」

と、命じた。

「馬で、どこへ行きますんで？」

「播磨《はりま》の赤穂《あこう》城だ。城主森和泉守のまらを、チョン切ることにいたす」

平然として、そう云いはなったものであった。

# 編笠斬り

## 一

播磨へ行くには、当然、京を通らなければならぬ。目下の顔十郎にとっては、そこは、文字通りの死地であった。ただの面貌ではないのである。京へ入るやいなや、発見されて、敵の群は、殺到して来るに相違ないのである。

顔十郎は、血眼《ちまなこ》になって探しまわる敵の群から、ようやく身をかわして、京から遁《に》げ出して来たのである。そこへ、また、戻って行くのは、きちがい沙汰というべきであろう。

生来、神経は太くできているのだが、これは、よほどの覚悟をきめたことである。覚悟をきめた理由は、馬を走らせはじめて、

「柄《がら》にもなく、生娘などを犯すものではない」

と、申した独語《どくご》が、説明していた。

「なんと仰言ったので、顔十郎の旦那？」

すぐうしろを、馬でついて来ていたお祭り秀太が、問うた。

「人間は、柄にもない振舞いをするものではない、と云った」

「へえ？　旦那、柄にもないことをなすったので？」

「ああ、やった」

「生娘を犯した、と仰言いましたぜ？」

「て、てごめにしたわけではない」

「合意の上なら、頂き得《どく》じゃありませんか」

「あいてがいかん」

「どんなあいてです？」

秀太は、馬首をならばせて来た。

「お姫《ひい》様だ。将軍家ご息女――」

「からかっちゃいけませんや」

「嘘ではない。将軍家ご息女が、操《みさお》をくれる、と仰せ出されたら、これを拒絶できるのは、よほどの君子人でなければなるまい。そうではないか、秀太――」

「あたり前でさ。あっしなら、物乞いの娘だろうと、駕籠舁《かごか》きの妹だろうと――生娘となりゃ、有難く……」

「そういう料簡だから、捕えられて唐丸籠などにのせられるのだ」

「それにしても、公方様のお姫様が、旦那のようなお仁《ひと》にねえ」

「化物面の痩浪人に、呉れるとは、信じられまい。そこが、浮世のおもしろさだ。色男だけが、女にもててては、不公平ではないか。そこで、神は、運不運、因果因縁というものをつくってくれている。……ところで、秀太、そこいらで、頭巾《ずきん》を都合して来てくれぬか。ついでに、お前も、手拭いをひろって来て、顔をかくした方がよいぞ」

「合点――」

で――不敵にも、宗十郎《そうじゆうろう》頭巾と盗っ人かぶりの二人連れは、一気に、大津宿を駆け抜けて行った。

やがて、山科を過ぎて、日岡峠へ至ると、顔十郎は、例の休み茶屋の前で、

「ちょっと、待っていてくれ」

と、秀太に云いおいて、馬から降りた。

「おやじ――」

と、呼ばれて、奥から出て来た元岡っ引の道七老人は、あっけにとられた。

「どうなさいましたので？」

「うむ。気が変ったので、これから、播磨の赤穂へ行く」

「それア……しかし、京へおもどりなさいましては、あぶないのではございませぬか？」

「あぶないな」

「四の宮の街道で、追手のおさむらいがたの腕を、一本ずつお斬りなされた、と噂にききましたが――」

「斬ってくれと、さし出して居ったのでな」

笑いもせずに、そうこたえておいて、

「ところで、わしがあずけた品を、受取りに、まだ現れぬか？」

「いえ、まだでございます」

「おそいようだな。今日あたり、現れてよいのだが――」

顔十郎は、ちょっと、首をかしげた。

「大丈夫でございますか、京へおもどりなさいまして？」

「心配してくれるのか？」

「失礼乍《なが》ら、貴方様のような変ったお方には、はじめて、お目にかかりました。てまえが、もう十年ばかり前ならば、この茶屋をたたんで、貴方様のあとを追うたところでございます」

「気に入られついでに、こんど、通りかかったら、もうひとつ、預りものを持参するかも知れぬ」

「かしこまりました」

「但し、こんどは、生きた人間だ。しかも、若くて、美しい——」

「ほう、女でございますか？」

「昨日、ここを、行列が通ったであろう」

「はい。ご紋なしのお行列でございましたが、どこかのお大名の奥方様かお嬢様らしゅうございましたな」

「駕籠の中の、その姫君を、さらって来ようか、と思っている。もし、さらって来たら、お前さんに、あずかってもらおうか」

はじめて、顔十郎は、にやりとすると、「では、たのむ」と頭を下げておいて、おもてへ出て行った。

二

道七は、送って出て、二騎が土煙りをたてて、坂下へ消えるまで、見送った。

「まったく――変っていなさる。無事であればよいが……」

これは、真剣に祈ってやったことである。

奥へ入って、台所の仕事にかかろうとした時、仕切り格子をへだてたむかいの小部屋から、

「おい、おやじ――」

と、ひくく呼ぶ者があった。

道七は、返辞をして、格子を開けた。

「お加減は、いかがですかな?」

昨夜、表戸をたてようとしたおり、幽鬼のように、蹌踉《そうろう》たる足どりで、入って来て、そのまま、落間《おちま》に倒れ込んだ浪人者であった。

編笠をぬがせてやって、そのあまりの端整な、気品のある貌《かお》だちに、道七は、びっくりしたものであった。

俊敏な岡っ引として二十年も勤めあげた道七の目には、同時に、刷《は》かれた暗い翳《かげ》が、どういう性質のものであるかも、瞭然とした。

——二人や三人を殺しただけでは、こうも陰惨にはなるまい。

と思った。

しかし、いまの道七は、休み茶屋のおやじである。それが、どんな悪業を犯した人間であろうと、詮索する興味もなかった。茶屋のおやじは、病人を憩《いこ》わせてやって、黙って送り出してやる親切だけを用意していればよかったのである。

「いま、入って来たのは、鼻の顔十郎という男だろう」

病人は、云いあてた。

「お知りあいでございましたか？」

「いや——。ただ、あの男の噂だけは、耳にしている。あの長面をさらして、京へひきかえせば、いかに腕が立っても、生きのびるのは、おぼつかぬ」

「なにか、肚《はら》にきめたことがおありでございましょう。むざとは、討たれは、なさいますまい」

「おれも、それをのぞんでいる」

しかし、その言葉には、道七が受けとったのとは、全く逆の意味があった。

病人が、胸のうちで、呟《つぶや》いたのは、

——このおれが討つ！　あの男に勝つのが、おれの唯一の希望となった。

それだったのである。

上の新屋敷はずれの丘陵上で、顔十郎を待ち伏せていて、抜きつけの初太刀を仕損じたあと、夥《おびただ》しい血を喀《は》いて、倒れた刺客——かげろう左近が、この病人であった。

——あのご浪人さんは、こういう陰惨な業《ごう》をせおうたおひとからも、慕われていなさる。

道七は、そう解釈した。

この日は、街道は、妙にもの静かで、この茶屋に憩う旅人もいなかった。

午後になって、はじめて大きな荷をかついだ越中富山の薬売りが、落間の床几に、腰かけた。

お茶をはこんで来た道七に、世間話をふたつ三つしてから、何気ない口調で、

「顔十郎殿が、預けた品を、受けとりましょうか」

と、云った。

道七は、はっとなって、対手の容子を見なおした。

どう眺めても、薬売り以外の何者でもなかった。

――よう化けた！

道七は、舌をまいた。

これほど巧妙に化けられるのは、よほどの者である。

――公儀の隠密に相違ない！

道七は、そう看《み》てとり乍ら、

「かしこまりました」

と、うなずいて、奥に入った。

まっ黒に煤《すす》けた台所の、竈《くど》の焚き口がふたつあって、ひとつの方は、永年使用していなかった。道七は、それへ、手をつっ込んで、顔十郎から預った、油紙に包んだ書類らしい品をとり出した。

格子をへだてた小部屋は、ひっそりとしている。口をきいたのは、先刻だけで、あとは死んだように寝ている病人であった。かなりの熱もあるようであった。

落間へ出て来た道七は、

「これを――」

と、さし出した。

薬売りは、ふところへ、ふかくしまい込むと、

「顔十郎殿は、東海道筋か、中仙道筋か——どっちへ行くと、申されていましたか」

「さあ、それは——？」

道七は、きいていなかった。

「お世話になりました」

あくまで商人の物腰で、礼をのべておいて、薬売りは、立去った。

——さてこんどは、生きている人間を……しかも、若くて、美しいお姫様を、預けよう、と申されていたが……。

道七は、いまから、期待している自分に気づいて、苦笑したことだった。

三

薬売りは、いまやって来た街道を、またひきかえして行く。

江戸から、はるばる、その品を受けとりに来た人物なのであった。

道七が、看破した通り、公儀庭番（隠密）であった。

——大目付が、百両出して、やとわれただけのねうちのある男であったな、あの顔めは！

胸のうちで、そう呟いていた。

庭番たちはもとより、大目付自身も、顔十郎が、どんな素姓の人間か、はっきりとは知っていない。それでいて、誰もが、いったん引受けた仕事は、必ずやりとげるという信頼感を抱いていた。

金でやとわれるが、仕官はせぬ、というたてまえも、顔十郎ならば、うなずけるのである。

まことに、ふしぎな浪人者と言わなければならなかった。

敵にまわせば、しまつにおえぬが、味方にすれば、これほど心丈夫な存在はないのである。

薬売りは、しかし、大目付が、独語《どくご》するようにもらした一語も、思い出した。

「所詮は、ひねくれた素浪人だ。利用するだけ利用いたしたならば、この世から消してしまわねばなるまい」

これは、大目付という冷酷な職掌《しょくしょう》に就《つ》いている人物として、当然の考えかも知れなかった。

――顔めは、大目付の肚のうちを、読んでいるのだろうか？

――あれほどの鋭い男だ、読んでいない筈はあるまい。

――読んでい乍ら、平然として、生命がけの仕事を引受けているのか？

――百両を、いったい、何に使うのか？

自問自答をつづけていた薬売りは、ふいに、全身の神経を針のようにして、ぴたっと、足を停めた。

道は、切通しになっていたが、その片側の屏風《びょうぶ》のような赤土の断面の上に、編笠をかぶった人影が、うっそりと立っていたのである。

編笠のかげから、自分にそそがれる視線を、薬売りは、この上もなく冷たいものに感じたのである。

仰《あお》ごうか仰ぐまいか――一瞬のためらいの後に、薬売りは、知らぬ顔で、歩き出そうとした。

とたんに、

「懐中の品をもらおう」

その声があびせられた。

薬売りの返答は、せなかの荷にかくしていた刀を、さっと鞘走らせて、荷を地べたへ抛《ほう》ることであった。

頭上の敵は、なお、ふところ手のままであった。

薬売りは、飛び降りて来るのを一撃すべく、八相に構えて、睨《にら》みあげた。

「妻子があるならば、姓名と住処を、言いのこしておけ」

「……………」

「それとも、独り身か。それならば、こちらも、斬るに気が楽だ」

かげろう左近は、いつの間にか、茶屋の小部屋からぬけ出して、ここで、待ち伏せていたのである。

薬売りは、かたく沈黙をまもって、微動もせぬ。隠密であるからには、敵を一瞥《いちべつ》しただけで、その腕前の程度は、直ちに察し得る。

冷たく表情を沈め乍ら、薬売りは、肚裡《とり》に、死を覚悟した模様であった。

左近は、ゆっくりと、編笠をぬいだ。

次の瞬間――。

編笠は、薬売りめがけて、投げつけられた。

ただの投げかたではなかった。おそろしい迅さで廻転しつつ飛んだそれは、ふれれば、刃物のように、切れそうであった。

薬売りは、思わず、反射的に、ぱっと刀で払った。

その隙をのがさず、左近は、絶壁上から、躍った。

そこに、——鮮血の飛沫がはね散った。

絶鳴もあげずに、のけざまに、絶壁へぶっつかり、そして、ずるずると地べたへ崩れ込む薬売りの、ざくろのように両断されたむごたらしい顔面を、左近は、衂《ちぬ》れた白刃をだらりと携げて、冷然と、見戍《みまも》った。

それから、のそりと寄ると、その懐中をさぐって、油紙包みの品を、ずるずると、引き出した。油紙を破ってみて、

「こんなしろものを——」

左近は、ひくく、吐き出した。

どんなに重大な書類かは知らぬが、左近の目には、反古《ほご》でしかない。

この品を奪いあうために、幾人の武士たちが、生命を落していったことか。

左近にとっては、そのことが、むなしいのであった。

左近は、ひき裂いて、そこいらのくさむらへ抛《ほう》り棄《す》てたい衝動をおぼえた。

事実、そうしようとした時、山科の方から、人がやって来るのに気づいて、左近は、編笠をひろうと、顔をかくした。

姿を見せたのは水口の城下の旅籠《はたご》で、顔十郎と相宿になった老人であった。

肥前松浦郡五島藩の祐筆をつとめていた松井週左衛門という。十四年前に、行方知れずになった九歳の若君盛也をさがしもとめて、日本全土を、あてもなく流浪しているあわれな老人であった。

これから、京大阪をまわって、紀州方面へ足を向けてみようと、考え乍ら、やって来たのであった。

地面へ目を落して、とぼとぼと歩いていた老人は、ふと、何気なく、顔をあげるや、一瞬、

「あ——」

と、驚愕の声をたてて、立ちすくんだ。

——斬り取り強盗を、働き居った！

老人は、編笠の浪人者を、そう見てとった。

——たかが、旅の薬売りではないか。いかほどの金子を所持しているというのか。

老人は、浪人者を、憎んだ。

こちらへむかって、しずかな足どりで近づいて来るのを、烈しく睨《にら》みつけている自分に気がついたのは、距離が二間にもせまってからであった。

急に、老人は、背すじに、恐怖の悪寒をおぼえた。

もしかすれば、目撃した自分を、対手《あいて》が、生かしてはおかぬかも知れぬ、という恐怖を、とっさにおぼえなかったのは、老人がいかに善良な性情の持主であるかということの証左であった。

老人は、身をさけねばならぬ、と思った。

しかし、あいにく、ここは、切通しであった。あわてて、踵《きびす》をまわして、にげるのも、武士として、できなかった。

老人は、その場に、立っているよりほかはなかった。

編笠の浪人者は、老人の前に来た。老人の全神経は、抜き討ちにそなえて、極度に緊張した。

しかし、対手は、そのまま、わきを、すっと、通りすぎて行った。

老人は、ほっと、ひと安堵して、吐息した。

もし、老人に余裕があって、ふりかえっていたならば、対手の腰に携げられている印籠《いんろう》が、目にとまって、愕然となった筈である。

その印籠には、五島藩主五島左衛門尉の家紋がついていたのである。

丸の中に、髑髏《どくろ》を描いた紋は、日本中をさがしても、五島家以外にはなかったのである。

若君盛也は、拉致《らっち》された時、その印籠を、身につけていた筈であった。

あくまで不運な老人は、ただ、前方に仆《たお》れている薬売りに、心をとらわれて、もしや手当をすれば生命をとりとめるのではあるまいか、と思いつつ、近づいて行ったのである。

# はだか塩

## 一

赤穂城。

これは寛永の頃、池田輝興が造営した。元禄十四年に、浅野長矩が、吉良義央を傷つけて、除籍され、遺臣大石内蔵助良雄が、同志四十余名を率いて、義央を襲殺したため、この小城は一躍天下に有名になった。

この地の華岳寺にある長矩および、義士四十六名の墓には、全国から、参詣者がやって来る。

内蔵助良雄の故宅は、いまはもう失いが、その址《あと》に、老桜が遺《のこ》っていて、これが咲く頃には、千余の人が集って、その遺烈《いれつ》を偲《しの》ぶ。

いまは、まだ霜柱の立っている季節なので、屋敷址は、ひっそりとしている。

屋敷址は、土塀だけが、元禄の頃のおもかげをとどめていて、あたたかみのうすい冬の朝の陽ざしが、曾《かつ》て大石内蔵助の影を映したであろう白い壁を、静かに浮きあげている。

霜土をふんで、ゆっくりと歩いて来たのは、宗匠頭巾《そうしょうずきん》の老人であった。六十あまりになろうか、穏かな品のいい面貌で、杖をもっているが、正しい姿勢には、かえって無用なものに見える。

長屋門の前に来て、立ちどまると、その古びた、静かなたたずまいを見やって、ひとり、微笑した。

大石内蔵助の遺烈を慕って、遠くからおとずれた老人に相違ない。

手入れのゆきとどいた植込みがつづいていて、老人の眉宇《びう》をひそめさせた。

「むかしのままにして、手をかけずに、すてておいた方がよかったろうに――」

呟《つぶや》き乍《なが》ら、そこを通って、玄関の在った方角とは別の小径にそれた。柴折戸《しおりど》があって、そこをくぐると、ひろびろとした平庭であった。

老桜の巨樹が、ちょうど、その中央に、葉のない樹冠を、冬空にひろげていた。

老人は、その樹蔭に、ひとつ人影があるのを、見出した。

御影石に、腰を下している。

後姿だが、浪人ていである。しかも、ひどく、くたびれた薄ぎたない風ていをしている。

妙なことだ、と老人は思った。

三の丸のこの大石屋敷址は、無断では、入って来られないところである。狐川をへだてているし、城門をくぐらなければならず、勿論許可を必要とするのである。

素姓の知れぬ浪人者など、案内なしには、通す筈がない。

近づいて行ったが、浪人者は、べつに、ふりかえりもしなかった。

老人は、花も葉もない桜を仰いで、

「こうして、はだか枝を見ると、どこに、あの美しい花を咲かせる力があるかと、思う」

と、独語《どくご》した。

すると、浪人者は、むこう向きのまま、

「ご老人、大石内蔵助は、細川越中守邸で、切腹する際、いかようの感慨を催したでしょうな？」

と、問うた。

それから、ゆっくりと、頭をまわした。

老人は、途方もなく巨大な鼻と頤の異相を見出して、ちょっとあっけにとられたが、すぐ、穏かに微笑して、

「死んで行く心の用意ができて居ったに相違ないゆえ、申さば、君子は思うことその位《くらい》を出でず——坦《たいらか》に、蕩々《とうとう》たるものであったと存ずる」

と、こたえた。

顔十郎は、じっと、老人を見戍《みまも》っていたが、

「人間は、単純であればあるほど、幸せですな」

と、云った。

「どういう意味で、申される？」

「色情とか物欲とか——そういう本能から、どういうあんばいに、君子は、遠ざかることができるのか、おうかがいいたしたい。大石は、昼行灯《ひるあんどん》と称されたそうなが、これは、老子の言葉で、君子は盛徳ありて容貌は愚なるが若し、というやつでござろう。それがしなど、こういう化物面をして居り乍ら、色情も旺盛、物欲も人一倍ありあまる。まことに、困った次第です」

「そんなことを、ここで考えておいでだったか」

老人は、微笑をつづけた。

「精気が旺《さか》んなことは、この年寄などには、まことに、うらやましく存ずる。……お手前は、お手前らしゅう、生きられるがよろしかろう」

「ご老人は、この城の客人であられる？」

「なんとなく、逗留いたして居り申す」

顔十郎は、ちょっと、何か考えている様子をみせたが、黙って、立ち上ると、一揖《いちゆう》して、のそのそと歩き出した。

しかし、七、八歩遠ざかって、視線をめぐらすと、

「どうやら、敵になりそうですな、ご老人とは――」

と、云った。

老人は、一瞬、双眸を細めて、強い光を、奇妙な浪人者に送った。

二

城主森和泉守は、この年五十四歳、蟷螂《かまきり》のように痩せて、皺だらけの貌《かお》の持主であったが、異常なまでに、好色であった。一夜も欠かさず、若い女と同衾しなければ、

我慢ならなかった。

のみならず、最近では、寝所に、お手つき女中たちを、ならばせておいて、その目の前で新しく奉公に上って来た生娘を抱く悪癖がついていた。

当時の慣例として、諸侯は、正妻を江戸に置き、いわゆる御国御前という准妻を国許に置いていた。しかし、これは大きな大名の場合で、小さな大名には、そうした正妻と対等の位を与える御国御前は置かれていなかった。

わずか二万石の森和泉守は、先年江戸で正妻が逝《ゆ》くと、まったく自由の振舞いができる状態になっていた。

和泉守のような好色漢にとっては、さらに好都合な慣例があった。それは、正室ならびに側妾は、健康如何に拘《かかわ》らず、三十歳を越えると、御褥《おしとね》お断りを申し出て、寝所を倶《とも》にしなくなるのであった。その場合、正室ならば、お付きの女中の中から、てごろなのを一人えらんで、お伽《とぎ》用に推挙することになっていた。

正室ならびに側妾が、三十過ぎても、御褥お断りをしなければ、妬奸《とかん》だとか、男好きのそしりを受けるのである。

和泉守は、この慣例を最大限に利用していることになる。

江戸家老が、主君の行状を心配して、思いきって、将軍家の第七女にあたる遊姫を、正室に迎えようと、幕閣に乞うたのも、公儀お目付が、ひそかに、和泉守行状を調べはじめたという噂をきいたからであった。

森家は、二万石乍ら、塩田八百町と称される宝庫を所有している。その生産は日本一であるとともに、赤穂法という独特の鉄釜製法の伝統を持っていて、全く苦汁《にがり》を混ぜず、純白の真塩は、最高級だったのである。もし、森家を、何かの咎《とが》によって改易《かいえき》にして、公儀が、八百町の塩田を手に入れれば、その収益は、莫大なものとなる。

森家としては、虎視たんたんたる公儀に対して、何ひとつ落度をつかまれてはならないのであった。

江戸家老は、遊姫を迎えて、主君の行状を革《あらた》めさせるとともに、公儀の御心をおさえる一石二鳥をねらったわけである。もとより、遊姫を正室に迎えるにあたって、以後毎年、真塩献上の儀を条件としたのである。

いわば、遊姫は、塩で買われた花嫁であった。

遊姫が赤穂城に到着し、二の丸に新築された館に入った夜も、和泉守の方は、平気で、新規召抱えの侍女を、寝所に入れて、七、八名の衆妾たちの見成るなかで、初物食いを愉しんだ。

明日、遊姫と内祝言をしてしまえば、この愉しみから当分遠ざからなければならなかったからである。

――畜生め！　ふざけてやがる！

この光景を、眺めたのは、衆妾だけではなく、天井裏にも、一人いた。

お祭り秀太であった。

こういう忍び業をするために生れて来たような男であった。

和泉守が、死んだようにぐったりとなっている侍女の上から、むくむくと起き上って、衆妾たちに、汗ばんだからだを拭かせるところまで見とどけてから、天井裏を去った秀太が、やがて、姿をあらわしたのは、二の丸の御主殿の一室であった。

顔十郎が、そこで、酒をのんでいた。

この二人が、まんまと、京を通りぬけることができたのは、遊姫の行列にまぎれ込んだおかげであった。

顔十郎は、姫君行列が、粟田口の本陣に泊っているであろうことを、ちゃんと見通して、秀太をつれて、馬をとばして京に入ったのである。

はたして、遊姫は、粟田口の本陣にいた。

不意に、顔十郎が出現すると、まだ、褥の中で目をあけていた遊姫は、予め約束し

て待ったような表情で迎えて、いそいそと起き上るや、

「わたくしを、さらいに来てくれましたか？」

と云ったものであった。

「いや、赤穂まで、お供つかまつるために、戻って参りました」

と、顔十郎はこたえた。

「赤穂へついて来て、どうするのじゃ」

「いささか、思案の儀がありますれば――」

「どのような思案じゃ」

「それは、まだ申上げる次第ではありませぬ」

「わたくしは、その方が、必ず途中にあらわれて、何処かへつれて逃げてくれるもの、と信じて居りました」

「駆落などつかまつる柄ではありませぬ」

「もう一度、勝負しようか？」

遊姫は丁半賭博の味をおぼえていた。

顔十郎は、かぶりをふって、

「いくど勝負いたしても、それがしが、勝つにきまって居ります」

「なぜじゃ?」

顔十郎は、まさか、イカサマであるとは、説明しかねた。

遊姫は、せがんだ。

やむなく、顔十郎は、袂《たもと》から骰子《さいころ》をとり出して、こんどは遊姫に渡して、振らせた。

その結果、顔十郎は、赤穂城へ、供することになった。

顔十郎は、豪華な夜具をおさめた長持の中にかくれ、赤穂まで、悠々と寝て来たのである。秀太は足軽に化けて来た。

「旦那、殿様ってえ野郎は、尋常一様の神経の持主じゃありませんね」

秀太の報告をきいた顔十郎は、しばらく、腕を組んで天井を見上げていたが、のっそり立ち上って、廊下へ出て行った。顔十郎が入って行ったのは、老女尾山の部屋であった。いちどは、姫君の操《みさお》を奪った不逞の浪人者を許し難く、薙刀《なぎなた》を振りくれた尾山も、いまは、なにやら、好意らしいものまでおぼえるようになっていた。

「おうかがいいたすが、将軍家御息女のお輿入れに当って、老中下知状の条目中に、お附きの老女が、対手がたなる大名の身体調べをいたす儀がある、とききましたが、左様ですか?」

「ありまする」

尾山は、無表情で、頷《うなず》いてみせた。

つまり、姫君附き添いの老女が、配偶者となる殿様を、男子として健全な肉体の所有者であるかどうか、しかとたしかめておく必要があったのである。

「それは、どこでお調べになられるか」

「朝、和泉守が、入浴されたところへ、参ります」

「ふむ――」

顔十郎の高い鼻梁が、ひくっと動いたようであった。

「その際、老女に、典医が随従いたすのは、べつにおかしくはありませんな」

「そのような例があるかどうか、知りませぬが……」

「例と申すものは、誰かが、はじめに、つくるものでござろう」

顔十郎は、にやっとして、

「されば、明朝、それがしは、典医に相成り申す」

# 三

翌朝巳刻（十時）――。

老女尾山にしたがって、顔十郎が、さも典医らしく、薬函をかかえて、本丸に入るや、迎えた藩士や侍女たちは、一様に、珍獣でも眺めるような表情になった。

典医めかした衣服にあらためているのが、かえって、その異様な面相を、際立たせていた。やはり、この浪人者は、埃《ほこり》まみれの薄ぎたない風体《ふうてい》の方が、ふさわしいようであった。

館に入って、長い廊下を歩きはじめてから、顔十郎は、それまで怺《こら》えていたのが、怺えきれなくなったか、「はっくしょいっ！」とくしゃみをした。

案内に立っていた女中が、その音の大きさに、仰天して、ふりかえった。

「それがしの鼻の孔が大きすぎるのでござる」

顔十郎は、真面目な顔つきで、弁解したが、かえって可笑しく、女中は、噴出すのをじっと抑えるために、ちょっと歩き出せないくらいであった。

湯殿に入ると、脱衣する高麗縁《こうらいべり》の八畳敷きに、浴衣持ちの女中が二人控えていたが、尾山は、これを下らせた。

まだ、湯気のこもった板敷き（流し場）に、裾《すそ》を高く取って手襷《てだすき》をかけたお湯掛りの女中がいたが、これも、尾山は、呼び出して、出て行かせた。

和泉守は、ほどよい加減の浴槽の中で、陶然となっていたが、尾山の声をきくと、やれやれといった顔つきになって、痩せこけた裸身を、板敷きへ上げ、竹箍《たが》の桶へ腰かけさせた。

小意地の悪い大奥老女に、男子の象徴を、じろじろと吟味されることが、気分のよかろう筈はない。

曾て、十一代将軍家斉の第二十四女溶姫が、加賀前田中将斉泰に輿入れした時、溶姫を育てた御付老女は、湯殿で、素裸の中将斉泰を仰臥《ぎようが》させ、銀の箸で、それをつまみあげてみて、

「骨格は秀れておわすに、ちと、弱小に見受けられまする。百万石の殿として、栄養が足りぬとは」

と、云ったという噂がつたわっている。

和泉守は、さいわいに、その点は大いに自信があったが、使用過多の証拠を指摘されるおそれはあった。

いずれにしても、ぞっとせぬ慣習である。

和泉守は、目蓋をとざし、痩せ胸を張って、股を開いて、待つ。

尾山は、檜戸を開いて、ちょっと覗いたが、すぐ、顔をひっ込めた。

——もう、そろそろ、よかろう。

和泉守が目をひらいた——その瞬間であった。

のそりと入って来た典医が、いきなり、右手から、一条の糸を、股間めがけて、さっと投じたのは——。

それは、釣用の天蚕糸《てぐす》であった。

和泉守は、わが物に、きりりっと巻きつくのに、びっくりして、

「な、なにをいたす！」

と、叫んで、あわてて、立ち上った。

とたんに、贋典医は、容赦なく、ぐいとひっぱった。

「い、痛いっ！」

和泉守は、悲鳴をあげた。

「痛ければ、おとなしゅう、曳《ひ》かれて参られい」

顔十郎は、天蚕糸をひっぱって、歩き出した。

「こ、これは、何事の振舞いだ？　なんだ？　……痛い！　そ、そのように、つ、つよく、ひ、ひくな！」

和泉守は、狼狽《ろうばい》し、顚倒《てんとう》し、痛みに顫《ふる》えあがりつつ、曳かれるままに、湯殿を出て、廊下を、よたよたと進んだ。

時どき、天蚕糸を摑もうとしたが、顔十郎は、うしろに目がついているように、そのたびに、ぐいと、ひっぱって、そうさせなかった。

裸の殿が、男根を縛られて、本丸広場へ曳き出された時には、城内は、騒然となった。すでに、澆季末世《ぎようき》の時代であった。身を挺して、主君を守ろうとする家臣は一人もなかった。

弁解はあった。曳いているのが、公儀御典医であり、もし阻止しようとして、男根をひき抜かれてしまってはそれこそ一大事だ、と――。

顔十郎は、平然たる態度で、裸の殿をつれて、仕切門をくぐり、二の丸へ出て、天守台が白堊《はくあ》の影を落している濠に沿うて、石崖上を歩き、やがて、悠々と曲輪《くるわ》を抜けて行った。

家臣一統は、ぞろぞろと跟《つ》いて来ていたが、途中で、顔十郎から、もの凄い一喝をあびると、びくっと立ちすくんでしまった。

城代家老はじめ重役たちが、急報に、あわてて、かけつけて来たが、ほどこすすべはなかった。

「お願いでござる！　城外へ曳くのばかりは、お許し下され！」

重役たちが、口々に歎願したが、顔十郎は、肯《き》き入れなかった。

「ひき抜かれたくなければ、そのまま、そこで眺めていて頂こう。……乱淫の男器を、浄めてさしあげるまでのことでござる」

そう云って、ずんずん、進んで行った。

城を出て、ひろびろとした塩田に行くまで、一町余もない。

冬晴れの空の下に、それは、まことに、奇妙な光景であった。

特大の鼻と頤《あご》を具備した男が、素裸の殿様の男根を、天蚕糸でひっぱって、のそのそと行くのである。半町もうしろから、家中一同が、葬列のように、ぞろぞろと跟いて行く。

顔十郎は、塩田の中に、こんもりと盛りあがっている鉄釜場へ近づくや、あっけにとられている塩人夫に、

「手のつけられぬくらい熱いやつを、ひと桶持って参れ」

と、命じた。

宗匠頭巾をかぶった老人——さきの公儀大目付・平田但馬守乗邑が、馬を駆って、塩田に到着した時、森和泉守は、砂地にながながと仰臥して、股間に熱塩を盛られて、悶絶していた。

顔十郎の姿は、すでに、遠く小さくなっていた。

# 調所笑左衛門《ずしょしょうざえもん》

## 一

埃っぽい街道を、相変らずの風体で、顔十郎は、のそのそと歩いて行く――。

阿波国東ノ鼻が、凪《な》いだ海の彼方に、淡く遠望される舞子の浜――明石の宿場から一里ばかりのところであった。

並木の松影が、明るく地上に匍《は》って、春のようにあたたかな陽ざしであった。

尤も、景勝をめでる風雅の心を持っているわけではなく、前方に置かれた顔十郎の眼眸《まなざし》は、ひどく、ぼんやりしたものであった。

脚があるから、歩いている――そんな無責任な生きかたをしているのを、べつに、懐疑《かいぎ》する男ではないのである。

前方から、かなりの格式をもった武士の乗物が、やって来た。二十数名の供立《ともだて》である。それを眺めて、顔十郎の眼眸が、おのれをとりもどす光を帯びた。

しかし、すれちがう時には、もとの放心の貌容になっていた。

「止めい」

乗物の中から、声がかかるのをきき乍ら、顔十郎は、知らぬふりで、行き過ぎて行こうとした。

乗物の扉が開かれ、よく肥えた赧《あか》ら顔の老人が首を出して、

「顔十郎ではないか」

と、呼んだ。

顔十郎は、頭をまわして、

「やあ――」

と頷《うなず》いてみせただけであった。

供の士たちは、素浪人の横柄な態度に許しがたい気色を示した。

老人は、しかし、べつに気を悪くする様子もなく、

「よいところで出会うた。……話がある。明石まで、ひきかえさぬか」

と、誘った。

「おことわりいたしたい」

顔十郎の返辞は、にべもなかった。

「ま、そう申すな。……お主が、わしをきらいなのは、先刻承知で、たのもうという
のじゃ。話だけでも、きいてもらいたい」

顔十郎は、ちょっと考えていたが、

「やはり、おことわりいたしたい」

と、こたえた。

「そうか。それでは、やむを得ぬ」

あきらめるとみせて、不意に、老人は、懐中から短銃を、抜き出して、顔十郎の胸
もとへ、狙いつけた。

顔十郎は、平然として、見かえしている。

「これでも、ことわる、と申すか、顔十郎」

童顔が、一瞬にして、凶悪な面相と化した。

すると、顔十郎の方もにやにやした。

「撃ってごらんなされい、調所殿」

「みごと躱《かわ》すか？」

「躱しはいたさぬ」

「飛ぶ弾丸《たま》を、斬り落すわけには参るまいぞ」

「工夫がござるて――」

「工夫じゃと？」

「鼻の顔十郎、茶坊主上りの老爺の手などで、むざとは、生命を落し申さぬ」

薩摩藩七十七万八百石の台所をあずかる調所笑左衛門をして、かっとならせるには、「茶坊主上り」という侮蔑をあびせることで足りた。

笑左衛門は、引金をひいた。

轟音と同時に、顔十郎もまた、抜く手を見せぬ迅《はや》さで、差料《さしりよう》を鞘《さや》走らせていた。

次の瞬間――。

供の士たちは顔十郎が健在であるのみならず、その切っ先を、笑左衛門ののどもとにつきつけているのを見出して、啞然となった。

顔十郎は、刀の鍔《つば》で、弾丸を受け、はじいたのである。

すなわち、笑左衛門が、引金をひいた刹那、左手で、差料を鞘ごと、さっと、飛び来る弾道へ、さしのべて、弾丸を鍔ではじいておいて、抜きつけに、切っ先を対手ののどもとへつきつけたのである。

一瞬にして、攻守そのところを転じてしまった。

「み、みごと!」

笑左衛門は、呻《うめ》くように、云った。

顔十郎は、すっと、白刃をひいて、腰に納めると、

「ご免——」

と、一揖《いちゆう》して、歩き出した。

「追って、討ちはたしましょうか」

供の一人が、険しい表情で、笑左衛門にささやいた。

「たわけ! その方らの腕で、彼奴を殪《たお》すことができると思うか」

笑左衛門は、駕籠《かご》の扉をぴしゃっと閉めた。

二

ふたたび行列が動き出すと、笑左衛門は、腕を組み、目蓋をとじて、いまだ人には見せたことのない苦渋の表情になった。

——このわしが……、七十七万八百石の大国の財政をたてなおし、三百万両の余財

をきずいたこのわしが、暗殺されようとしている！　こんなばかげた話があるか！

調所笑左衛門は、目下、昼夜、暗殺の兇手に襲われる危険におびえていた。そのために、稀有《けう》の使い手である顔十郎を、護衛役に、やとおうとしたのである。

調所笑左衛門は、川崎主左衛門という軽輩の次男に生れ、調所清悦という同じく軽輩の養子になり、十二歳で主君島津重豪附《しげひで》の茶坊主になった。

表坊主から奥茶道になったのは、十八歳の時で、異数の出世であった。比類のない鋭く切れる頭脳の持主で、大層わがままな主君も殊遇せざるを得なかったのである。

当時——。

島津家は、八代上総介重豪（栄翁）が、剛腹の発揮するままに、ありとあらゆる方面に出費していたので、藩庫は全く欠乏し果てて、財政は極度の窮迫を告げていた。

外国からの新医術をとり入れて、種痘をし、薬園をつくっていた。一方では、聖堂が設けられ、文武奨励のために、造士館、演武館が建てられていた。

のみならず、重豪は、大変な子沢山である。それらをそれぞれ、養子にやり、輿入れさせるのに、莫大な費用をついやしていた。

天明七年五月に、重豪が隠居し、嫡子斉宣《なりのぶ》が立つや、財政たて直しのために、厳しい倹約令が実施された。しかし、いかに急激な粗衣糲食《れいしょく》の強行をしても、積年の逼迫は一時に救い得るものではなかった。

やむなく、薩摩藩では、むこう十年間、参覲交替の御免を願い出ようと決議したものであった。

参覲交替は、三年に一回の制度である。江戸に近い国の大名でも、この制度は、甚だ苦しい課賦であった。まして、四百十一里もはなれた鹿児島から、三十余日の行程を、数千人の供揃えをもって往来するのである。大変な費用であった。

これを、十年間休めば、たしかに、借財はすくなくなるに相違ない。

しかし、参覲交替を休むというのは、いまだ嘗《かつ》て、前例がなかった。

ただ、それが無理を承知で内願におよぼうとしたのは、重豪の二女篤姫が、十一代将軍家斉の御台所となっていたからである。

いかに、閨縁《けいえん》にあまえようとしても、この特例は、許される筈もなかった。このために、当主斉宣は、三十七歳の若さで隠居しなければならなかった。

あらたに、その長子斉興《なりおき》が、十世を継いだ。

まだ十九歳であった斉興は、思いきった財政改革を断行する勇気があった。

庶費年額五百万両という途方もない藩費を必要とする財政を、いかにたてなおすか。これは、異常の才腕をそなえた人物の登用以外には、すべがないことを、斉興は、賢明にも考えたのである。

そして、斉興が目をつけたのが、茶坊主調所笑悦であった。笑悦は、いまだ二十三歳の若年であったが、すでに不惑の年齢に達した智慧者の面目と貫禄をそなえていた。

その年の暮、七十七万石の太守の手文庫には、二分金が、たった一枚しかなくなっていた。

斉興は、調所笑悦を呼びつけて、まず、用件をきり出す前に、その手文庫をひき寄せて、蓋《ふた》を開いてみせ、

「笑悦、どうじゃ。二分金一枚で、年を越せるのは、どの程度の家であろうな？」

と、問うた。

笑悦は、無表情で、俯《うつむ》向き加減に、

「年三両一人扶持の足軽ならば――」

と、こたえた。

足軽とは、公私を問わず、役所および藩士のために使役せられる小者である。士分以上の家に入れば、入口の敷台に両手をついて礼を行い、決して座敷に上ることは叶《かな》わぬ。雨や雪の時でも、下駄を穿《は》き傘をさすことは許されていない。そのためであろ

う、足軽は、俗に「びしょ」と呼ばれている。びしょびしょと濡れるにまかせるからである。

藩の重役に出会えば、穿きものを脱して、路傍に土下座して、敬礼しなければならない。もしこれをしないと、逼塞《ひっそく》と称するおきてによって、処分される。

「島津家が、三両一人扶持の足軽と同じ内証か」

斉興は、歎息してから、

「笑悦、そちに、この二分金一枚の藩庫を、あずける。十年後には、七十七万石にふさわしい金子をためてくれ」

と命じた。

笑悦は、主君がそう云うであろうとすでに看破していて、

「存じ寄りもございますれば——」

と、固辞した。

斉興は、渋谷の別邸に住む祖父栄翁へ、笑悦を遣《つかわ》して、祖父から、厳命させた。

笑悦は、なお、容易に、引受ける様子を示さなかった。ついに、栄翁が立腹して、せっかく、茶坊主から登用しようという英断を拒絶するとは、藩主を侮辱するものである、と佩刀《はいとう》に手をかけた。

そこまで怒らせるのが、笑悦のねらいであった。

「されば申上げまする。お受けをためらいまする次第、まずは、お願いがございまする。別儀ではございませぬ。私儀、身分なき茶道ゆえ、御勝手方の大役を仰せつけられますれば、藩中の軽侮は、あまりにも当然、さまざまの蔭口かまびすしく、ためにせっかくの御委任も、思うにまかせず、いたずらに、畏敬畏尾《いけいいび》に了《おわ》ろうやも知れ申さず、されば、お上におかせられましては、私が職事につき、何人が如何様《いかよう》に悪しざまに言上いたしましょうとも、おききすて下さいますれば、一死以《もっ》て御奉公つかまつります」

と、一本釘をさしておいた。

かくて、笑悦は、調所笑左衛門と改名して、御勝手方小納戸役になって、蓄髪し、財政改革にのり出したのであった。

三

笑左衛門の改革計画は、倹約令の実施などという消極的なものではなかった。それは、すでに、斉宣が採って、失敗している。

笑左衛門がえらんだのは、経費削減策ではなく、積極的な収入増加手段であった。

一、黒砂糖の専売。

一、密貿易。

このふたつであった。

しかし、このいずれをやるにしても、まず資金を用意しなければならなかった。

笑左衛門は、就任するや、江戸を立って、大阪の蔵屋敷に至った。

そして、出入の町人を招集した。それらの町人たちには、いちばんすくなくて五万両の借金があった。

笑左衛門は、正直に、内政向《むき》が如何に窮《きゅう》しているか、具体的に数字を挙げて説明し、このままでは、永久に、お前たちの借金は返済できる希望はない、と述べた。

「お前たちに、御用金調達を命じても、一時の凌《しの》ぎとなるばかりでは、もはや、無用の儀と存ずる。もし、当藩の御勝手向のためになる末代までの仕事があれば、腹蔵なく見込みを申しきかせてもらいたい」

と、たのんだ。

各自が、いろいろの意見を提出した。そのうちに、笑左衛門の思惑通り、一人が、

御国産第一たる砂糖にお手をつけられ、お手許《てもと》にて一手にお取扱いあそばされ、大阪

で一定の相場をお立てなされてはいかがでございましょう、と申出た。

「しかし、この事業、一手扱いと相成れば、莫大の資金入用であろうが……」

と、笑左衛門は、わざとしぶってみせた。

町人たちが顔見合せているのを眺《なが》め乍ら、笑左衛門は、おもむろにきり出した。

「では、こうしたら、如何であろうか。三十五年賦をもって、資金をお前たちから借り上げ、相応の利子を支払うことにいたしては――」

町人たちは、この提案を受け入れた。

すなわち、笑左衛門は、いままでの借金を据置きにしたばかりか、あらたに、数万両を借りることに成功したのであった。

これが、財政たて直しの第一歩であった。

大島、徳之島、鬼界島を一括して三島方という役所を設け、諸商人がめいめい砂糖買いつけをやっていたのを禁じ、また内証売りした者を処刑にする掟を設けて、砂糖専売の基礎を定めた。一年後、その収穫を、大阪に運んで来て、時季を測って、蔵屋敷で、入札した。これは、予測以上の成績をあげた。

ついで、笑左衛門は、密貿易に着手した。

領内の開鉱を名目にして、幕府から五年賦で、五万両の拝借金を得て、一万両を表面上鉱山事業につぎ込み、あとの四万両を資金にして、琉球から福建へかけての沿岸貿易をやることにした。

公儀から金を借りて、国禁の密貿易をやったのは、笑左衛門をもって、空前絶後とする。

十年経たぬうちに、笑左衛門は、厖大《ぼうだい》な借財をのこらず返済してみせた。なんの倹約政策もとらずに、財政整理して、藩庫を裕《ゆたか》にした笑左衛門の手腕はまことに見事なものであった。

今日——。

薩摩藩は、江戸、大阪、鹿児島の三箇処に、各百万両の非常準備金を蓄えている。ただ一人、笑左衛門の力によるものであった。笑左衛門自身も、家老加判の列に入り、三千二百五十石を領する門地をなしていた。かくまでに、偉大な功績のあった笑左衛門が、いまは、家中血気の士から、つけ狙われて、いつ暗殺されるかわからぬ危険状態にあったのである。

## 四

「……待たれい……お待ち下されいっ！」

後方から、呼び乍ら疾駆《しっく》して来る者があった。

兵庫へ二里あまりに近づいた磯馴松《そなれまつ》にかこまれた地点であった。

顔十郎は、ふり向いた。

笑左衛門の供をしていた士の一人であることが、一瞥《いちべつ》で判った。

顔十郎の前に立つと、大きく肩で、喘《あえ》いだ。汗にまみれた顔は、若々しかった。

眸子《ひとみ》だけは、険《けわ》しいまでに強い光を生んでいる。

「調所殿ともあろう御仁《ごじん》が、むだなまねをする。徒労と判りきったことは、絶対にやらん御仁だったのだが……もうろくしたか」

と、顔十郎は、云った。

「いいや！」

若い士は、かぶりをふった。

「それがしは、調所笑左衛門に命じられて、貴殿を追うて参ったのではない」

「おのれ一人の考えなら、いよいよ、むだであったな。わしは、いやなものはいやだ。あの老人が、大出来者であることはみとめるが、わしの肌に合わぬ。相談できぬことだな」

「ちがい申す！」

若い士は、はげしくかぶりをふって、

「それがしは、実は、笑左衛門の首級を挙げるべく、供に加わっていた者でござる」

と云った。

「……？」

顔十郎は、太い眉をひそめた。

「貴殿が、笑左衛門をやっつけられたお手並に敬服し、ぜひとも、仲間にお加わり下さるよう、お願いに参ったのでござる」

「ちょっと、待った」

顔十郎は、手をあげて制した。

「薩摩随一の功労者を、刺さんと企てるのは、いかなる理由か？」

「彼奴め、いまは奸婦《かんぷ》が走狗となって、斉彬《なりあきら》様の御相続をさまたげて居るのでござる！」

若い士は、義憤を顔面にみなぎらせた。

「奸婦とは？」

「大工の娘でござる！」

「ああ——」

顔十郎は、合点した。

斉興の妾に、三田四国町の大工棟梁の娘でお由羅《ゆら》という女が居り、寵《ちょう》を一身にあつめていることを、顔十郎もきいていた。

斉興は、すでに六旬を越えた老公である。当時は、各藩とも、世子が丁年に達すると、当主は隠居する慣例であった。島津家には、すでに不惑の年齢に達している斉彬という、英明のきこえ高い世子があり乍ら、なお、斉興は、その座をゆずろうとしないのであった。

妾お由羅が、自分の生んだ庶子晋之進《かねのしん》を、十一世の藩主にしようと兇謀を抱いて、斉興をくどき、奸臣たちを味方につけているからであった。

「わしが、調所をきらいだからと申して、刺客の側に組する理由とはならんな」

顔十郎は、お家騒動などにまき込まれるのは、まっ平御免だ、とさっさと歩き出した。

若い士は、走って、行手をふさぐと、いきなり、地べたへ坐って、両手をつかえた。

「お待ち下されっ！」

「お願い申す！　わが藩は、いまや、累卵《るいらん》の危機にあり申す！　お願い申す！」

「御当家が、あぶなかろうとつぶれようと、この素浪人とは、なんの関係もない」

「義を知る御仁と看て、お願い申すのでござる！　斉彬様の和子《わこ》たちが、いずれも四歳に満たずして、妊婦のためにのろい殺されているのでござる。すでに、お三方がお亡くなりあそばし、いままた、第四子篤之助君が危篤でござる」

これをきいて、顔十郎の長い異相がひきしまった。

「呪詛《じゆそ》調伏《ちようぶく》を受けた、と云うのか？」

「左様でござる」

「ふむ！」

顔十郎は、空を仰いだ。巨大な鼻が、びくっと動いたようである。

# 血汐肌

## 一

汐香をふくんだ松籟《しょうらい》の鳴り渡る舞子の浜で——。

砂地にあぐらをかいた顔十郎は、網を引いている漁師たちの、のどかな歌声をきき乍《なが》ら、長い頤《あご》をなでていた。

薩摩藩の若い忠臣から、奇妙な話をきかされて、どうも、おちつかなくなった。

顔十郎は、大名の御家騒動などというものには、一向に興味がない。

御家騒動とは、なにか。人間よりも家というものに敬意をはらう愚劣な考えかたから起る、いわば枝も鳴らさぬ泰平の御世の、もっともくだらぬ喧嘩ではないか。

はっきりいえば、一夫多妻のいがみあいに、大の男が、奸臣派・忠臣派に岐《わか》れて、血を流し合うのである。阿呆《あほ》らしい次第である。

奸とか、忠とか——それぞれが、おのれを正当化して、他を嫉妬《しっと》排擠《はいせい》して、最後の勝ちを占めて、おのれこそ忠であったと呼ばれたい、と躍起になる。正妻側につこうが、妾側につこうが、いずれも、御家の為という旗じるしをたてて、あらゆる策謀をめぐらせるのであるから、正邪の区別など、どうでもよくなる。

御家の為なら、殿様を毒殺するし、重役を暗殺する。

そもそも、「御家のため」ということが、顔十郎のような野良犬には、阿呆らしいのである。

御家とは、何か。家長絶対制と長子相続掟と、蓄妾の風と主従関係が、相倚《よ》り相扶《たす》けた形態である。

ところで、そのどれひとつをとっても、人間個人の幸福を阻止する以外の何ものでもないではないか。

自由というものが、そこには、ないのである。

生きたいように生きている顔十郎のような人物の目には、まことに、ばからしい騒動でしかない。

ただ——。

顔十郎が、どうしても、ききずてにできなかったのは、島津斉彬《なりあきら》の幼い子女が、つぎつぎと、兵道の修法によって、殺されていることであった。

長子・菊三郎は、当歳で亡くなっている。

長女・澄姫は、四歳で亡くなっている。

二女・邦姫は、三歳で亡くなっている。

二子・寛之助は、四歳で亡くなっている。

三子・盛之進は、四歳で亡くなっている。

いままた、四子・篤之助は、二歳で、危篤状態に陥っている、という。

島津家には、中興以来、軍陣に臨むたびに、かならず、怨敵調伏《おんてきちょうぶく》のため、兵道の修法を行わしむる慣例であった。その効験《こうげん》が顕著であるとして、累世尊重し、この修法を受け継ぐ御広敷番牧家は、藩でも重んじられていた。

当主牧仲太郎は、兵道家にふさわしい異常の精神力を備えている人物として、名があり、斉興の妾お由羅《ゆら》は、これに目をつけて、味方にひき込み、呪詛《じゅそ》をなさしめている、という。

「いかん！　幼い児を殺すのは、いかん！」

顔十郎は、突然、声をあげて、そう叫んだ。

「なんです、旦那?」

うしろから、問う者があった。

お祭り秀太が、あとを追いかけて来て、やっと顔十郎の姿を、ここに、発見して、急いで近づいて来たのである。

同行しているからといって、顔十郎の進退は、予測がつかぬ。不意に、どこかへ、いなくなってしまうのである。お祭り秀太は、とりのこされることには、馴れているので、赤穂から、顔十郎が一人でさっさと退散しても、べつに、憤《いか》りもせずに、あとを追いかけて来たのである。

「幼い児を殺すのはいかん、と仰言いましたが、どこで、そんなことが起っていま す?」

「七十七万石の大名屋敷でだ」

「へえ、ひでえものだな」

「まことに、ひでえものだ」

「あっしも生れた時、母親のやつ、尻軽ではらんで、それも、対手の男が四人も五人もいやがって、どの男の種だか、当人自身わからねえというしまつで、いっそ、殺してしまおうと、濡れ紙を、顔へあてやがったんだそうでさ。隣りの婆さんが、たすけてくれなきゃ、浮世で息をしていたのは、たったの一日だったんでさあ」

「盗賊にでもなるよりほかに、生きようはないような生れかたをして居るな」

「そうなんで……。しかし、いまの話だと、大名の倅だって、あっしと同じはめのようでござんすね」

「うむ。こっちは、なまじ、二年も三年も生きのびさせられて、呪詛されているのだからやりきれまい」

顔十郎は、砂地から身を起すと、

「やるか、ひとつ――」

と、云った。

二

顔十郎は、腕を組んで、じっと、空を仰いでいる。

その長い異相を、お祭り秀太は、見まもっている。

何かを決意した時の顔十郎のひきしまった表情を、秀太は好きであった。平常はなんともふしぎな巨《おお》きな鼻梁《びりょう》や長い頤が、にわかに、偉大なものに、思われて来る。

世が世であれば、天下をも取る器量の人物であろうか、とさえ思われて来るのである。

「お由羅、ならびに、兵道家牧仲太郎を斬る。調所笑左衛門の密貿易の罪を公《おおやけ》にして、自滅させる。……それだな」

顔十郎は、云った。

「旦那。あっしにも、なにか役を、一枚加えておくんなさい」

秀太が、たのむと、顔十郎は、じろりと見やって、

「ひとつしかない生命だ。せっかく、ひろったのだから、大切にしろ」

「旦那は、ご自分の生命が大切じゃねえんですかい？」

「おれか――。おれは、不死身だ。お前などとは、出来がちがう」

「ともかく、あっしゃ、旦那の乗りかかった舟に、乗せてもらいまさあ」

顔十郎は、なんともこたえず、街道へ出ると、

「江戸と、大阪と、鹿児島と――さて、どっちへ行くかだ。江戸へ行ってお由羅を斬るか、大阪の蔵屋敷へ忍び込んで、密貿易の証拠をつかむか、それとも、鹿児島へ出かけて行って、牧仲太郎を殪《たお》すか、だ」

「………」

秀太は、顔十郎のきめるのを、待っている。

突然、顔十郎の双眸《そうぼう》が、鋭く光った。

西の方角から、武士の乗物が来ているのをみとめた。

――調所笑左衛門め、虫が知らせたか、引返して来たぞ。

顔十郎は、にやりとすると、

「秀太、あの行列をやりすごす」

と、太い松の幹をえらんで、その根かたに、身をかくした。

行列は、ゆっくりと、その前を、通りすぎて行った。

乗物の中では――。

調所笑左衛門は、目蓋をふさいで、

――もう、わしの為すべきことは、終ったのかも知れぬ。

そう考えていた。

大阪の蔵屋敷へ引返そうとしているのは、三十余年間つづけて来た密貿易の関係書類を、焼きすてるためであった。

蔵屋敷においては、笑左衛門が、実際上の支配者であった。その文庫蔵や、奥向きには、何人《なんぴと》も一歩も入れたことはなかった。

ところが、鹿児島からの急使と、途中で出会い、斉彬派の若ざむらいたちが、徒党をくんで、大阪へおしよせて、蔵屋敷を占領しようという暴挙を謀議している、ときいて、笑左衛門は、にわかに、引返して来たのである。

血気の若ざむらいたちに、密貿易の書類を奪われてはならなかった。

——三十年前の暮には殿の手文庫には、二分金一枚しかなかった。いまは、江戸と大阪と薩摩の御金蔵には、百万両ずつの金がたくわえてある。わし一人の力で、儲けたものだ。日本中の諸侯のうち、三百万両の軍用金を積んである家がどこにあろう。茶坊主上りのこのわしの頭脳ひとつが、たくわえたという功績を、どれだけの人がみとめているか！

武士道の吟味といい、忠節を尚《とうと》ぶという。しかし、殿の手文庫に二分金一枚しかなくて、家臣が、どうして、武士道の吟味をなし、忠節を尚ばれるものぞ。金をさげすみ、金を儲けることをいやしむ。たわけた話だ。武士の面目というが、台所が窮迫して、なんの威儀であろう。軍資金がなくて、どうして、戦さができるというか。太閤も東照権現も、みな、軍資金をたくわえる才があったからこそ、天下が取れたのではないか。

——わしは、家中から、さげすまれ、いやしまれ乍ら、金を儲けることに専念して来た。あらゆる悪口をたたかれ、商人どもからはうらまれた。いくたびも、毒殺や刺殺の危険にもさらされた。わしが、それをおそれず、金を儲けたからこそ、公儀も一歩をゆずるほどわが藩の勢力は増したのではないか。

——しかし……。

笑左衛門は、かぶりをふった。

——どうやら、わしのつとめも、おわった。もはや、わしがいなくても、財政がゆらぐことはない。すておいても、金は、藩庫に流れ入って来る。

ただ、笑左衛門が、憂うのは、斉彬の世になることであった。

斉彬は、洋学を好み開国論者であり、常に新しい仕事を、事業を企てていた。幼少から、曾祖父重豪《しげひで》に育てられ、またその血を多くひいているようであった。

曾祖父重豪は、金銭を湯水のように消費して、いささかも、財政の窮迫をかえりみなかった。そのために、島津家は、破滅の寸前まで、追いつめられたのである。

斉彬が当主になれば、必ず、曾祖父の轍《てつ》をふむに相違ない、と憂慮される。幕府は、斉彬の気象を看てとり、利用して、そのたくわえた金を使わせようと計るであろう。

笑左衛門は、この理由をもって、斉彬を当主にたてたくはなかった。自分が後半生を、夜もろくろく睡らずに、必死になって儲けた金を、斉彬の気まぐれな、新し好きの気象で、むだに費消されるのは、やりきれなかった。

斉彬にひきかえて、お由羅の生んだ久光は、ひかえめで、思慮ぶかく、聡明に思われた。幕府におだてられたり、そそのかされても、容易に、藩庫の扉をひらくことはないであろう。

笑左衛門が、お由羅派に組したのは、当然といえた。

三

「ほう――これを、貴方様お一人の力で、隠密から、奪いとりなすった?」

大阪屋嘉兵衛は、油紙包みの品を膝に置いて、前に端座した、凄いほど蒼白い、ぶきみな無表情の若い浪人者を、見かえした。

かげろう左近は、大阪へ出て来て、大阪廻船積問屋惣代であるこの店へ、ふらりとおとずれたのである。

嘉兵衛は、油紙を披《ひら》いて、あらわれた書類を、ぱらぱらとめくってみて、胸の裡で、思わず、呻いた。

自分たち大阪商人の密貿易の秘密を、よくも、ここまで、くわしく調べあげたものである。これが、公儀の手に渡った時のことを、想像しただけで、身顫《みぶる》いする。

ほとんどの大商人たちは、一網打尽である。しかし、公儀は、狡猾《こうかつ》であるから、捕えて、牢獄へ入れることはすまい。そのかわり、すさまじいばかりの御用金が、否応なしに、命じられるに相違ない。

これまでの御用金は、公儀でも、あまりたびたびなので、一年二朱の利息をつけて、二十年賦で、借上げの形式をとっていた。

密貿易が、ばれれば、公儀は、遠慮容赦はなく、各戸が商売にさしつかえるまで、莫大な金額を、しぼりあげようとするに相違ない。

だからこそ——。

この書類が、江戸へもたらされるのを、阻止しようと、躍起になって、その持参者である奇妙な顔をした浪人者を、刺客群に追跡させたのであった。

しかし、つぎつぎと斬られたという報告を受けて、なかば、あきらめていた大阪屋嘉兵衛であった。

思いがけず、陰気な、ぶきみな若い浪人者に持参されて、嘉兵衛は、蘇生の思いであった。

「たしかに、まちがいありませぬ。ご苦労様でございました。……ついては、お礼をいたさねばなりませぬが、仰言って下さいまし」

嘉兵衛が、申出ると、左近は、なにげない口調で、

「一万両に、美女を一人、添えてもらおうか」

と、云った。

流石に、嘉兵衛も、啞然となった。せいぜい、百両か、多くて三百両程度要求するだろう、とタカをくくっていたのである。

「その美女も、ただの美女ではない。大阪随一の美女——というと、さしずめ、当家のかみさんだな」

嘉兵衛は、去年、京の祇園の一番の流行《はや》りっ妓《こ》を、京都所司代の側頭役とあらそい、三万両を積んで、正妻にしていた。

「ご冗談を——」

嘉兵衛は、対手《あいて》の冷たい眼眸《まなざし》を見かえしているうちに、あきれていられない、微かな恐怖をおぼえて、かぶりをふった。

「冗談ではない。本気で申して居る」

左近は、おちつきはらっている。

「お肯《き》き入れできることと、できないことがございます。……一万両は、さしあげましょう。美しい女も、おさがしいたしましょう」

「わたしは、いったん、云い出したら、あとへひかぬ」

「ご無体なことを仰言います」

「無理を承知で、申して居る。……かみさんを、ここに、呼んでもらおう」

「呼んで、どうなさいます？」

「わたしの口から、交渉する」

——きちがいだな、こいつは。

嘉兵衛は、露骨に、侮蔑の表情になった。

女房のお佐和が、首をたてにふる道理がないではないか。

「呼びましょう」

嘉兵衛は、手をたたいた。

顔を出した女中に、かみさんを呼んで来い、と命じておいて、

「家内が、お断りしたら、どうなさいます？　よもや、さらって行こうとは、仰言いますまいね」

「さらって行きはせぬ。……行きはせぬが——」

左近は、語尾をにごすと、ひくく咳込んだ。

廊下に、衣ずれの音がして、障子がひらかれた。

ういういしい新妻すがたは、店の者たちも、ちら、と遠くに見かけただけで、息をのむ美しさであった。あるじが三万両を投じた、ときいても、誰も高い買いものとは思わなかった。

お佐和は、敷居に三つ指をついて、客に挨拶して、顔を擡《あ》げたとたん、はっと顔色をかえた。

彫られたように端整な、しかし、氷のように冷たい横顔が、そこに在った。

二年前、舞妓のお佐和が、はじめて恋し、からだを与えた男が、このかげろう左近であった。

嘉兵衛は、お佐和の驚愕ぶりを見て、

「存じあげているのか、お佐和？」

と、訊いた。

お佐和は俯向いて、

「はい――」

と、こたえた。声音がふるえていた。

「このご浪人さんは、お前を呉れと仰言る」

嘉兵衛は、いきなり、ずばりと云ってのけた。

左近を視るお佐和の白い顔が、微かな戦慄《せんりつ》を掠《かす》めさせたのを、嘉兵衛は見のがさなかった。

「わしから、お断りしたが、お肯き入れにならぬ。お前から、はっきりと、お断りしてくれ」

「…………」

お佐和は、何か云おうとして、なかば、口をひらいたが、声が出ない様子であった。

この時、左近が、はじめて、お佐和へ、その冷やかな眼眸をあてた。

「忘れては居るまいな。三年のあいだに、男に一指もふれさせずに、わたしを待っている、と誓ったぞ。……お前を身うけするには、一万両を用意しなければならなかった。わたしは、三年間に、一万両をつくる決意をしていたが……、ふふふ、むだであった」

「ご浪人さん――」

嘉兵衛が、さえぎった。

「過ぎたことでございます。水に流してやって頂きとう存じます。お詫《わ》びのしるしに、もう五千両、お添えいたしましょう」

「金は要らぬ」

左近は、はねつけた。

「どうしようと申される？」

こちらも、剛腹の大阪商人であった。ひらきなおった語気で、睨《にら》みかえした。

左近は、それをしり目にかけて、にやりとすると、

「詫びのしるしは、女のからだから、もらう」

と、云って、差料を把ると、すっと立った。

嘉兵衛は、思わず、お佐和をかばおうと、腰を浮かせた。

左近は、そのいとまを与えなかった。

嘉兵衛は、お佐和にむかって、左近の腰から、白い閃光が躍るのを見て、何か叫んだ。

しかし、次の瞬間には、左近は、何事もなかったように、廊下へ出ていた。白刃は、鞘《さや》におさまっていた。

お佐和は、裾《すそ》を乱して、仰《あお》のけに、畳に倒れていた。あわてて、抱き起した嘉兵衛

は、どこも傷ついていないのに、ほっとした。しかし、なぜ、お佐和は、血の気を引いて、失神しているのか？

寝間へはこんで、夜衣にきかえさせようとして、仰天したことであった。

胸の隆起の、乳首が、双つとも切断されて血汐は胸から腹部にかけていちめんにあふれていたのである。

# 火の鎖

一

朝靄《あさもや》のこめた時刻、編笠をかぶったかげろう左近の、生ける幽鬼に似た姿が、天神橋筋の河岸地《かしち》に見出された。

昨夜、夜明《あか》しという屋台で、したたかに酒をくらって、物蔭から、惣嫁《そうか》という淫売に、袖《そで》をひかれるままに、ついて行き、この河岸の荷物置場で、寝たのである。

明けがたに、烈しく咳込み、女がおどろいて起きて、せなかをさすってくれたが、その親切がわずらわしく、出て来た。

土蔵や納屋のならんだこの通りは、まだねむっていた。

材木屋、炭屋、薪屋、酒屋の高積みは、白く霜《しも》を置いていた。

寒気は、左近の素肌を、刺した。

とある辻に出ると、その南角が、船着場になっていて、瀬戸内海の廻船へ便乗する客の待合所が、設けられてあった。

立場《たてば》茶屋のたたずまいで、古びた幟《のぼり》が、それを示していた。

左近の心が、ふと動いた。

——瀬戸内海の、どこかの孤島が、おれの病軀《びょうく》をやすめるにふさわしい場所ではなかろうか。

足の向くままに、放浪をつづけている素浪人であった。心が動けば、それをとどめる理由はない。

左近は、待合所へ近寄った。

落間《おちま》の床几には、年老いた武士が一人、ほかに巡礼と猿まわしが、いずれも、うそ寒げに、床に切った炉のまわりに、肩を落していた。

左近が入って行くと、何気なく、待ち客たちは、顔を擡《あ》げたが、その中で、さっと顔色を変えたのは、老いた武士であった。

肥前松浦郡五島藩の祐筆・松井週左衛門は、十四年前に行方知れずになった若殿の行方をもとめて、これから、四国へ渡ろうとしていた。

老人が、慄然となったのも無理はない。日岡峠はずれの街道上で、富山の薬売りを斬りすてた浪人者に、また、ここで出会ったのである。

「おやじ――」

左近の方は、老人には気づかず、奥へ声をかけ、出て来た問屋の水主《かこ》へ、

「上荷船は、いつ出る！」

と、訊ねた。

水主は、じろじろと、うさん臭げに見やって、

「旦那は、関所手形をお持ちですか？」

と、云った。

「便船に、手形が要るのか」

「船の上ですさかいなあ、素姓のはっきりしたお仁《ひと》でないと、どうも……」

「浪人者は、巡礼や猿まわしより、さげすまれるのか」

「そ、そういうわけではありませんが――」

水主は、本能的に、対手の痩身に漂う妖気に、恐怖して、あとずさった。

「乗せてくれなければ、歩いて渡るか」

かわいた笑い声をもらして、左近は、踵をまわして、おもてへ出た。

とたんに、松井老人が、呻きにも似た驚愕の叫びを発した。

「そ、それは！」

左近の腰に携《さ》げられた印籠《いんろう》を、視たのである。

丸の中に、髑髏《どくろ》を描いた紋は、おのが主家以外に、あるべくもなかった。

「もしっ！」

週左衛門は、床几から立って、よろめくように、左近を追った。

編笠をまわした左近は、血相を変えた老爺に、

「なんだ」

と、刺すような声をかえした。

「そ、その、印籠でござる！」

週左衛門は、わななく指で示して、

「それを、お手前様は、ど、どこで、手に入れられたか？」

「…………」

「も、もしや、斬取り強盗を働いたのでござれば、そ、その対手《あいて》は……」

「おれが、斬取り強盗を働く、とどうして看た？」

「それがしは、日岡峠で、お手前が、薬売りを討ったのを、見とどけて居り申すぞ」

老人は、全く恐怖心をすてていた。

十四年間、日本中を、さがしもとめて、ただひとつの手がかりも得られなかったのである。いま、はじめて、若君盛也が、拉致《らっち》された時、身につけていた印籠を、見知らぬ浪人者の腰に発見して、われを忘れたのは、当然であった。

「印籠は、おれのものだ。盗みも奪いもして居らぬ」

左近は、ひややかに、こたえた。

「そ、そんな筈はない。それは、お手前ごとき、無頼の御仁《ごじん》が、腰に携げる品ではない」

烈しくかぶりをふりつつ、そう叫んだ老人は、べったりと、地べたへ坐ると、

「お願いでござる！ ど、どこから、手に入れられたか、打ち明けて下され！ お願いでござる！」

と、両手をつかえて、頭を下げた。

あまりにも必死な歎願のさまを、編笠のかげから、じっと見下した左近は、

「おれが、餓鬼の頃から、身につけていたのだとしたら？」

と、云った。

「そ、それは……？」

老人は、はっと、視線を擡《あ》げると、

「まことでござるか？」

食い入るような形相になった。

左近は、歩き出した。

「お、お待ち下され！……い、いちど、お顔を――」

老人は、狂気のように、起き上って、追いつくと、左近の袂《たもと》を、つかんだ。

瞬間――老人は、目にもとまらぬ迅さの当て身をくらって、朽木のように崩れた。

左近は、ふりかえりもしなかった。

しかし、編笠の中の蒼白の面貌は、異常にひき歪められていた。

二

「左近ではないか？」

と、呼びかけられたのは、もう京に近い伏見街道で、七、八騎とおぼしい一隊が疾《しっ》駆《く》して来たのを、避けて、並木に倚《よ》った時であった。

先頭をきっていた武士が、馬を停めて、鋭く、見据えたのである。

左近は、かれらが、江戸の薩摩屋敷の人々であるのをみとめた。

先頭の武士は、ひらりと、馬から降り立つと、

「やっぱり、左近だ。ちょうど、よいところで出会った。ひと役、買ってもらいたい。たのむ！」

と、声に力をこめた。

「なんの仕事だ？」

「上意討ちだ」

「上意討ち？」

「そうだ。……お主の知らぬことだが、わが藩は、いま二派にわかれて居る。血気の軽輩どもは、重役にそむいて、脱藩し、大阪の蔵屋敷を襲撃して来ようとしている。……こやつらを、討つために、われらは、えらばれて、江戸から急遽、来阪して来た」

この面々とは、江戸の町道場で、知りあいになっていた。いずれも、腕の立つ連中である。

しかし、自身たちの力だけでは足らず、この無頼の浪人者まで傭おうとするのは、

襲撃して来る軽輩たちも、相当の使い手揃いに相違ない。

「たのむ、左近！　ひと肌、脱いでくれ」

「おれは、お主らに、べつに友誼《ゆうぎ》は持って居らぬ」

左近は、ひややかに、こたえた。

「相変らずだの。しかし、その孤高を、われわれは、買う。な、たのむ！」

「いくらで、買う？」

「百両で、どうだ？」

「ふん――」

左近は、自嘲の薄ら笑いの声を、もらした。

同じ時刻――。

尼崎のはずれ街道を、一挺の駕籠《かご》が、酒手をはずまれて、ふっとんでいた。

垂れはあげられ、乗っているのは、顔十郎であった。

長い脚を窮屈そうに折り曲げて、その奇妙な面相に似ぬしぶい佳い声で、小唄を口ずさんでいた。

更けて、逢う夜の気苦労は
人目をかねて格子さき
互いに見かわす顔と顔
目に持つ泪、袖ぬれて
エエ、意地わるな、火の用心
はなす話も、あとや先

「駕籠屋、そろそろ、見えぬか？」

顔十郎は、問うた。

「まだっ、見えませんや」

「そうか。見たいききたい抱かれたい、抱かれて泣きたいあまえたい、ついでに、たんまり、もらいたい——駕籠屋、この気分で、いそげ！」

やがて、ひとつの立場《たてば》を駆け過ぎた時、

「見えたっ！」

と、先棒が、叫んだ。

およそ、十数人の旅仕度の武士の一団が、街道をいっぱいになって、進んでいたのである。

「よし！　韋駄天《いだてん》で、まん中をつッ走れ」

「合点！」

雲助は、どうなることか、わけはわからぬままに、みるみる追いつくや、
ありゃ、りゃりゃっ
ありゃあっ、りゃ
と、勇ましく呶号《どごう》をあげて、一団へ突っ込んで行った。

その勢いに、武士たちは、列を空けた。

まっしぐらに、駕籠を突破させて、半町も行くと、顔十郎は、

「ここで、よい。駕籠を置け」

と、命じた。

「旦那、対手は、十五人以上いますぜ。しかも、みな図太い面構えの血気者が揃っていらあ。大丈夫ですかい！」

「斬りきざまれないうちに、懐中の胴巻を、こっちに、呉れろ、という物欲しげな顔をいたして居るぞ。あいにくだが、神様に特別に製《つく》ってもらった面貌の所有者だ。そうやすやすと、この世から消えるわけにいかぬ」

笑い乍《なが》ら、のっそりと立ち出た顔十郎は、用意して来た粉袋を、腰からはずすと、紐を解いた。

何をするのか、と駕籠舁《か》きたちが、けげんそうに見まもっていると――。

顔十郎は、袋の口から、すこしずつ、白い粉を落して、路上いっぱいに、文字を横書きしはじめた。

　地獄の一丁目
浮き上ったその文句を読んで、駕籠舁きたちは、啞然とした。

「さて――」

ござんなれ、と顔十郎は、その文句の前に、立った。さしずめ、閻魔《えんま》が麾下《きか》の赤鬼という心得とみえた。

尚武を以て知られた海南薩摩隼人《はやと》の中でも、最も生命知らずの若い軽輩たちは、そこへ、道幅一杯になって、進んで来た。

一斉に、粉文字を読み、そして、顔十郎を視た。

「なんのざれ真似だ、これは？」

一人が吼《ほ》えるように、尋問した。

「お主がたに、ここより踵《きびす》をまわして、国許へひきかえして頂きたく、島津藩には縁もゆかりもない素浪人が、ころばぬさきの杖《つえ》、濡れぬさきの傘の代りに、おこがましく御忠告申上げる次第でござる」

「笑止っ！」

一人が、喚いて、ずかずかと迫るや、

「地獄の一丁目とは、おもしろい！　鬼め、金棒代りにその刀一本で、われわれ薩摩隼人十六名を、どうやって、阻むぞ？」

「おのぞみとあれば、ご覧に入れてもよい」

顔十郎は、平然として、こたえた。

「よしっ！　見せろっ」

いきなり、抜刀して、青眼にとるや、

「行くぞっ！」

と、睨《にら》みつけた。

「待たれい」

顔十郎は、にやにや笑い乍ら、

「どうせのことでござる。一人ずつ片づけるのは、面倒だし、時間がかかって、他の通行人の迷惑となり申すゆえ、御一同、白刃を揃えて頂こうか」

と、要求した。

「うぬがっ！　なにを血迷うての増上慢だっ！」

「よしっ！　なますにしてくれる！」

「その化物面を、まっ二つだぞ！」

若い隼人らは、口ぐちに喚きたてるや、一斉に、抜きつれた。

すると、顔十郎は、ゆっくりと、往還の片側へ寄って、

「まず、その地獄の一丁目の上を踏みこえてから、かかられい」

と、所望した。

そして、おのれは、懐中から、するすると、一条の細い鎖を、右手に巻きつけつつ、曳《ひ》き出した。かなり長い鎖であったし、右手に巻きとるのを止めても、なお端は、懐中にのこっていた。

「さ、よろしゅうござるか」

顔十郎は、いっそ、うれしそうな声をかけた。（マラソンのスタート・ラインに就いた選手たちに、身構えさせるスターターを、ご想像ありたい）

意表を衝く顔十郎の振舞いに、気を呑まれるというよりも、一種の好奇心を催して、若い隼人たちは、素直であった。

尤も、いずれも、粉文字を跳びこえざまに、顔十郎に襲いかかってやろう、という狂暴な闘志を、目もとに口もとに、むき出していた。

「ひとつ――公平に、懸声をかけ申そうか」

顔十郎は、いよいよ明るい口調で告げておいて、次の瞬間、

「それっ、跳べっ！」

と、一喝した。

それは、スターターの放つ銃声よりも、もっと不意で、爆発的である。

若い隼人らは、呪文を解かれたごとく、

「地獄の一丁目」を跳躍した。いや、跳躍しようとした。

刹那――。

顔十郎の右手から、鎖が、流星の迅さで、飛んだ。そして、それは、むこう側まで、一直線にのびた。のびたばかりか、むこう側の並木の枝に、くるっと巻きついたのである。

いわば、これは、とび出そうとする選手の前へ、いきなり鉄のテープを張ったあんばいであった。

三

次の瞬間に起った現象は、まことに華麗なものであった。

「おっ！」

「しゃっ！」

「ちぇす、とおっ！」

若い隼人らは、反射的に、この鉄のテープを両断すべく、一刀を振り下したのであるが、その刃が鎖にふれるかふれぬうちに、そこから、昼花火のように、鮮光がほとばしったのである。

のみならず、その火花が、ぱらぱらと落ちるや、これを受けた「地獄の一丁目」が、濛《もう》っと白煙を噴いた。ただの粉ではなかったのである。

顔十郎は、平賀源内ゆずりのエレキテエル操作の技術をそなえていたのである。

たちまち、白煙は往還を掩《おお》うた。

とみるや、顔十郎は、はじめて、三尺二寸の長剣を抜きはなって、その白煙の中へ、躍り込んで行った。

白い闇の中で、思うぞんぶんに、顔十郎独特の迅業《はやわざ》を使われては、いかに生命知らずの尚武国の健児たちも、たまったものではなかった。

煙が薄れ散った時には、一人のこらず、峰撃ちをくらって、地べたに、へたばっていた。

顔十郎は、悠々と、かれらを見わたして、

「いかに、隼人諸氏、地獄の一丁目ともなれば、なまなかのわざでは、越えられまい」

と、うそぶいた。

もはや、一人として、奮い起って、顔十郎に襲いかかろうとする者は、いなかった。

「諸氏は、島津斉彬公の叡智と寛容ぶりに帰依《きえ》欽仰《きんぎよう》し、奸臣調所笑左衛門、奸婦お由羅を斬って、あっぱれ忠臣ぶりを発揮せんとして、脱藩して来たものであろうが、なんという稚《おさな》さよ」

顔十郎は、ずけずけと、あびせはじめた。

「笑左衛門を斬るもよし、お由羅を亡きものにするもよし。しかし、諸氏は、藩主斉興公をも弑逆《しぎやく》する勇気があるや？　このたびの騒動は、斉興公こそ、元凶ではないか。調所笑左衛門に、藩庫をゆだね、政務をほったらかして、大工の娘の色香に迷い、長子の嬰児《えいじ》たちを次々と呪殺するにまかせて、知らん顔をしている――この元凶をこそ殪《たお》さずして、ほかになんの解決策があろうか。お主らのうちに、藩主をも、あえて斬る勇気の持主がいるならば、われらは、よろこんで、この地獄の一丁目を通さん。その勇気なくして、烏合の徒党を組み、いたずらに世間をさわがせて、なんの忠臣面ぞ！　おのおの、胸に手をあてて、考え直せ、たわけ者ども！」

小気味よく、きめつけておいて、顔十郎は、くるっと、後姿をみせるや、のそのそ歩き出した。

「お、お待ち下されい！」

一人が、ずるずると匍《は》って、呼びとめた。

「貴、貴公は、いかなる素姓の御仁《ごじん》で、ござろうか？」

問われて、顔十郎は、頭をめぐらすと、

「天下放浪の野良犬」

と、こたえた。

「お名は――？」

「鼻の顔十郎」

「なにゆえに、われわれの義挙を、このように、はばまれたのでござる？」

顔十郎は、この質問に対して、ちょっと、高い鼻を、ぴくつかせた模様であった。

「気まぐれにてそろ」

顔十郎は、歩き出し、こんどは、いくら必死に呼びとめられても、二度と、ふりかえろうとはしなかった。

# 暴徒の街

## 一

文庫蔵の中は、薄暗く、しーんとしていた。

調所笑左衛門は、そのいちばん薄暗い場所で、棚から、次つぎと、書類をえらび把《と》って、手文庫の中へ入れていた。

灯をつけなくても、どの棚に、どんな書類が置いてあるか、笑左衛門の頭脳の中で、整然としていた。

三十年間、文字通り寝食を忘れて、財政再建のためにつくして来た——その証拠が、これらの書類であった。

ふと——。

笑左衛門の耳に、遠く、潮騒のように、群衆のどよめきが、つたわって来た。

——暴徒が、いよいよ、金持を襲いはじめた。

大阪市中に、不穏の空気が起って、すでに一月あまりになる。

米は、高騰して、一升二百文になっていた。労働者の一日の手間賃が六十文の時代であった。しかも、その高い米さえも、容易に、庶民の口には入らぬほど、不足していた。両三年来の、日本全土の不作と、大商人たちの買い占めのためであった。

公儀では、江戸はもとより、各所に、窮民のお救い小屋を設けていたが、焼け石に水にすぎなかった。

——いよいよ、末世じゃ。幕府の寿命も、そろそろ尽きた、といえる。

笑左衛門は、胸のうちで、そう呟《つぶや》き乍《なが》ら、とある棚から、古びた書類を、把った。

それは、三十年前、笑左衛門が、財政改革の命令を受けて、この大阪へやって来た時にとった、おどろくべき措置を記した書類であった。

当時、島津藩は、大阪町人たちから、三百五十万両の巨額を借りていた。笑左衛門は、この借金を、二百年年賦で返すという措置をとったのである。いわば、三百五十万両を帳消し同様にさせたのである。

よく暗殺されなかった、と思う。

藩主は、参観交替にも、大阪には、宿泊できなかった。借金催促に、大阪商人たちが、殺到して来るからであった。問屋場もそっぽを向いたので、人足が傭えず、士分の者たちが、荷物をかついだものであった。江戸、大阪、鹿児島の諸屋敷は、荒れ放題であった。

いまは、どうであろう。

江戸にある七つの屋敷（芝、高輪、桜田、西向、南向、田町、堀端）は、どこへ将軍家お成りを受けても、はずかしくはない。即日、饗応の用意をととのえることができる。大阪にある三つの屋敷、京の錦小路の邸宅、さらに日光宿坊、上野宿坊も完全に修築が成っている。鹿児島城も、昔日のおもかげをとりもどして、天守閣の威容は、海内《かいだい》五指のうちにかぞえられよう。しかも、江戸、大阪、鹿児島の各金蔵には、それぞれ百万両の非常準備金が積立ててある。

調所笑左衛門ただ一人の力によって、これだけの再興をなしとげたのである。

笑左衛門は、焼きすてるべき書類を、手文庫に入れて、蔵を出て来た。

街の騒擾《そうじょう》の音は、いよいよ、間近にひびいて来ていた。

——この屋敷へも、襲うて来るか？

笑左衛門は、ちょっと、立ちどまって、耳をかたむけた。

「二、三万両、施してやろうか？」

独語《どくご》をもらした。

大阪の貧民たちを、暴徒にまで追いつめたのは、公儀の政策の失敗と、飢饉であるが、この薩摩屋敷にも、すこしは、罪がある。薩摩屋敷が、ふとるためには、大阪の大商人たちと結託して、庶民の零細な金をしぼりあげなければならなかったからである。

壺庭に面した奥の居間にもどった笑左衛門は、机の上に、手文庫を置いてから、手をたたいて、侍女を呼び、お茶を命じた。

黒茶碗をとりあげ乍ら、笑左衛門は、早春の光に盈《み》ちた庭へ目をやって、

――わしは、まだ、死ぬわけにはいかぬ。

と、思った。

なすべきことは、まだ、たくさんのこっていた。

もし、幕府において、島津藩の密貿易その他の、禁令破りを咎《とが》めて来たならば、あえて、一戦を辞せぬだけの財力と兵力は、すでに蓄えてあるのだ。おそれるに足りないではないか。

将軍家の威光というものは、もはや、落目である。

——そうじゃ。わしは、弱気になるかわりに、もっと度胸を据《す》えて、大規模な海外交易をやり、大砲、鉄砲、火薬を輸入し、天下分け目の決戦のための準備をしておいてくれようか。

不意に、その考えが、湧いた。

この時、留守居役の一人が入って来て、国許から届いた密書を、さし出した。

二

披《ひら》いてみて、笑左衛門は、はらわたが凍るような衝撃を受けた。

当主斉興を隠居させて、お由羅と笑左衛門を処断する義盟を結んだ斉彬派の姓名が、列記してあった。

町奉行兼物頭《ものがしら》近藤隆左衛門、同役山田一郎左衛門、船奉行高崎五郎右衛門を首魁《しゆかい》として、家老島津壱岐、同二階堂主計、物頭赤山靱負、大目付兼物頭名越左源太、馬頭仙波小太郎、屋久島奉行吉井七郎右衛門、裁許掛中村嘉右衛門、同見習近藤七郎右衛門、同山口及右衛門……。

蔵方も奥小姓も遠方目付も兵具方も、宗門方も広敷書役も地方見廻りも琉球館掛も製薬掛も——ずらりと、その名をつらねていた。

この中には、笑左衛門が、軽輩の中から見つけて、とりたててやった士もいた。

その者の顔を思い泛《うか》べ乍ら、笑左衛門の痩せた手は、わなないた。

——島津壱岐も、二階堂主計も、このわしが、いかに努力して、財政をたてなおしたか、つぶさに見ている筈ではないか。吉井七郎右衛門め、屋久島奉行にしてやったのは、このわしだぞ！

三代相伝の貧乏を退治した上に、三百万両の非常準備金を蓄え、不毛の地を拓《ひら》き、殖産を講じ、甲突川の改修をなし、西田橋以下五大石橋を架け、道路をつくり、用船を新造し、火薬を貯え、台場を築いたこの調所笑左衛門の功績を、これらの士たちは、全くみとめぬというのか！

笑左衛門は、生れてはじめてといってもいい凄じい憤怒にかられた。

その昂奮のゆえに、不覚にも、笑左衛門は、天井の張板が一枚はずされて、鉤《かぎ》のついた細引が、するすると、たぐりおろされるのを、すこしも、気がつかなかった。

鉤は、手文庫の携げ鐶《かん》を、巧みにひっかけると、すうっと、持ち上げた。

手文庫は、天井裏へ、釣りあげられてしまった。

廊下に跫音《あしおと》がして、障子戸越しに、

「ただいま、江戸表より、演武党のかたがたが、ご到着でございます」

と、告げられた。

演武党というのは、島津重豪（栄翁）がつくった演武館で修業した家中次三男のうちの、特に秀れた者たちが、えらばれて、江戸の三田屋敷へ遣されて、組んだ党であった。いわば一騎当千の旗本といえた。

「いま、参る」

こたえて、立とうとした笑左衛門は、ふと、机の上から、手文庫が煙のように消えうせていることに気がついた。

はっとなって、四方を見わたした。

こんな不可思議なことがあろうか、と疑った笑左衛門は、立ち上って、さらに、視線をめぐらして、さいごに、天井を見上げると、

「うむ！」

と、呻いた。

——破滅じゃ！

おのれ一身のみならず、島津の破滅の因になるやも知れぬ、という恐怖で、笑左衛門は、からだが、急に、奈落に落ちるような眩暈《めまい》におそわれた。

「戸波っ！　坂口！」

笑左衛門は、大声で、呼んだ。

かけつけて来た二士へ、

「曲者が入った！　天井裏じゃ！　捕えい！　遁《のが》してはならぬ！　遁しては……」

破滅と云いかけて、あわてて、

「演武党の者たちにも、たのめ！」

と、命じた。

たちまち、邸内は、騒然となった。

笑左衛門は、居間に坐ったが、じっとして居れず、広縁へ出て、書院の方へ歩いて行った。

と――。

書院の縁側に、一人、うっそりと、柱に凭《よ》りかかっている浪人者を、見出した。

眉宇をひそめて、近づいて行った笑左衛門は、その横顔を間近に視て、はっとなった。

「お主――」

と呼び、こちらへ向けられた蒼白な貌《かお》に、笑左衛門は、

「ほう——似て居る！」

と、思わず、云った。

「お主何者だな？」

「伊集院平吾殿にやとわれた素浪人です」

という返辞に、笑左衛門は、さらに不審を増した。

「どうして、伊集院を存じて居る？」

「江戸の町道場で、知り合ったまでのことです」

「名は？」

「左近と申す」

「姓は——？」

「捨て児なれば、姓は、当人も知らぬと申上げておきましょう。尤《もっと》も、なければ不便ゆえ、かげろう、と称していますが……」

「お主は、五島の藩主五島左衛門尉盛成殿の若い頃と、活き写しじゃ。五島家の和子《わこ》は、八歳か九歳で、行方知れずになった、と噂にきいて居ったが、お主が、それではないのかな？」

「…………」

かげろう左近は、黙って、そっぽを向いた。

五島列島の藩主五島左衛門尉と笑左衛門は、二十年前からの、親しい知己である。すなわち、密貿易にあたって、笑左衛門は、福江島、奈留島、若松島、中通島、宇久島を、大いに利用したのである。

外国船との取引は、それらの島蔭でおこなわれた。五島藩には、見て見ぬふりをさせておいた。勿論、それだけの報酬は、つけとどけた。貧しい五島藩にとっては、その収入は、非常な扶《たす》けになったのである。

「お主、もし、五島家の嫡子ならば、わしが、仲介に立って、連れて参ろう」

笑左衛門が、云うと、左近は、ひややかに、

「それがしは、かげろう左近以外の何者でもないのです。すておいて、頂きたい。そんな親切心よりも、曲者をとり遁《にが》した場合の対処をどうするか、そのことを考えられるがよろしかろう」

と、こたえていた。

三

わっ！

わあっ！

鬨《とき》の声が、あちらでも、こちらでも、噴きあがっていた。

計画的に起った暴動ではなかった。はじめは、十人ばかりが、とある大店へおしかけて、無心していたのが、番頭たちの冷淡なあしらいに、かっとなって、

「ぶっ毀《こわ》してやるぞ！」

「やれっ！　かまうもんかい！」

どっと、とびかかって、番頭や手代や小僧をなぐりつけ、蹴とばして、奥へなだれ込んだのが、きっかけであった。

滅茶滅茶にあばれまわって、おもてへとび出した時には、もう狂気に近い昂奮状態になっていて、つづいて、むかいの大店へ、殺到した。

三軒めを襲った時には、その頭数は、倍になっていた。五軒めへおどり込んだ時には、数倍にふくれていた。

「北船場へ行けえっ！」

誰が叫ぶともなく、その方角がきまっていた。

大阪では、大川以南長堀川以北、東は東横堀川、西は西横堀川で限った地を、船場という。

その船場の中でも、北船場が金穴で、今橋筋、高麗橋筋には、富商豪家が、軒をならべているのである。

一般の庶民たちは、そこの大金持たちは、自分たちとは、全くの別世界に住んでいる、と思いきめていた。

しかし、明日どころか今日の米が一粒もない窮迫状態に追いつめられると、船場でのうのうとぜいたくの限りをつくしている大金持たちが、のろわれて来る。

ばらばらに、ちらばって、のろっているあいだは、あわれで惨めな、虫のような存在だが、ひとたびのろいを結集させると、その暴力は、野獣のように狂的なものと化す。

「やれ、やれ、船場を焼野っ原にしてしまえ！」

窮民たちの脳裡には、鴻池屋《こうのいけや》や天王寺屋や平野屋や三井呉服店や岩城屋の、金蔵でうなっている千両箱の山が、ちらついて、もうそこへ殺到することのほかは、考えられなくなっていた。

いつの間にか、数百人にふくれあがった暴徒の群は、手に手に得物をつかんで、目を血走らせ、肩をいからせ、跣《はだし》で大地をふみ鳴らしていた。

辻に、配下をしたがえた役人が出張していたが、叱咤するいとまも与えられずに、襲いかかられて、這《ほ》う這《ほ》うのていでにげ出した。

大店に火をつけた者があり、煙が噴き出すと、騒擾《そうじよう》はさらにもの狂おしいものになった。

火焔と黒煙と――。

鬨の声と悲鳴と――。

棒や刀の閃きと、馬の蹄《ひづめ》の音と――。

狂乱の渦巻きと化した市街の、どの道筋でも、にげまどう群衆が、ぶっつかりあい、蹴とばし、ころび、ふまれていた。

大戸をおろした店は、たたき毀《こわ》されたし、品物は路上へ抛《ほう》り出されていた。

若い女をかついでとび出して来る無頼者がいたし、突きとばされた老人が、目を瞠《みひら》いたまま、死んでいたし、武士は抜刀して呶号《どごう》していたし……。

この地獄の光景を、とある火の見櫓《やぐら》にあぐらをかいて、顔十郎は、眺め下していた。

——これでいい！

顔十郎は、長い顋《あご》を撫で乍ら、心で、呟いていた。

——時世は、あまりに腐りすぎている。腐りすぎると、膿が出る。あたりまえのことだ。民衆を虫けらとしか考えていない役人や金持たちが、この際、そのおそろしさを骨にしみ通るまでに、味わうとよいのだ。

顔十郎には、この暴動は、小気味よいのだ。

この三年あまりの、庶民の苦しみは、あまりにも、ひどすぎた。

日本全土の饑饉は、三年もつづいている。春に霖雨《ながあめ》が百日もつづいたかとおもえば、六月には大洪水、八月には暴風雨、そして、秋には蝗《いなご》の大襲来がある、といったあんばいであった。奥羽では、南部盛岡だけで、半年に二千人の餓死者が出た、という。

ところが、この困窮《こんきゅう》も、大阪の大商人たちにとっては、金儲けの絶好の手段になったのである。

買い占められるだけ、買い占めた米を、倉庫へしまい込んでしまい、日一日と値上りするのを、北叟笑《ほくそえ》んでいるのであった。

かれら巨商は、あるいは十人両替となって、三郷全体の両替屋を取締り、御用融通方となって幕府の官金を預り、あるいは諸藩の蔵屋敷の蔵元となって、その藩の産物——主として米——の販売一切をつかさどり、また掛屋となって、蔵もの販売の代金を預り、一方では月々江戸屋敷の入用金を仕送るなど、隠然として、天下の金権をつかんでしまっている。

のみならず——。

十人両替融通方となった大町人たちは、公儀より苗字帯刀御免とか、諸役免除となって、特典をさずけられ、蔵元掛屋などは、諸藩から、家老格とか用人格などの格式を与えられて、相応の扶持米《ふちまい》さえも、もらっているしまつである。

いわば、これら富商たちは、公儀及び各藩の役人たちをあやつって、かれらを文字通り、酒池肉林の饗応で骨ぬきにしておいて、せっせと儲けているのである。

米価が暴騰し、飢餓のために路上に行き倒れがある時節に、町奉行のお救い措置は形式的であり、富商豪家の義捐《ぎえん》は、ほんの申しわけである。

これらの連中に、こうした暴動による天誅が加えられるのは、まことに、のぞましいことである。

天下の野良犬は、そう思わざるを得ない。

「旦那っ！」

下から、お祭り秀太の声がかかった。

顔十郎は、見下して、

「上って来い」

と、笑った。

駆けのぼって来た秀太は、小脇に、手文庫をかかえていた。

「ほう、みごと、せしめて来たな」

「かんたんに引受けられる仕事じゃありませんでしたぜ。三途の川が、二、三度、目の前にちらつきやがった。へい、受けとって頂きやしょう」

秀太は、手文庫を渡しておいて、小手をかざすと、

「すげえことになりやがった。このぶんじゃ、大阪は、焼野っ原になりやすぜ」

と、云った。

「いや、そうはなるまい。暴徒は所詮暴徒にすぎぬ。軍師がついていないのでは、一日で鎮圧されよう。但し、大金持の首が、二つ三つ、刎《は》ねとぶだけでも、これは意義がある」

「旦那！ ひとつ、軍師になって、五、六千人を、手足のようにあばれまわらせてみ

ちゃ、いかがでござんす？」

「あいにく、この化物面では、威厳がない。ざんねん乍ら、軍師役はあきらめるが、それにしても、窮民も、ひとたび、起ち上ると、これだけの力を発揮する。みあげたものだ」

「あっしも、とび込んでやろうか」

「いや、お前は、わしについて来い」

「どうなさるんで？」

「騒動がおさまって、ひと安堵したところで、こんどは、こっちが金儲けをする」

「へえ？　旦那に、そんな才覚がおありですかい？」

「ある」

顔十郎は、手文庫を、ぽんとたたいた。

「これが、金になる」

「こんなものが――？」

「十万両ぐらいにはなるだろう」

顔十郎は、あっけにとられている秀太へ、にやりとすると、やおら、腰を上げていた。

# 黄金葬式

## 一

梵天《ぼんてん》国筋、という。

大阪でも、この界隈は、最下層の人種が住んでいる。

梵天国というのは、仏教語だが、いまは、これぎりとか、追い出すとかの意味につかわれている。すなわち、当時、町家では、小僧から多年勤めあげても、何か不始末があると、奉公に来た時に着ていた着物をきせて、追い出してしまう風習があった。

これを梵天国という。

かたぎの世界から、追い出されたり、はみ出した人間たちが、落葉が吹きだまるように、集ったのが、この地域であった。

うすぎたない木賃宿がならんでいる。

泊るのは、兇状持ちか、淫売か、路銀のつきはてた浪人者や行商人である。

顔十郎は、その一軒に、のそのそと入って来て、なんとも云おう様のない臭気に、思わず、特別に大きなくしゃみをした。

ここでは、顔十郎の異相も、さまで珍しいものに、じろじろ見られることもなかった。

他人に対しては、全く無関心でいるのが、こういう世界の特長であった。ここへ堕ち込んだ者が、容易に、ぬけ出せないのは、その気楽さのゆえでもあろう。

宿賃八文をさき払いして、二階へ上って来た顔十郎は、見わたして、

「ほう、みごとだな、よう揃うた」

と、微笑した。

十人ばかりの男が、思い思いの恰好で、寝そべって無為な時間をすごしているのだが、いずれも、兇状持ち特有の陰惨な面貌だったのである。白昼、街なかを歩けそうもないし、当人たちも心得ていて、日が昏《く》れるのを待っているかたちであった。

顔十郎は、まん中に割り込むと、突如、

「起きろ！」

と、大喝した。

地震のように、家屋がゆさぶられるほどの、気合のこもった声であった。

兇状持ちたちは、一斉にはね起きた。

顔十郎は、一人一人の面相を、順々に見わたした。

「まことに、好ましい面がまえをして居る。こういう面がまえになるには、よほど悪事を重ねずばなるまい」

そう云って、にやにやしてみせた。

顔十郎にそそがれるどの視線も、毒蛇のように険悪であった。そして、おし黙っているのも、不気味だった。

「皆の衆、ものは相談だ。十両で、わしに生命を売らぬか？」

顔十郎は、あらためて、一人一人を見まわした。

「どうだな？　おい、お前、売らぬか？」

前の男に、返辞を促した。

「信じられねえ」

男は、かぶりをふった。

顔十郎は、懐中をさぐると、大きな革財布をとり出して、ぼろ畳の上へ、はなやかな音をひびかせて、小判をまき散らした。

兇状持ちたちは、ひとしく、食い入るように、それを瞶《みつ》めて、生唾《なまつば》をのんだ。

「さ、売らぬか」

顔十郎は、一枚を把《と》って、前の男の膝へぽんと投げた。

「旦那、おれたちの生命を買って、どうするんでえ？」

一人が、訊ねた。

「売るか売らぬか、と問うているのだ。買った上は、当方が、どう使おうが、勝手ではないか。どうだ？」

顔十郎は、ほかの一人の膝へも、小判を一枚投げてやった。

「よ、よし！　畜生っ、売ってやらあ」

一人が、唸るように叫ぶのをきっかけにして、兇状持ちたちは、餓狼が、獲物にとびつくように、さきをあらそって、小判をひろった。

「さて、きまった。よいかな、只今より、お前たちの生命は、この鼻の顔十郎のものだ。もし、十両を、猫ばばして、ずらかろうというがごとき、いやしいこんたんを起している者が、あるとすれば、即座に斬る！」

云いざま、顔十郎は、三尺二寸の長い差料《さしりょう》を、抜く手もみせず鞘《さや》走らせて、直立させた。

「よいな?」

「へ、へい——」

一同は、一斉に、うなずいた。

「但し、わしの方は、お前ら、どぶ鼠は信用せぬ。ただ、この剣が、おぬしらを絶対服従させる。見よ!」

顔十郎は、白刃を、ひらっ、ひらっと、宙に舞わせた。

その宙には、無数の蠅が飛びまわっていたが、たちまち、ころころと、落ちて来た。

一同は、唖然として、この迅業《はやわざ》を眺めたことだった。

二

大阪の豪商といえば、まず鴻池屋《こうのいけや》を、第一に挙げなければならぬ。

世人は、鴻池屋一党と呼ぶ。つまり、同じ屋号を名のっている本家、分家、別家の総称である。

鴻池屋は、今橋二丁目の善右衛門を本家とし、同町の善五郎・庄兵衛・徳兵衛、同三丁目の伊助、同四丁目の重太郎、和泉町の新十郎・栄三郎・彦太郎など、みな鴻池屋と称して、いずれも、巨富を誇り、団結力はかたいのである。

その夜――。

顔十郎は、お祭り秀太をつかって、鴻池屋善右衛門が、真田山の別邸へ泊ったことをつきとめると、三更をまわった時刻、忍び入った。

べつに隠密の修練を積んでいるわけではなかったが、顔十郎は、庭から、小柄《こづか》で、雨戸をはずして、廊下にふみ込むまで、全く物音をたてなかった。

月光に送られるようにして、すっと廊下に立った顔十郎は、

「さて――」

と、長い頤をなでた。

この屋内には、用心棒めいた護衛者はいない、と直感したし、主人が二階にいるとさとった顔十郎は、もはや、盗賊の真似をする必要はなかった。

跫音《あしおと》をたてて、階段をのぼって行った。

「だあれ？」

若い女の甘い声がした。

顔十郎は、灯かげの映えた障子の前に立つと、

「鼻の顔十郎と申す素浪人、夜分に、不粋の真似をつかまつる」

と、ことわって、さっとひき開けた。

朱塗りの絹行灯《あんどん》にてらし出された部屋は、閨《ねや》の睦言《むつごと》を愉しむための趣向が、金にあかして、凝《こ》らされてあった。

「ごめん！」

顔十郎は、歌麿や春信の浮世絵を散らした金屛風を、つかんで、たたんだ。

鴻池屋善右衛門は、すでに夜具の上に起き上って、短銃を右手に握っていた。

そのうしろで、一枚絵からぬけ出したような女が、白い胸と脛《すね》をあらわにしたなまめかしい寝みだれ姿を、善右衛門にすがらせていた。

しっとりとした春の夜にふさわしい光景である。人形のように白痴めいた美しさも、いかにも、豪商の玩弄物《がんろうぶつ》らしい。

「鼻の顔十郎という大泥棒がいるとは、きいたことがなかったが、見れば、これは、盗人には不似合なお顔だ。一度、会ったら忘れられるものではない」

流石《さすが》は、大阪随一の商人《あきんど》らしい貫禄をみせて、にやりとした。短銃の撃ちかたも充分心得ているようであった。

顔十郎も、微笑して、銃口へむかって、一歩すすんで、端座した。

「鴻池屋。わしは、盗賊ではない。取引に来たのだ」

「取引ならば、店の方へ、真昼に、おもてから、来て頂くことだ」

「それだ。あいにく、わしの望んでいるのは、闇取引でな」

「……？」

「買ってもらいたいものがある」

顔十郎は、じっと、善右衛門を見据えて、

「島津の蔵屋敷の文庫蔵に在った抜荷帳だ。調所笑左衛門が、この三十年間に、おぬしら商人と共謀《ぐる》になって、どれだけの抜荷買いをやったか、つぶさに記しとめてある。まことに丹念なものだ。買いとって、目を通してみる興味はないか？」

「………」

「おぬしがいやだと申すなら、ひとつ、公儀に買ってもらおうか。尤《もっと》も、公儀では、証拠をつかんだからといって、もはや、島津藩をとりつぶす権勢はない。勿論、おぬしら大阪の大商人をひっくくるのも、あまり利巧なやりかたではない。そこは、公儀も、算盤《そろばん》をはじいて、目から火の出るような御用金を申しつける、という手段をとるだろうな。抜荷の証拠をつかんだぞ、と暗にほのめかしてだ」

善右衛門は、烈しく、顔十郎を睨《にら》みかえしていたが、

「いくらで買えと云いなさる？」

「一万両」

ずばりと、云ってのけた。

善右衛門の太い眉が、ぴくっと、痙攣した。

次の瞬間、短銃が、轟然《ごうぜん》と火を噴いた。

同時に、顔十郎は、左手で差料を摑むがはやいか、胸前へさしのべていた。

弾丸は、刀の鍔《つば》で、はじかれた。

「鴻池屋。うろたえるな！　こちらは天下無宿の野良犬だ。嚙みつくことに躊躇はせぬ。ただ、嚙みつくよりも、餌の方が欲しいので、おとなしくしているだけなのだ。たかが一万両で、逆上するとは、鴻池屋も、やきがまわったのではないか、と疑いたくなるぞ」

善右衛門は、しばらく、睨みかえしていたが、

「負けました。たしかに、一万両で買わせて頂きましょう」

と、云った。

「話は、わかるな」

顔十郎は、抜きつけの構えをおさめて、正座にもどった。

「しかし、一万両と申せば、千両箱が十箇、人目のある中を、店から運び出せば、たちまち噂をまねいて、窮民たちが、雲霞《うんか》のように、おし寄せて参りますぞ。そちら様で、どうやって受けとりなさるかだ」

「その心配は無用だ。ちゃんと手段《てだて》は考えてある。では、明日、今橋二丁目の店へ参上する」

顔十郎が、立ち上った時、善右衛門は、ふっと、思い出して、

「ひとつ、おうかがいいたしましょう」

「なんだな」

「過日、てまえの仲間の大阪屋嘉兵衛のところへ、幽霊のような若い浪人者があらわれて、ご公儀隠密が調べあげた抜荷の書類を持参して、一万両で売りつけて行った、と申します。たしか、その書類は、天狗のような奇妙な顔つきの浪人者が、京で、隠密から受けとって、遁げ出した、ときいて居りましたが……」

「…………」

「天狗のような浪人者、というのは貴方のことではありませんかな？　すると、貴方は、その書類を、幽霊のような若い浪人者に、横取りされたという次第になる——」

顔十郎は、かげろう左近には、襲撃されている。その時、かげろう左近は、血を喀《は》いて、地べたへ倒れた。

――あのあとで、かげろう左近は、茶屋のおやじから書類を受けとった隠密を襲って、奪ったに相違ない。

顔十郎は、合点すると、

「同じ穴のむじなと申したいところだが、あいにく、かげろう左近とは、同じ一万両の取引をしても、料簡がちがう。……こちらは、大義名分があるのだ。十万両とふっかけたいところを、一万両にまけた、と思ってもらおう」

三

翌朝、今橋二丁目の鴻池屋本家へ、顔十郎は、乗り込んで来た。

その左手に、調所笑左衛門から奪った手文庫を携げていた。

座敷で、対座した善右衛門は、その手文庫の中をあらためて、頷くと、

「千両箱を十箱、倉から出して居りますが、どうやって運びなさる?」

と、訊ねた。

である。


「舟を、着けてある。運んでもらおう」

裏手は、倉庫の並んだ河岸《かし》道になっていて、鴻池屋専用の舟着場が設けてあったのである。

善右衛門は、番頭の一人を呼んで、目くばせした。

舟着場には、盗っ人かぶりのお祭り秀太が、小舟を漕ぎ寄せて、のんびりと、煙管をくわえていた。

十人の手代が、一人一個ずつ、千両箱を重そうにかかえて、裏木戸から出て来て、舟へ運び入れた。

秀太は、ただ、黙って、見ていただけである。

番頭が、運び了ったことを報告に来ると、善右衛門は、

「では、これはこちらへ頂戴いたすことにして、あとはひとつ、曾根崎新地へでもお供いたしましょうかな」

と、云った。

「そう願いたいところだが、まだ、ひとつ肝心の用件がのこっている」

顔十郎は、おちつきはらっている。

「肝心の用件と申しますと？」

「いまに、わかる。しばらく、待っていてもらおう」

「お待ちしないでもありませんが、どうも、気がかりなことを仰言るので、おちつきませんな」

「それは、そうであろうな」

意味ありげに、顔十郎は、にやにやした。

「何をすると仰言いますので？」

「葬式を出す」

「葬式を？」

「左様、当家から、だ」

「誰の葬式でございましょう？」

「当家の主人の葬式を、だ」

「御冗談を申される」

善右衛門は、縁起でもない、と手をふった。顔色は、すこし蒼《あお》ざめていた。

このおり、おもてが、騒然となった。

善右衛門は、思わず、腰を上げた。

「動くな、鴻池屋！」

顔十郎の一声が、善右衛門の臓腑に、びいんとひびいた。

それは——。

赤ふんどしひとつの、いずれも、凄い面貌をした、入墨者が十人ばかり、白木の寝棺をまん中にして、それぞれ、白張無紋の高張提灯《たかはりぢょうちん》や、一本箸を立てた一杯盛りの茶碗や、竜頭《りゅうず》の六角灯籠《ろっかくとうろう》や紙製の幡《のぼり》や、そして位牌を持って、店へ、おし入って来たのである。

仰天した番頭や手代や小僧たちが、さえぎろうとしたが、一瞥《いちべつ》して生命知らずの兇状持ち揃いと判って、怯えあがってしまった。

なんまんだ、わっしょい
なんまんだ、わっしょい
奇妙な懸声をかけ乍ら、たちまち、奥へ突入して来た。

顔十郎は、ふりかえって、

「よし、そこへ！」

と、床の間へ、棺を据えさせると、

「鴻池屋！　この鼻の顔十郎に、一杯くわせようとしても、そうは問屋がおろさぬ。舟へはこんでくれた千両箱の中には、石塊《いしくれ》がつまっていたろう。どうだ？」

「……………」

「昨夜、更けてから、小判と石塊を詰め代えているのを、わしの乾児《こぶん》が、ちゃんと見とどけている。気の毒だが、鴻池屋、その罪のつぐないに、死んでもらおう。葬式は、こっちが引受けた」

善右衛門は、顔十郎の背後にならんだ裸男たちの、獰猛《どうもう》な面相に戦慄した。

「か、かぶとをぬぎました」

善右衛門は、畳へ両手をついた。

「そちら様の仰せ次第にいたしましょう」

「そう来なくては、話にならぬ。……鴻池屋、その寝棺に、びっしり、千両箱を詰めてもらおうか」

顔十郎は、そう云いはなったことだった。

それから、十日あまり後、顔十郎の姿は、京都粟田口から山科へ抜ける坂路をのぼっていた。

日岡峠の休み茶屋が、すぐむこうに見えて来た。

「おーい、旦那！　顔十郎の旦那！」

うしろから、お祭り秀太の声が、呼んだ。

ふりかえると、一挺の早駕籠《かご》に、つき添って、秀太は、走って来ていた。

憮然とした顔つきで、顔十郎は、歩いて行く。

秀太と駕籠は、たちまち、追いついた。

「旦那、大阪中の評判は、当分おさまりそうもありませんや」

秀太は、大声で、云った。

三日前、天満橋ぎわの火見櫓の上から、顔十郎は、およそ二万両を、窮民の群にむかって、ばらまいたのである。

ばらまき乍《なが》ら、しかし顔十郎は、おのが行為のはれがましさに、いささか嫌悪をおぼえたものであった。

「あと三年も経ったら、鞍馬山の天狗がやったしわざだ、という噂が、信じこまれますぜ。いやもう、はんぶんくらいは、信じてやがるに相違ねえ」

「その話は、もう止せ、済んだことだ」

顔十郎は、さえぎって、長い頤《あご》をしゃくって、駕籠の中は何者だ、と目で問うた。

秀太は、にやっとすると、

「色男は、つらいものでござんすね、旦那」

と、ささやいた。

瞬間、珍しく、顔十郎の表情が変った。

「へへ、恋に上下のへだてはねえ。あとを、慕うて、おお、そうじゃ、と必死に追われて来られちゃ、釣鐘《つりがね》の中にかくれたって、蛇になって、巻きつかれまさあ」

「たわけ!」

駕籠の中では、赤穂城から脱出して来た将軍家息女遊姫が、長い道中をやすみなくゆられた疲れで、こくりこくりと、いねむりしていたのである。

顔十郎は、うんざりし乍ら、近づいて来た茶屋に目をあてて、

――おやじには、こんどは、若くて美しい姫君を預ける、と約束したことはしたのだが……。

と、胸のうちで呟《つぶや》いていた。

# 小さな親分

## 一

春の風が、うなりをたてて、吹いていた。まきあがった黄塵《こうじん》で、松の並木も家も人影も、うす黄色に、烟《けむ》っている街道を、顔十郎は、臀《しり》からげして、長い臑《すね》を、ほこりまみれにし乍《なが》ら、相変らず、不恰好な歩きかたをしている。

時おり、大きなくしゃみをするのは、人の二倍もある鼻孔が、黄塵を吸い込むせいであろう。

加藤氏二万五千石の城下——水口が、すぐむこうに望まれる街道であった。

顔十郎は、うしろをふりかえってから、

「うむ——」

と、ひとり頷《うなず》いて、

「いささか、ひもじゅうなったぞ」

と、呟《つぶや》いた。

赤穂城から脱出して来た将軍家息女遊姫を、草津宿で、中仙道をつれて行くとみせて、隙をうかがって、茶屋へ置きすてると、東海道を、一散に遁走してきたのである。

将軍家息女に惚れられたのは、まことに、光栄のいたりで、顔十郎としては、どだい、若い女性に慕われたのが前代未聞のことであったものの、やはり、分不相応な色道を歩くのは、避けざるを得なかった。

遊姫には、お祭り秀太がついているので、さほど、心配は要るまい。なんとか、なだめすかして、江戸までつれて行ってくれるのではあるまいかと思う。

顔十郎は、とある立場茶屋に近づくと、跳ねあがった白馬を染め抜いた紺暖簾《のれん》を見て、ぐうっと、腹を鳴らした。

跳ねあがった白馬のしるしは、「あらうまい」のしゃれで、居酒屋を意味する。

顔十郎は、実は、遁走に夢中になったあまり、うかつにも、財布を落してしまって、懐中無一文であった。

これまで、しばしば、無一文になった経験をしているので、べつに、あわててもいないが、目下弱っているのは、空腹をどうやってみたすか、である。

食いにげするほど、いまだ、無神経にはなっていない。

城下に入れば、一夜の宿賃をかせぐ才覚はあるのだが、それまで、腹の虫が我慢してくれそうもない。

——合力するか。

と、街道の前後に、武士の影はないか、と見やった瞬間であった。

唸りをたてて、一本の矢が、顔十郎めがけて、飛来した。

本能となっている手練《てだれ》で、顔十郎は、こいつを、さっと、片手摑みにした。

摑んでから、

「あぶないぞ」

と、首をふって、射かけて来た方角へ、視線をまわした。

土手上の松の高処《たかみ》に、射手《いて》はいた。

のみならず、それは、まだ十二、三歳の少年であった。

するすると、幹をすべって、土手に降りたつと、きついまなざしを、じっと据《す》えた。

「どうしたことだな、これは？」

顔十郎は、べつに慍《おこ》った様子もみせずに問うた。

すると、少年は、

「試したのだ」

と、こたえた。

「試した？　なんのためだな？」

少年は、ひらりと、街道へ跳び降りて来ると、

「腕がたつな、おさむらい」

と、云った。

顔つき、口のききかた、そして、きいたふうに右肩をそびやかした姿勢といい、どうも少年らしくない。武士の子とも見えぬが、さりとて町家のせがれではなかった。

「わしの腕をためして、用心棒にでもやとおうというのか？」

顔十郎が、きくと、少年は、「うん――」と頷いた。

「おれは、腕の立つ浪人者がやって来るのを待っていたのだ。あんたは、変な顔をしているし、痩せこけて、ひょろひょろしているから、たぶんだめじゃろ、と思うたが、ものはためしに試してみたら、ひろいものじゃった」

いちいち、云うせりふが小面憎《こづら》かった。

「お前さんは、博徒の親分の息子か？」

「そうじゃ。よう、当てた」

「ひどいものだ」

顔十郎は、呟いた。

「なにが、ひどいのじゃ？」

少年は、睨《にら》みあげた。

「ははは、親に似た亀の子、というやつであろうな。まあ、それもよい。そなたのような童《わっぱ》から、用心棒にやとってやろうと云われたのは、はじめてだ」

「おさむらい！　東海道で五本の指のうちにかぞえられた大親分小森の鉄蔵の跡目を継いだ鉄太だぞ！　ばかにするな！」

「ばかにはせぬ。ただ、いささか、めんくらったまでだ」

「やとわれるか、やとわれないのか——返答しろい、おさむらい」

「さて、どうしたものかな」

顔十郎は、風におどっている白馬を、ちらと見やった。腹の虫が、また鳴いた。

「日当は、いくらだな、親分？」

「十両だ」

少年は、こたえた。

「では、前金で、百文ばかりお願いしようか」

顔十郎は、もう我慢ならず、のそのそと、茶屋に近づいて、紺暖簾をはねた。

二

小親分鉄太は、この特大の鼻と頤《あご》を持った浪人者が、息もつがずに、五合桝《ます》で三杯、きゅうっきゅうっと、飲みほすのを、見まもっていた。

さかなは、たたき納豆だけで、それを、小指ですくって、ひとなめしただけで、五合桝を空けたのである。

「酒にも強いのじゃな、おさむらい」

鉄太は、たのもしげに、云った。

「弱いのは、女に対してだけだ。ははは……。さて、話をきこうか」

顔十郎は、四杯めの桝を、前に置いて、鉄太を促した。

「なぐり込みをかけるのじゃ」

「親爺さんが殺されて、縄張りを奪られたというわけかな？」

「いいや、ちがう！」

鉄太は、かぶりをふった。

「お茶壺行列に、なぐり込みをかけてやるのじゃ」

「お茶壺行列に?!」

顔十郎は、あきれて、少年のりきんだ顔をまじまじと、眺めた。

お茶壺行列というのは、将軍家が、その一年間に飲む料茶を、宇治茶園から江戸へはこぶ行列のことであった。

当時、このお茶壺の通行は、勅使《ちょくし》の参向や大名の参覲交替よりも、重大視され、その通行筋では、街道の住民はもとより、宿駅の事務をとる問屋やその旅館にあてられた本陣、とともに、道行く旅人までも、震駭《しんがい》せしめた、という。

将軍家御用物の逓送《ていそう》が、重大視されたことは、この時代の異観であった。

御用物は、備後の畳表や越前の奉書紙など、各国の特産物であったが、宇治茶が最も重大視されていた。

当時から現代までつたわる遊戯唄に、

ズイズイ、ズッコロバシ胡麻味噌ズイ
茶壺に追われてトッピンシャン
抜けたらドンドコショ

というのがある。

お茶壺道中の誇大な威光ぶりを諷刺した唄である。庶民が、お茶壺道中のために追われて困却する状《さま》と、その通り抜けを心から悦んだ心情を表している。

まず、宇治が天下の茶どころとなった由来を述べると――。

後鳥羽帝の建久二年、僧栄西が、支那から留学を了えて帰朝した際、持参して来た南宋江南の茶種を、筑前の背振山に試植したところ、結果は良好であったので、「喫茶養生記」を著して、その効用を説いた。

のち、栄西が京の建仁寺に在った時、栂尾《とがのお》の僧高弁が、訪れて、その茶種を分けてもらい、深瀬に栽培した。そして、それを後に至って、山城の菟道に分栽した。これが、宇治茶の起原となった。

数百年を経て、足利義満が、宇治茶の優秀を知って、宇治に自家の茶園を作った。宇治茶園が、一躍天下に名をひろめたのは、その時からであった。

文明十五年に、足利義政が、銀閣寺を建てて、茶事を大いに興《おこ》して、さらに宇治茶の名を高めたことは、あまりにも有名である。

徳川氏にいたって、宇治は茶所とされ、御物茶師を置き、その精品を禁中《きんちゅう》へ奉《たてまつ》るとともに、江戸城で供するものは、代々相伝した由緒ある茶壺を送って、これに容れて、持ち帰るようになったのである。

茶摘みは、昔からの申伝えにならって、八十八夜——三日前後の、よく晴れた吉日である。

その日から、宇治の里には、制札が立てられ、新茶の搬出は禁じられる。宇治で茶師と唱える代官頭取格の上林家が、これをつかさどる。

製せられる茶には、すべて、名がつけられてあった。初昔、若森昔、初日昔、後昔、祖母御茶昔、鷹爪、早摘昔、鱗形、いの昔、雁金、一文字昔、大祝白、譲葉昔、一の城、白鷹昔、千鳥昔、一文字白、など。

昔、というのは、茶のことを意味した。茶師は、上林家のほかに十三軒があり、年始、御目見得、または将軍家代替りの節には、出府して、登城し、白書院で、若年寄の取次ぎを受けて、奉るお茶には毒を含まぬ誓約書をさし出すのを例とした。さて、この宇治茶を、江戸から、茶壺を持って迎えに行くのは、寛永九年、将軍家光によって、はじめられた。

福海壺、寅申壺、志賀壺、埋木壺、日暮壺、虹壺、旅衣壺、藤瘤壺、柚狭壺、太郎五郎壺という十壺のうちから、二壺が選ばれて、宇治へ遣わされた。

その行列は、お茶壺奉行の相具す供揃いのほかに、お茶詰め人足百二十人と馬三十足を従えた。

寛永九年に、将軍家光が、これを試みた時には、御数寄屋坊主二、三人に茶壺を持たせ、徒士頭一人と、道路警戒役の走衆数人だけを宇治に遣った。

それが、時代の下るにつれて、しだいにものものしくなり、幕府の威光を誇示する手段となったのである。

宇治に至ると、お茶壺奉行は、上林家に入って、お茶を検査して、将軍家御料茶を容れる御召壺、宮廷へ奉る御壺、夏切御壺、御買上御壺、御煎茶壺へ、それぞれ壺詰し、封印をすます。

この茶詰めには、二日を要した。お茶料は、大判三十八枚、金子三百三十五両、銀四貫三百九十一匁であった。

いよいよ、江戸へ帰る時には、さらに、随行する人馬の数は増した。御馳走人馬といい、各宿駅で、人馬を奉仕したからである。

三

ところで、御料茶は、八十八夜に摘んでも、一夏は、山城国愛宕《あたご》山に囲っておかれて、年が明けてから、江戸へはこばれるならわしであった。

すなわち、ちょうど、この早春が、道中にえらばれていた。

いよいよ、お茶壺が、街道へ出る、というお触れが通達されるや、町中の掃除はもとよりのこと、前々日から、往還の近傍の田畑の耕作も禁じられる。焼土、塵焼《じんしょう》などの不浄の煙ばかりか、炊煙《すいえん》なども、遠慮させられたので、各戸は、三日前に、竈《かまど》をきれいにして、村役人の点検を受けた。

村中の家々からは、軒にかかった沓《くつ》やわらじを取りおろさせ、旅人は裏通りへ廻らせ、人足の髪やさかやきに手入を命じた。

御用荷物を中にして、御茶壺奉行、御茶道頭、御茶道、御数寄屋、御直御徒衆八人、これに各自の家士を加え、人足百数十人をしたがえた行列が、塵ひとつない街道をしずしずと進むあいだ、四方はひそとして、全く無人の世界と化すのであった。

これほど、ものものしい行列にむかって、この少年は、なぐり込みをかけるという。

無謀というもおろかな振舞いである。

顔十郎と雖《いえど》も、これには、啞然たらざるを得なかった。

「お茶壺行列になぐり込みをかけて、どうするのだな？」

「知れたことじゃ。お壺を奪いとってやるのじゃ」

鉄太は、云いはなった。

「おぬし、乾児《こぶん》はいるのか？」

「居らん」

「一人も――？」

「うん。一人も居らん」

「親分と用心棒と、二人だけで、二百余人の行列へ、斬り込むわけか」

顔十郎は、長い頤をなでた。

「常識で考えれば、万に一も、生きのびることはおぼつかない。捕えられれば、磔《はりつけ》だ。日当十両は、チト安いな」

「おいら、やっつけるんじゃ！　生命なんか惜しくないぞ！」

少年は、顔に朱を散らして、叫んだ。

顔十郎は、その必死な眼眸《まなざし》を受けとめて、頷いた。

かりに、お茶壺行列に対して、骨髄に達する恨みを抱いている人間がいたとしても、用心棒たった一人をつれて、斬り込みを企てるとは、まず、考えられない。この少年は、なんの遅疑逡巡《ちぎしゅんじゅん》もみせずに、それをやってのけようと、決意している。そこが顔十郎の気に入った。

どうせ、こちらも、浮世の常識の埒外《らちがい》で生きている男である。無謀を承知で、引受けるところに、生甲斐も死甲斐もあろうというものである。

「お壺を奪って、どうする?」

「用心棒には、教えられん」

小さな親分は、きっぱりと、はねつけた。

「成程。わしは、十両貰えば、それでいいわけだな」

「やるのだな、おさむらい?」

「やるとしようか」

「よし。それなら、十両のほかに、もうひとつ、おさむらいに、呉れるものがあるのじゃ」

「なんだな?」

「ついて来い」

鉄太は、立ち上った。

おそろしく大きな構えの屋敷であった。そしてまた、おそろしく荒れはててもいた。

大きく傾斜した長屋門から、玄関までの二十間あまりの道は、山中のけものみちのように、枯れた雑草に掩われてしまっていた。

玄関の式台も、埃にまみれ、天井は、蜘蛛の巣だらけであった。

「姉者、ただいま、もどったぞ！」

鉄太は、どなった。

この態度は、博徒の親分のせがれ、というよりも、郷士の息子らしい折目正しさであった。

檜戸《ひのきど》が、開かれた。

少年とよく似た面差の、切長の眸子《ひとみ》が美しい娘が、あらわれた。

「姉者、用心棒をやとうて来たぞ。腕は立つ。おいらが射かけた矢を、手づかみにし居った」

鉄太は、そう云って、さっさと、上って行った。

「どうぞ、こちらへ――」

姉は、無表情で顔十郎を、いざなった。

由緒を偲《しの》ばせるたたずまいであったが、まるで化物屋敷であった。

三十畳もある座敷に通された顔十郎は、掛物のない二間床や、蜘蛛の巣のはった欄間などを見やって、

「豪族のなごりも、こうなっては、悲惨だな」

と、呟いた。

鉄太が、入って来て、立ったままで、

「どうじゃ、おさむらい。おいらの姉者は、美しかろうが――」

と、云った。

「美人だな」

顔十郎は、微笑して、こたえた。

「姉者と、今夜、婚礼してくれ」

「婚礼?!」

「うん。どうせ、死ぬかも知れんのじゃ。ただの用心棒で、死なせるのは、気の毒じゃ。姉者の聟《むこ》になってもろうた方がええ」

少年は、あっさりと云ってのけた。

「姉者は、承知か」

「承知じゃ。この屋敷のあるじは、おいらじゃ。姉者であろうが、誰であろうが、いやとは云わせん」

――大変な小僧だ！

顔十郎も、二の句が継げなかった。

鉄太が出て行くと、顔十郎は、酔いがすこし出て来たので、ごろりと横臥《おうが》した。

目蓋をとじると、睡魔が来た。

……どれくらい、ねむったか。

顔十郎を目ざめさせたのは、千代重ねの白無垢《しろむく》姿で忍び入って来た娘が、小脇にかかえた槍を、ひとしごきして、突きくれた一撃であった。

間髪の差で、顔十郎の痩軀《そうく》は、畳の上を一廻転した。

娘は、つづけざまに、突きかかった。

それにつれて、顔十郎は、おそるべき迅《はや》さで、ころがった。

襖《ふすま》ぎわまで、ころがった顔十郎は、対手《あいて》のひと撃《つ》きよりも迅い業で、その足もとへはねもどって、小股をすくっていた。

娘は、烈しい音をたてて、裾《すそ》を乱すと、畳へ倒れた。
起き上った顔十郎は、ふうっと、ひと息ついた。
娘の技は、尋常ではなかったのである。
弟の言葉を信用できずに、自ら槍をとって、用心棒の腕前を試してみたものであろう。
——どうも、大変な姉弟だぞ。
顔十郎は、かぶりをふって、倒れたまま、袂《たもと》で顔を掩うた娘を、眺めた。
この時、鉄太が、廊下から姿をあらわして、云ったことである。
「おさむらい。その姉者を、抱きあげて、閨《ねや》へはこんでくれ。うちの作法じゃ」

# 真珠壺

## 一

当時、旧家の婚儀というものは、一分の狂いもない作法に則《のっと》ったものであった。

それにしても、蓬萊《ほうらい》の島台をへだてて、三三九度の盃を交すかわりに新婦が槍をもって、新郎を突きまくるこの屋敷の作法は、まことに奇抜で殺伐で、どのような家柄か、顔十郎にも、想像がつきかねた。

こうなれば、乗りかかった船である。

顔十郎は、千代重ねの白無垢《しろむく》姿を、かかえ上げると、小さな親分に案内されるままに、寝所に入った。

床盃《とこさかずき》の準備は、そこに整っていた。

鶺鴒《せきれい》の島台、若松の肴台《さかなだい》、鴛鴦《えんおう》の屏風《びょうぶ》、そして屏風の蔭に、褥《しとね》が北枕に敷いてあった。生れた時と婚礼と死ぬ時は天一生万物始を表して、北枕にするのが、定めであった。

顔十郎が、褥の上に、娘を横たえると、鉄太が、

「目をとじるのじゃ」

と、命じた。

待っていると、やがて、目をひらくことをゆるされた。

娘は、紅小袖に、服を更《あらた》めていた。

対座した時、娘は、つつましく、両手をつかえて、小笹と名のった。

顔十郎は、憮然として、名のりかえしてから、

「親分、念のためにきくが、この婚礼は、今宵だけの契《ちぎ》りのためであろうな！」

「姉者を、一生、女房にするのは不服かい？」

鉄太が、睨《にら》んだ。

「不服にも何にも、わしは、生涯無妻ですごすという方針をもっている。この方針を枉《ま》げるわけには、いかん」

「よし、きいたぞ。……しかし、姉者は、もう、ほかに嫁ぐわけにはいかんのじゃ」

「それは、むごい話だな。遠慮なく、良縁があれば、嫁いでもらってよいな」

「いいや！　姉者は、いったん、お前様の女房になったからには、もう、ほかへは嫁げん」

鉄太は、頑固に、主張した。

顔十郎は、小笹を、見た。

白いおもては、相変らず、無表情であった。

顔十郎は、その無表情が、すこし気に食わなかった。こういう場合は、好悪いずれかに反応を示して欲しいものである。

「左様か。では、そちらの気のすむままにしてもらおう。わしの方は、身の自由をしばられなければ、それでよいのでな」

床盃が、無事に了《おわ》ると、鉄太は、さっさと出て行った。

小笹が、紅小袖を脱ぎに、屛風の蔭に入ると、顔十郎は、よごれはてた黒羽《くろは》二重《ぶたえ》をすてて、褌《ふんどし》一本になり、褥の上へあぐらをかいた。

──今年は、どういう巡りあわせであろうな。

自分でも奇妙な思いである。これまで、美しい生娘などには、全く無縁であった男が、将軍家息女を女にする光栄をかたじけなくして、一月も経たぬうちに、またもや、据膳《すえぜん》を食わされることになったのである。

遊姫も、大層な勝気であったが、今宵の娘も相当な気丈夫である。天下の野良犬には、抱き甲斐があるというものだが、遊姫の場合とちがって、今宵は、なにやら、薄気味のわるさをおぼえる。後味はよろしくないような気がするのである。

屏風の蔭から、小笹が、現れた。

顔十郎は、目を瞠《みは》った。

一糸まとわぬ素裸になっていたが、その肌には、いちめんに、いれずみがしてあったのである。

せなかには、らんまんと咲きほこった桜樹が彫られ、その枝に、一人の童子がまたがって、肩ごしに、片腕をさしのべて、ふっくらと盛りあがった胸の隆起を、つかもうとしていた。その指の一本は、まさに、乳首にふれようとしていた。

さらに、もう一人の童子が、太腿をよじのぼって来って、くろぐろと萌える恥毛を踏みつけ乍《なが》ら、片腕で胴を抱き、片腕を、もうひとつの乳房へ、さしのばしていた。

その指さきもまた、乳首にふれようとしていた。

ごくりと、生唾《なまつば》をのみ下した顔十郎は、

「そなたら姉弟は、チト変りすぎて居る」

と、云った。

「申されるまでもありませぬ」

小笹は、こたえた。

「当家には、もの狂いの血が流れて居ります」

「ただの博徒の親分ではないようだな」

「はい。父は、わが家こそ、清和源氏の嫡流と申して居りました」

「そこは、寒かろう。ここへ――」

屏風の前へ坐った小笹を、顔十郎は、褥へまねいた。

小笹は、すなおに、褥へ仰臥《ぎようが》した。

行灯《あんどん》に、紅小袖をかけたので、光は彩られて、肌に映え、二人の童子が、妖しい幻想でいきづいた。

顔十郎は、かたわらへ横になると、掛具を引いて、

「正直を申すと、いささか、気味がわるい」

と、云った。

小笹は、薄目で、ちらと、顔十郎を見やって、

「弟は、わたくしに、わが家柄血統を継ぐにふさわしい嬰児《やや》を生ませたいのでござい

ましょう」

と、云った。

——成程、それで、わしのような化物面を、わざと聟にえらんだのか。

顔十郎は、苦笑した。

この時、廊下に跫音《あしおと》がして、

「顔十郎殿」

と、鉄太が呼んだ。

「なんだな?」

「今宵より、むこう三日間、厠《かわや》に立つほかは床から出ては、いかんぞい!」

「…………」

「飯は、おいらが、運んでくれる。姉者が、おぬしの種を、腹の中に入れるまでは、床から出ては、こまる」

そう云いのこして、去って行った。

顔十郎は、小笹を見た。小笹は、微笑した。

顔十郎は、その華やかに彩《いろど》られた肢体を、抱きよせた。とたんに、ひとつ、大きなくしゃみをした。

二

眠っているあいだにも、どこかで冴えている神経が、鋭い気合に触れて、はっと意識をとりもどさせた。

夜明けのようであった。

気合は、庭で発しられている。

そっと起き上ろうとすると、となりで、

「あれは、弟です」

いつの間に目をさましていたのか、小笹が告げた。

「なにをしているのだ？」

「刀の素振りを千回、毎朝やって居ります」

「ほう――」

顔十郎は、感心して、

「見上げた心得だが、兵法者になろうというわけでもあるまいが……」

「強くなりたいのでしょう」

「強くなって、何になりたいのか?」

「……」

小笹は、顔十郎の胸に、顔をつけると、なにかこたえたが、よくききとれなかった。

「そなたも、教えてくれまいな、どうして、お茶壺行列を襲うのか? お茶壺を、なぜ、奪わねばならぬのか?」

「……」

「みすみす、生命を落す無謀と知っていて、そなたは、止めぬのか?」

「……」

「狂っている所以《ゆえん》かな」

小笹は、しばらく、沈黙を置いてから、

「今年、はこばれる茶壺は、虹壺と旅衣壺です。そのうちの旅衣壺には、実は、御料茶は詰められて居りませぬ」

「よう知って居るな、では、何が詰められてある?」

「伊勢神宮に奉納されてあった白珠が、詰めてあります」

「ふうん? ひとつ、くわしく、話してもらおうか」

小笹は、語りはじめた。

伊勢神宮に、白珠（真珠）が奉納されはじめたのは、大むかしである。

延暦皇大神宮儀式帳に、

「白玉嚢二口、生絁方三尺、納白玉一両三分」

とあり、また、延喜大神宮式に、

「白玉一両三分、中分裏白絹」

とあり、さらにまた、長暦送官符にも、白玉八十一個奉納のことが記されてある。目方一両三分の真珠が二分されて、二個のふくろに入れて奉納されていたわけである。平安朝にいたっては、真珠の産額が多くなり、八十一個という数量が定まった模様である。

爾来《じらい》、室町時代に至って、国内に戦乱がつづいても、真珠八十一個の奉納は、毎年欠かされなかったので、伊勢神宮の真珠の数は、夥《おびただ》しいものとなった。

日本に於て、真珠の採れる場所は、伊勢、尾張、広島、西海の大村などであったが、伊勢真珠が最上であった。

「志摩は、本朝の巽隈の小島にて、もと伊勢に属す、故に伊勢島と称す。塩竈海人等有り。真珠を出して伊勢真珠と称し、本朝第一の上品なり」と、和漢三才図会に記されてある。

伊勢神宮に奉納されてある真珠は、ことごとく、伊勢真珠であった。

この伊勢真珠の採取および守護の任を、宮廷より命じられていたのが、姉弟の先祖小森家であった。小森家は、もと典楽頭で、六位蔵人であった。真珠は薬用にされていたので、小森家では、伊勢島に、一族の者を遣《つかわ》して採っているうちに、室町の頃、京都が戦乱の巷となったために、一家をあげて、移住して、真珠の採取および守護の任に就いたのであった。

諸国の武将が、高価な真珠に、目をつけない筈はなかった。小森家では、武技を練って、掠奪者の侵入をふせがなければならなかった。

公家《くげ》にして、武家にもまさる兵法上手を、代々生んだのは、ひとり小森家のみであった。

おかげで、真珠八十一個は、毎年、伊勢神宮に奉納されつづけたのである。

徳川の時代になって、小森家は、公儀の陰険な策略に遭って、咎《とが》めを受けて、伊勢島より、追放され、この水口の城下はずれの一郷士におとされてしまったが、武技を子孫に伝えることは止めなかった。

ただ、小森家は、伊勢島に拠《よ》った故もあって、血族結婚がつづき、異常性格の持主を多く出し、その血を、今日、姉弟までが継いでいるのであった。

姉弟の父鉄蔵は、その血を最も多く継いでいて、諸国の博徒を集めて、これが頭領となるのをよろこんだり、小笹が破瓜期に達するや、むりやりに、いれずみをほどこしたり、鉄太が物心つくかつかぬうちに、木太刀を持たせて、きびしい修業をしいたりしたのである。

そして、姉弟に対して、口をひらけば、伊勢神宮に奉納されてある真珠は、一粒のこらず、小森家の純忠勤王の働きによるものである、と教えたのである。

ところが――。

二年前に、親戚である六位蔵人北小路家から、意外な報せが、とどいた。

すなわち、近年、禁廷においては、内証窮迫をきわめて、ついに、ひそかに、伊勢神宮より、奉納真珠を持ち出して来て、公儀へ、売ろうという企てがなされていること。五摂家が鳩首協議の挙句、この暴挙をとりきめ、これを江戸表へ送るに、お茶壺行列を利用しようとしていること。

この手紙を読んだ鉄蔵は、文字通り狂気の憤怒にかられて、その年の春のお茶壺行列を街道上に待ちかまえて、お茶壺の中をあらためさせてもらいたい、と談判におよんだのであった。

もとより、そんな狂気沙汰が、ゆるされる筈もなく、鉄蔵は、捕えられて、死罪になった。

一子鉄太が、亡父の意志を継いで、お茶壺行列を襲うことを誓ったのは、その遺骸の前であった。

きき了った顔十郎は、しばらく、なにか考えていたが、

「ひとつだけ、手段《てだて》は、ある」

と、呟いた。

「ありますか？　どんな手段ですか？」

顔十郎は、しかし、それには、こたえずに、小笹を抱き寄せると、

「わしと、そなたのあいだに出来る嬰児《やや》は、どんな子であろうな？　もしかすれば、天下を取る天才児かも知れぬぞ。但し、女の子であれば、見世物小屋に出さねばなるまい」

そう云って、笑った。

三

土山を流れる松尾川を舟渡しでこえて二里半、鈴鹿峠に至る。

坂の下宿は、鈴鹿山の坂下の意味である。坂の下に、川が流れていて、むかしは宿の川端より続いていたが、大雨が降って、山が崩れ、ことごとく崩壊したため、いまの宿は、坂より七、八町も下方に移っている。

宿のうちに、橋が二つ架《かか》っていて、次の橋から、坂口にかかる。

坂口の左の方に、鈴鹿権現の社がある。

その社から、十間ばかりへだたった、松と灌木のかさなり合った地点に、小森の鉄太は、街道を見おろしていた。

かたわらの松のふとい幹には、大筒が、縛りつけてあった。

顔十郎が、わずか五日間で作りあげた大筒であった。木をくり抜いて、砲身にし、その上へ、美濃紙を、膠《にかわ》と金剛砂とを混ぜた糊で貼りかためた——いわゆる旱砲であった。

いつ、どこで習得したのか、顔十郎は、こういう技術を身につけていたのである。

砲身の厚さは一寸五分、木質は硬くなく、また軟かくもない。この木筒に、ただ、紙を貼る下地だけで、強い火薬をこめると、一、二発で、ひびが入ってしまう。だが、美濃紙を貼り重ねると、それは、鉄と同じ力をもつのである。のみならず、その上へ、鉄の輪を嵌《は》めて、絶対にひびが入らぬようにしてあった。

夜のうちに、顔十郎は、鉄太と二人で、大筒を、ここへ運んで来て、松の幹へくくりつけると、火薬を詰め、鉛丸をこめて、さきの丸い棒で、しっかり押しつける作業を了《お》えると、鉄太に、撃ちかたを教えておいて、自分は、さっさと、街道へ降りて行ってしまっていた。

鉄太に、砲撃させて、お茶壺行列が算を乱した隙に、単身とび込んで行って、お茶壺を奪うという手筈であった。

街道を見下している鉄太は、極度の緊張で憑《つ》かれたような異常な顔つき目つきになっている。

行列を砲撃するという手段を、顔十郎からきかされて、小躍りした鉄太であったが、いまは、こんな紙貼りの木筒が、どれだけの威力を発揮するか、不安でならなかった。

試しに撃ってみたい衝動が、いくどか起っている。

顔十郎に云わせれば、五十人が木っ葉みじんに、ふっ飛んでしまう、そうであったが、鉄太にすれば、生れてはじめて与えられた火砲であってみれば、まるっきり見当もつかない。

行列が、坂の下に到着する時刻は、もうすぐである。

「えい、こん畜生っ！」

鉄太は、両手を、ぶんぶんふりまわして、不安と緊張を、はらいのけようとした。

この時、顔十郎の方は、橋袂《はしだもと》の茶屋の床几《しょうぎ》に腰をおろして、のんびりと、あご髭《ひげ》を抜いていた。

「旦那様――」

茶屋の老婆が、怯《お》ず怯ずと、

「もう、そろそろ、お茶壺様が到着されますので……」

どこかへ姿をかくしてもらいたいと願った。

むさくるしい浪人者が、ここで見物していると、たちまち、きびしい咎《とが》めを受けるのである。そういえば、先刻から、街道上に、人影は全く絶えている。

「婆さん、行列が、到着したら、大層おもしろい趣向を、お前に、見せてやろう」

「旦那様、な、なにか、起るのでございますか？」

老婆は、もう血相を変えた。

「うむ。起る。滅多に見られぬ華やかな光景がな」

「ど、どんなことでございます」

「待っていれば、わかる」

顔十郎は、ゆっくりと立ち上ると、のそのそと、出て行った。

それから、約半刻が過ぎて、お茶壺行列は、しずしずと、坂口へ、到着した。

——来た!

全身を武者顫いさせた鉄太は、大筒のうしろにしゃがんで、口火をつけると、猿のような敏捷な動作で、にげ出した。

じじじっ、と小さな火音が、筒中で、数秒つづいて、突如、筒さきから、ぐわっと白い煙が、噴出した。

筒が、ぐうんと、後へさがった。松の樹が、ざざっとゆらいだ。

山ぜんたいを、地震《ない》のようにゆさぶる凄じい轟音が炸裂したかとおもうや、行列めがけて、飛んだ白煙がさらに、赤、黒、黄、青、紫の煙を生んで、八方へ濛《もう》っと散らせた。

遠方から眺める者の目には、まるで、夢の世界の出来事のように、華麗な光景であった。

大筒からは、弾丸の代りに、七彩の煙が飛び出したのである。しかも、その煙は、一時盲目にする毒を含んでいた。

影絵のようにもの静かに進んで来た行列は、一瞬にして、収拾しがたい混乱に陥った。

煙が散りはてて、人々が、烈しく痛む目をひらいた時、べつに、なんの変ったこともなかった。

お茶壺奉行は、大急ぎで、乗物の扉をひらいて、中を調べた。

お茶壺は、そのまま、そこに在った。

奉行が仰天するのは、次の宿の本陣に着いてからに相違ない。お茶壺の中におさめてあった真珠は、皮袋ごと、そっくり消えうせている筈であった。

# 人相指南

## 一

桑名——松平氏十一万石の城下である。

木曾川、長良川、揖斐川の放流して、伊勢湾に注ぐ要地であり、近国より米穀類の集って来る商港でもある。

東海道は、ここから、宮（熱田）まで、海上七里の舟渡りとなる。

海上往来を監視する舟番所の前には、通行手形あらためを受ける旅人たちが、行列をつくって、自分の番を待っている。

ちょうど、その行列の中ほどの、路傍に、赤地に白で、『天地人森羅万象指南』と染めぬいた甚だおこがましい幟《のぼり》をたてて、見台を据えている易者があった。

顔十郎であった。

一文無しで道中していても、顔十郎には、この特技があった。

ふしぎにまた、よく当たるのである。

三世相大鑑を一冊諳《そら》んじておけば、この商売は、かんたんにやれるものらしいが、顔十郎は、どうやら易に関しては、もっと深い造詣《ぞうけい》があるらしい。

「あいや、そこのお女中――」

顔十郎は、行列の中の、八つ藤の浴衣《ゆかた》に紅の腰紐、白の脚半《きゃはん》をはいて、結付草履《ゆいつけぞうり》に菅笠《すげがさ》をかぶった武家の妻女を、指さした。葛籠《くずかご》の両掛《りょうがけ》と風呂敷を天秤でかついだ下男を供につれているところをみると、江戸勤番の良人をたずねて、出府しようとしているのであろうか。

妻女は、顔十郎へ、ちょっと怯《おび》えた眼眸《まなざし》をかえした。

「失礼ながら、去年、お子を喪われて居られるな」

顔十郎が云いあてると、妻女は、さっと蒼《あお》ざめて、俯向《うつむ》いた。前後の旅人たちは、急に、この途方もない面相をした浪人者へ、興味の視線を投げた。

「そのお子は、病いで逝《い》ったのではなく、どうやら、非業の最期であった、と思われるが、いかがであろうな？」

妻女の態度が、これを肯定したものであるのをみとめた人々は、ひとしく、驚嘆の表情をつくった。

「旦那、お見事な易を立てなさるが、どうして、このお内儀様のご不幸が、おわかりなさいます?」

商人ていだが、目つきのするどい男が、すっと寄って来て、訊《たず》ねた。

「耳が金耳《きんじ》と申し、眉より高くついて居って、透るように白い。これは、子には縁がうすい。口の両脇に、黒子《ほくろ》がある。これは地閣という。男は、よこしまなることにかかわりあって、大難に遭い、女は、思いがけぬ変事のために子を喪う。なお、額の生際の濃いのも、鼻梁に肉が薄いのも——すべて、これは、女子として不幸な生涯を送る相だな」

顔十郎は、いかにも自信ありげに、云ってのけた。

妻女は、その場にいたたまれないような様子で、行列をはなれて、遠くへのがれてしまった。

「なるほど——。では、ひとつ、あっしの人相を観て頂きましょう」

目つきの鋭い商人は、ぐっと、首をつき出した。

「あいにくだが、観るまでもなさそうだな」

顔十郎は、にべもない口調で、云った。

「これアご挨拶だ。そんなに、つまらねえ面だと、云いなさる？」

「まず、根性を直して来い、小泥棒――」

顔十郎は、小声で、きめつけた。旅人のふところを狙う胡麻の蝿であることを、看破していたのである。

贋商人は、首をすくめると、あとへ退った。

この様子を、行列の後尾の方に立っていた深編笠の人物が、窓ごしに、じっと見戍《みまも》っていた。

武士というよりも、神官といったいでたちをしていた。総髪をむすばずに、長く肩に垂らし、白羽《しろは》二重《ぶたえ》に黒の羽織をまとっていたが、無紋であった。

やがて、行列が動き、顔十郎の前に来た時、件《くだん》の人物は、すっと、左手をさし出して、

「観てもらおうか」

と、所望した。

顔十郎は、瞥《ちら》と見やっただけで、

「天紋、地紋、人紋、ことごとく崩れて乱れて居る。大凶と申すもおろかなり。おの

れは奸悪の道にふみまよい、他人を艱難苦患《かんなんくげん》に陥れ、おのれまた剣難に斃《たお》る。また、天紋と地紋に、弓形の線が架けられてあるのは、家をやぶり、国を滅す証左。さらにまた、五指ともに、渦紋が巻いているのは、貴人であれば大吉であろうが、平人には、かえって、災いとなる。まず、貴殿の手相には、良いところは、ひとつも、あり申さぬ」

ずけずけと云ってのけた。

対手《あいて》は、しかし、編笠の蔭で、ただ苦笑しただけで、見料を投げると、行き過ぎて行った。

供ざむらいを四人つれていて、かなりの身分の人物とみえたが、おとなしく町人たちのうしろについて行列の進むままに待っている人柄は、どうも、顔十郎の観る手相とは、正反対と思われたが……。

四半刻のち、その人物が、いよいよ、宮行きの船へ、乗り込もうと、舟着場の石垣の段を降りかけた時、いつの間にか追って来ていた顔十郎が、

「あいや、其許《そこもと》に、もうひとつ、申し忘れたので、念のために、ご忠告いたす」

と、石垣の上から、声をかけた。

編笠をまわした人物は、

「うけたまわっておこう」

「貴殿には、剣難のほかに、水難の相も、掌に出て居り申す。くれぐれも、警戒されい」

顔十郎は、そう云って、にやりとした。

二

長渡船は、かなり大きい平田船で、三十六人乗りで、船頭二人が、交互に漕いだ。

顔十郎から、思いきりあしざまに観相された人物は、艫《とも》ちかくに坐って、ひろびろと凪《な》ぎわたった海原を、眺めやっていた。

乗客七、八人をへだてて、やはり顔十郎から、その不幸を指摘された武家の妻女が坐っていたが、なぜか、俯向けた顔を、時おり、ふっと、擡《もた》げて、人々の頭ごしに、深編笠へ、視線をくれていた。

その眸子《ひとみ》は、悲痛な感情を罩《こ》めて、隠微な青い炎を燃やしていた。

桑名を出て、ちょうど一刻ばかり経った頃あいであった。

沖あいから、威勢のいい舟唄をあげて、網船が一艘、浜へ戻って来ようとしていた。

伊勢の海が、魚類の宝庫であることは、きこえている。

「蓬莱《ほうらい》は、きかばや伊勢の初だより」

「めでたいに伊勢の浜荻折敷きて」

などときけば、網にかかった海老も鯛も、もって瞑《めい》すべしという次第である。

旅人たちは、近づく網船の中には、大鯛小鯛が、ピチピチとはねまわっているのだろう、と想像し乍《なが》ら、舟唄をきいているようである。

網船は、まっすぐに、長渡船に、距離を縮めて来た。

「菅、甲野、佐倉、吉宗――」

編笠の武士は、供連れの名を、一人一人、ひくく、呼んだ。

四人は、一斉に、緊張した表情になった。

「お前たち、きいたであろう。あの浪人者は、わたしの手に水難の相が出ていると申した」

もの静かな、その言葉のおわるかおわらぬうちに、三間余に迫った網船の上から、薦《こも》がはねのけられて、白鉢巻に、白襷をかけた若々しい武士が七、八名、ぬっと、並び立った。

乗客たちは、思わず、息をのみ、顔色を変えた。

「奸賊牧仲太郎に、物申す！」

一人が、声を張りあげた。

「わが薩摩藩に伝えられる兵道の修法は、治国平天下のため、怨敵調伏《おんてきちょうぶく》のための秘法であるにも拘らず、おのれ牧仲太郎は、その兵道の家に生れ乍ら、あろうことか、主君のいとけなき若君を、つぎつぎと呪詛《じゅそ》調伏して、天にも地にも慙《は》じざるばかりか、さらに、なお、この悪業をつづけんとして、あらたに調伏の場所をもとめて、関東へ下って来たとは、悪逆もきわまれる！　いまこそ、天誅《てんちゅう》の秋《とき》は到来したぞ！」

若い薩摩隼人らは、一斉に、抜刀すると、たかだかと、切っ先を、天に指して、

「ちぇす、とおっ！」

と、絶叫した。

長渡船の中は、たちまち、恐怖の渦と化した。

一人、牧仲太郎だけは、編笠を、ひと揺れもさせず、黙然としていた。

「先生！」

供連れの面々は、決死の覚悟をきめて、牧仲太郎の指示を待った。

牧仲太郎は、しかし、黙坐を変えず、網船が突進して来るにまかせた。

牧仲太郎としては、いたるところで、刺客に襲われることは、予め覚悟の上であった。

すでに、主君斉彬の長子菊三郎、長女澄姫、二女邦姫、二子寛之助、三子盛之進を、呪い殺し、さらに、四子篤之助の一命も、近日中に落さしめる調伏をなしとげていた。

これだけの凄じい修法を行ったからには、牧自身、生命をながらえようとは、聊《いささ》かも、考えてはいなかった。

たとえ、主君の子ではなくとも、がんぜない幼児を、呪い殺すなどという悪逆を、心正しいもののなさねばならぬ兵道の修法をもってしたことは、断じて許されぬことであった。

牧仲太郎は、それを承知で、調伏を行っていた。

天下泰平の時世であった。人命を縮める呪詛の術を容易に用いる機会など、めぐって来るものではなかった。牧家の先祖がたは、十六代のあいだ、一人として、うけ継いだ秘法を実際に顕現した記録をのこしてはいないのである。

牧家十七代を継いだ渠《かれ》は、なんとかして、一度、会得した秘法を実践してみたいと、望んでいたのである。

薩摩の家中においてさえも、この兵道の修法など、死物として、蔑《さげす》んでいる人が多かった。牧家が、御広敷番として高い扶持をもらっているのを、あきらかに口に出して、不服とする向きもすくなくなかった。

十歳の時から、人間業とも思われぬ言語に絶する苛酷な修業を、二十年間も積んで来た仲太郎は、それらの人々をして驚倒慴怖《しょうふ》せしめるためにも、是非秘呪《ひじゅ》の力を現したかった。

斉興の妾お由羅が、わが子久光を立てたいあまりに、斉彬とその子をのろい殺したい、と邪念を起したのを、牧仲太郎は、もとより、なんの抵抗もなしに受け入れたわけではない。お由羅の奸悪をみとめた次第ではない。

ただ、牧仲太郎は、おのが二十年の修業を具現させて、秘呪を頭から否定し、侮蔑する人々に、そのおそるべき力を示してやりたいあまり、お由羅の依頼を、好機と考えて、承諾したのであった。

そして、まさしく、牧仲太郎は、みごとに、呪法の偉力を発揮してみせたのである。

こうして、若い家臣たちが、刺客となって、追跡して来、襲撃して来たのも、呪法のおそろしさをみとめたからではないか。

牧仲太郎は、むしろ、一種の快感さえおぼえつつ、白刃の殺到に対したのである。

三

網船は、ついに、若い薩摩隼人たちが、舷《ふなばた》を蹴って、こちらの船へ躍り込む近さまで迫って来た。

「ちぇす、とおっ！」

再び、絶叫が迸《ほとば》しった。

その時、長渡船の乗客の中から、四人の六十六部《ろくじゆうろくぶ》が、すっと、身を起した。

連れ立った一行であったろうが、それぞれ、勝手に、おもいおもいの座を占めて、この危難に遭い乍らも、かれらだけは、おとなしく、口をつぐんで、動揺を示さなかったのである。

白衣の姿を、一斉に、立たせた瞬間、かれらの両手には、いつの間にか黒光りする手裏剣が、摑まれていた。

それと気づいて、刺客たちが、猛然と身を躍らせようとしたが、六十六部らは、そのいとまを与えなかった。

右手から、左手から、兇器は、電光のように、刺客めがけて、飛んだ。

「うっ！」

「ああっ！」

「く、くそっ！」

「おのれっ！」

短い、悲痛な呻きを、のこして、血気の刺客たちは、あるいは大きくのけぞって、舷からはねかえるようにして海へ落ちて、高い飛沫をあげ、あるいは、薦《こも》の上へ崩れ落ち、あるいは、こちらの船めがけて、白刃をむなしくひと振りしてから、徐々にのめって、首から水中へ突っ込んだ。

それは、一瞬裡におわった惨劇であった。

六十六部の一人に、棹で突き離された網船は、幾個かの屍骸をのせて、波に漂うにまかせた。他の乗客たちは、恐怖に身も心も縮めたまま、まんぞくに息もつけない沈黙をまもっている。

牧仲太郎は、しずかに、編笠をはずした。その貌《かお》は、秀麗というに足りた。

やおら、身を起すと、

「御一同衆、それがしが乗り合せたために、かかるご迷惑をおかけいたし、お詫びの致し様もない。何卒《なにとぞ》、お許し下されたい。一場の悪夢をみたことにして、すみやかに、お忘れ下さるよう……」

と、鄭重《ていちょう》に、頭を下げた。

突如として、武家の妻女が、舩を駆けて、牧仲太郎を襲ったのは、その刹那であった。

牧仲太郎には、武技は備っていなかった。

護衛の者に、油断があったというべきであろう。

閃いた懐剣が、牧の胸を刺した。

反射的に、牧は、妻女を突きとばして、よろめいた。

妻女は、悲鳴をのこして、舩の外へ姿を消した。

牧は、供の者に、身をささえられ乍ら、

「す、すくい上げてくれ」

と、命じた。

人々は、おのれを刺した者を救おうとする牧の態度を、訝《いぶか》らずにはいられなかった。

牧は、苦痛に堪えた蒼白な顔を振って、

「は、はやく……溺れさせてはならぬ」

と口走りつつ、目蓋をとじた。

二人の六十六部が、棹《さお》を摑んで、舷から乗り出し、浮かびあがって来た妻女を、引き寄せた。

牧は、ぐったりと、供の者に凭《よ》りかかり乍ら、闇の中に、ひとつの稚い貌を、思い泛べていた。

――やはり、そうであった。あの幼児の母親であった！

幼君を呪い殺すためには、その祈禱の祭壇に、同じような幼児の生血を、供えなければならなかった。のみならず、生贄《いけにえ》にする幼児は、氏素姓正しい家の子でなければならなかった。

牧仲太郎は、御茶園奉行黒辺某の嗣子《しし》に、白羽の矢をたてた。黒辺某は、お由羅の推挙によって、御茶園奉行にとりたてられた人物であったので、この無慚《むざん》なたのみを、しりぞけるわけにはいかなかった。

もとより、その子の母には、知らされなかった。神かくしに遭った、ということにして幼児の生命は、牧の手で奪われた。

どうやって、知ったのであろう。母の執念は、狂気せんばかりにわが子をさがしもとめた挙句、ついに真相をつきとめて、わが子の仇を討とうと、決意して、出府する牧の身辺につきまとって来たのである。

牧は、黒辺の妻女の顔を知らなかった。

ただ、舟番所の前で、顔十郎から、ずばりとその身の不幸を云い当てられている様子を見やった瞬間、

——もしや？

という、予感をおぼえたのであった。その妻女が、こちらの一行の前になり後になって道中していることに気がついたのは、京に入った頃からだったのである。

六十六部たちの手で、ひきあげられた妻女は、すでに、牧を刺した懐剣で、おのがのどを突いて、事切れていた。

# 四

海上七里を渡って、船は、宮に着いた。

牧一行は、舟番所で、つつみかくすことなく、報告を了えて、道中をつづけることになった。

供の者たちは、牧が傷をみせようとしないが、かなりの深手と知っていたので、数日の休息をすすめた。牧は、肯《き》き入れなかった。

牧をのせた駕籠《かご》は、尾張路を、鳴海に向った。

腰掛茶屋のならんだ通りを過ぎて、名古屋へ行く道との岐れ辻に来た時であった。

供の者たちは、はっとなって、目を凝らした。

辻の一隅に、

『天地人森羅万象指南』

その幟が、春風に、はためいていたのである。

顔十郎は、相変らず、飄乎《ひようこ》たる顔つきで、長い頤《あご》をなでている。

桑名から、宮に達するには、海上七里の舟渡りか、もしくは、三里の間を川舟で行き佐屋に出て、冠守、万場、岩須賀の陸路を辿る方法がある。顔十郎は、この佐屋廻りで、ひと足さきに、宮に到着していたのである。

「あいや、牧仲太郎殿！」

顔十郎は、一行を見かけると、大声をあげて、呼びとめた。

「駕籠を寄せい」

牧は、命じた。

駕籠が停められ、たれがあげられると、顔十郎は、牧の陰惨な手負い顔を覗き見て、

「ほほう、忿怒魔王《ふんぬまおう》の加護があって、一命をとりとめられた模様だな」

と、云った。

「お手前の忠告によって、充分の警戒をいたした。お礼を申さねばなるまい」

牧は、氷のように、冷たい眼眸をかえした。

「あの妻女は、どうされた？」

「ふびんなことであった」

「左様か、神力もついに、業力の熾《さか》んなるには、勝てぬか。……されば、いずれ、業力には、業力をもって、太刀討ちつかまつろう」

「この牧仲太郎の首を、お手前が刎《は》ねられる所存か？」

「たぶん――」

顔十郎は、にやりとした。

遠くの地点から、四人の六十六部が、自分を、じっと見まもっているのを、顔十郎は、気づいているのかいないのか、いかにも、のんびりとした態度であった。

# 観音松

## 一

尾張から鳴海、池鯉鮒《ちりゅう》を過ぎて、東海道は、岡崎に至る。

京から四十五里。江戸へ八十里。

名邑《めいゆう》岡崎は、本多氏五万石。名物が三つある。八丁味噌と矢矧橋《やはぎ》と遊女である。

矢矧橋は、日本一の大橋で、そのむかし、日吉丸が蜂須賀小六と出会った。

今日も――。

相変らず、うす汚れた風ていの顔十郎は、その独特の奇妙な歩きかたで、矢矧橋にさしかかった。

そのせなかには、『天地人森羅万象指南』の幟《のぼり》をせおうているので、いよいよ、行人の目をひく。

橋の中程に、四人の六十六部《ろくじゅうろくぶ》が、欄干に凭《よ》って、流れを見下しているのをみとめた顔十郎は、にやりとしたが、そ知らぬふりで、行き過ぎた。

「旦那——」

うしろから、声がかけられたので、ふりかえると、一人の商人が追って来た。

桑名の舟渡し場で、顔十郎から、胡麻の蠅と看破された男であった。

「やっと、追いつきましたぜ。旦那の足は、途方もなく早うござんすね」

「何か用か？」

「へい。あっしは、金兵衛と申します。ケチな道中師でございますが、いったんこうと肚《はら》をきめたことは、石にかじりついても、やってのける取柄がございますんで

……」

「目下は、どんな肚をきめて居る？」

「旦那なら、屹度《きっと》相談に乗って下さると思いましてね。ひとつ、お願いしようと、追って参りました。実は、観音様をとりかえしたいと存じましてね」

「観音？　なんだな、そりゃ？」

「一尺八寸ある金無垢の、そりゃ、有難いお顔をしておいでの観音様でござんして

ね」

「どこにある？」

「それが、ちょっと面倒な場所に、匿《かく》されちまったので、あっし一人じゃ、手も足も出ないのでござんす」

「ちょっと、待て。その相談は、あとだ」

「へえ——？」

「頭に火の粉が、ふりかかって来た。まず、こいつを払わねばならん」

矢矧橋を渡りきると、顔十郎は、左へそれた。

人家が切れて、さらに二町ばかり行くと、林をせおうて、古びた古刹が在った。土塀はところどころ崩れ、本堂の屋根には、草がはえている。傾いた山門をくぐると、広い境内は、まるで野原であった。

「どうなさるんで、旦那？」

「うしろを見るがいい、金蝿」

そう云われて、頭をまわした金兵衛は、いつの間にか、四人の六十六部が、跟《つ》いて来ているのを、みとめた。

「なんです、あいつら？」

「わしの生命が所望《しよもう》らしい」

「冗談じゃねえ。……意趣がえしでござんすか？」

「なに、邪魔物は片づけろ、というわけだ」

　顔十郎は、にやりとして、

「遠ざかっていろ、怪我をするぞ」

　と笑い乍《なが》ら幟を渡しておいて、鐘のない鐘楼をうしろにして、敵がたの迫るのを、待った。

　薩摩の兵道家牧仲太郎のかくれ護衛をしているこの四人は、おそらく、牧から、顔十郎を討ちとるように命じられたのではなかったろう。

　渠《かれ》らだけが相談して、この奇妙な面相の浪人者を生かしておいては、後日のためにならぬ、と決意したものに相違ない。

　四人は、一間の距離で、半円の陣形をとると、一斉に仕込み杖から、白刃を抜きはなった。

　いずれも、頭上たかだかと、大上段の構えになって、凄じい眼光を、顔十郎に、聚《あつ》めた。

「示現流免許、いざ――と申すところだな」

顔十郎は、なんの心得があるのか、差料を鞘《さや》ごと、腰から抜いて、杖にして、前に立てていた。

太陽は、中天にかがやいていて、地上の影は短かった。

双方の睨み合う空間に、一羽の白い蝶が、いかにも、のどかに、ひらひらと舞っているのが、つかの間の静寂をたもった景色の中で、ただひとつ動くものであった。

その蝶も、どこかへ飛び去って、境内にこめた殺気は、春光の眩しいばかりの明るさの中で、かえって、互いを全く不動縛りにしているかと、思われた。

固唾《かたず》をのむ金兵衛も、指一本うごかすこともゆるされないように、目ばかり、ぎらぎら光らせていた。

流石《さすが》に――。

顔十郎は、これまで出会うたどの敵よりも、この四人の技倆がたちまさっているのを、さとって、自ら誘うのをはばかった。

どの一人かが、撃って来る。その瞬間に、勝負は、決しられなければならなかった。

一人ずつ、時刻を費して、つぎつぎと斃《たお》すことは、この闘いにあっては、のぞみ得なかった。

なぜなら、四人は、明らかに、互いに気脈を懸け合う殺陣《たて》をかまえてはいなかったからである。おのおの、独立した殺意のみをみなぎらせて、汐合の満ちるのを待っているのであった。

かりに、一人が斬りつけて失敗した瞬間、他の三人は、そのまま、おのれの番をえらぶようなことは、しないであろう。失敗した味方もろともに、顔十郎を斬り伏せる攻撃方法をとって来るに相違ない。失敗した味方は、もはや邪魔者であり、邪魔者の生死などかまってはいないのである。

むしろ、邪魔者のよろめくか、倒れるかの動きを利用して、間髪を入れぬ応変の迅《はや》業《わざ》をつかうのが、このめんめんの得意であろう。

いわば、薩摩隼人ならではの、最もおそるべき刺客たちであった。

当然、顔十郎には、渠《かれ》らにまさる迅業が、なければならなかった。

……汐合が、満ちた。

正面の敵の、太陽を指した切っ先が、びく、と痙攣《けいれん》した。

誘われたごとく、顔十郎は、鞘の内にある長剣を、胸前に水平に横たえた。

しかし、敵は、猛然と、振り下して来るには、なお、数秒の時を、置いた。

顔十郎は、はじめて、総身に、さざ波のような戦慄が渡るのを感じた。

直立した四本の白刃は、いずれも、もの静かな停立ぶりなのだが、その煌《かがや》きの内にたくわえているものは、獰猛《どうもう》といってはばからぬ、一颯で骨を断たずにはおかぬ凄じい強い力なのだ。

目に見える猛気をみなぎらせているのであれば、これに応じ様もある。

迅業は、ひそめて、こちらに窺わせぬのだ。

わずかな痙攣を、切っ先に示したのは、それが、

——一番手は、我だ！

という予告ではなく、むしろ、いま汐合満ちたことを告げただけで、

——どうする？

と、皮肉な問にも似ていた。

顔十郎は、そこで、

——こうする。

と、長剣を、胸前に水平に横たえてみせたのである。

この構えは、たしかに、対手《あいて》がたの意表に出たものであった。鞘のうちにある長剣は、いかなる技を発揮するか、——これは、対手がたに、判るべくもないのだ。

虚にして実、実にして虚。

双方の、ほんのわずかな動きは、まさに、これであった。

二

霊感とでも云うべきであったろう。

顔十郎の左半身に、氷をあてられたような神経の働きがあった。

これは、左端の敵が、第一撃を送って来るのに対する反応であった。

瞬間——。

「ええいっ!」

満身からの気合を噴かせたのは、正面の敵であり、飛鳥のごとく躍って来たのは、左端の敵であった。

これに合せて、顔十郎の抜く手は、文字通り目にもとまらなかった。

しかも——。

顔十郎の双手は、全く同時に、正確に、ものの見事に働いた。

すなわち。

大上段から、刃風を唸らせて、振り込んで来た左端の敵に対しては、左手につかんだ鞘をさしのべざま、その刀身を、さっとさし込ませたのである。と同時に、抜きはなった長剣で、片手斬りに、正面の敵を、脳天から、まっ向に、斬り下げて、血煙りを立たせた。

さらに、次の瞬間には――。

斬り下げた長剣で、真紅の虹を描きつつ、一旋回をもって、右端の敵の胴を薙《な》いだ。

もとより、のこりの一人が、じっと待っている筈もなかった。

「う、おーっ！」

と、野獣にも似た懸声もろともに、襲いかかった。

顔十郎の五体は、その一瞬、右端の敵の胴を薙いで、延びきっていた。その半身は、完全に空いていた。

そこへ、撃ち込んで来た一刀であった。

躱《かわ》すいとまはなかった。

顔十郎自身、護身の本能によって、これを、泳いで来た正面の敵の腰から脇差を奪いとりざま、受けた。

とみた刹那――。

右端の敵の胴を薙いだ長剣が、勢いをそのままに、きえーっと発して、その敵の頸根を、割りつけた。

この間、わずか、二秒にも足らなかった。

生きのこったのは、顔十郎の長剣の鞘に、おのが白刃をさし込んでしまった左端の敵であった。

第一撃を喪《うしな》った渠《かれ》は、顔十郎のあまりの迅業になかば茫然としていた。

顔十郎は、静止の姿勢にもどると、流石に、肩をひと喘ぎさせてから、

「闘いはおわった。お主の役目は、仲間の遺骸をとりかたづけることだろう」

と、云った。

それから、

「鞘をお返しねがおうか」

と、左手をさし出した。

対手は、狂気したのではないか、と疑いたくなるほど、眦《まなじり》を裂かんばかりに瞠《みひら》いた双眼を、またたきもさせず、頬の筋肉を絶え間なく痙攣させていたが、

「……っ、強い！」

はらわたから、しぼりあげるように、もらした。

同じ感嘆は、顔十郎が山門を出た時、のこのこ跟《つ》いて来た胡麻の蠅の口からも出た。

「強い。まったく、滅法に、強いや、旦那は――」

そう叫んで、金兵衛は、首をふった。

裾からげして、がに股で、のそのそと歩いて行く後姿を眺めていると、たったいま、あれだけの迅業をやってのけたのは嘘のように思われる。

顔十郎は、黙って、間道を歩いて行き、やがて、街道に出て、とある立場茶屋に入り、渋茶を飲みほしてから、

「いやなものだ、人を斬った後味は――」

と、吐き出した。

「しかたが、ござんすまい。斬らなきゃ、斬られますからね。ともかく、滅法強いや、旦那は。日本一でさ」

「いつまでも、感心するな。当人は、はやく忘れたいところだ」

「あっしは、一生忘れられませんや」

「さあ、こんどは、貴様の相談に乗ってやろう」

「おっと、そうだ。金無垢の観音様の一件でござんした」

金兵衛は、小鼻をうごかして、説明しはじめた。

一時代前の話である。

大阪屈指の富商に淀屋又兵衛という剛腹な男がいた。

この岡崎の本多の殿様に、目をかけられて、八丁味噌の一手販売をゆるされて、これで巨富をきずいたのであった。そのお礼に、岡崎城二の丸の庭を造りかえる時、樹木ぜんぶを、自分に寄附させて頂きたい、と申出た。

十本や二十本の数ではなかった。

殿様のおゆるしを得た又兵衛は、八艘の船で、東西諸国から、二百数十本の樹木を運んで来て、大層な庭を造ってみせたのであった。

のみならず、殿様から、おほめの言葉を頂戴した時、又兵衛は、

「ただ、樹ばかりをさし上げましたのでは、趣向になりませぬゆえ、あの中の一本の根かたに、一尺八寸の金無垢の観音様を、埋めさせて頂きました」

と、言上した。

「どの樹だな?」

殿様が、問うと、又兵衛は、微笑し乍ら、かぶりをふって、

「それは、かえって、申上げない方が、趣向かと存じられまする、ご家来衆に、当て

させてごらんになるのも、一興でございましょう」

と、こたえた、という。

殿様も、風流人をもってきこえた人物であったので、あえて、匿《かく》し場所をきかなかった。

爾後、家臣のうちで、その樹を、当てた者があることを、きかぬ。

金兵衛は、又兵衛の孫であった。家が零落して、胡麻の蝿までなり下ったが、一生一度の花を咲かせたいと、絶えず、念願していたところ、たまたま、顔十郎が、人相手相を、ぴたりぴたりと当てるのを視て、

――この浪人者に、ひとつ、その樹を当てさせてやろう。

と、思いたったのである。

「旦那、お願いします。観音様を掘りあてるのは、日本中に、旦那を措いて、ほかには、ありませんや」

金兵衛は、両手を合せて、拝んでみせた。

「そりゃ、駄目だな。わしの八卦は、でたらめだ。お前が胡麻の蝿だくらいは、カンで判るが、二百数十本の植樹を眺めて、どれの下に、観音像がかくされたか、当てて見ろと申しても、まず、不可能だな」

「旦那、そう仰言らずに、カンを働かせて下さいまし。天地人森羅万象を指南なさるのじゃござんせんか」

「駄目だ駄目だ、ことわる」

手をふって、顔十郎は、床几《しょうぎ》から、腰を上げた。

その折、茶屋のおやじが、

「旦那、そりゃ、あぶのうございますよ。鞘が破れて居ります」

と、注意した。

刺客の白刃を、鞘にさし込ませた時に、切っ先で破られたのである。

顔十郎のは、三尺二寸もある長剣の鞘であった。敵の白刃は、二尺三寸の尋常の太刀であった。反りもちがっていたのである。むりに、さし込ませたのだから、破れるのは、当然であった。

「ふうん――」

顔十郎は、首を曲げて、破れた箇処を見ていたが、

「そうか。一本の刀を納めるには、一本の鞘しかない。ほかの鞘では間に合わぬ」

あたりまえのことを呟いた。

直感があったらしい。

「よし、金兵衛、ついて来い。岡崎城へ参るぞ」

三

翌朝、うららかに晴れわたった青空の下の岡崎城内二の丸の庭園には、藩主を中心にして、多くの家臣、侍女たちが、粛然として、座を占めていた。

一人の浪人者の一言を待つためであった。

「そのむかし、淀屋又兵衛がお納めした観音像の在処を、一瞥《いちべつ》にして、指してごらんに入れる」

という申入れは、もとより、すぐに容《い》れられる筈もなかったが、

「もし、当らざる時は、その場を立去らずに、切腹して、お詫びつかまつる」

と断言したときいて、藩主は、ゆるしたのである。

近習《きんじゅ》の一人にともなわれて、顔十郎が出現すると、家中一同は、ざわめいた。あまりの奇妙な面相に対するおどろきと、あまりにうす穢《ぎたな》い風ていに対するさげすみのためであった。

風流人の気象を受け継ぐ若い藩主だけに、べつに表情を動かさなかった。

顔十郎は、挨拶してから、おもむろに、庭園にむかって立った。

庭園についての知識も、この天下の野良犬はそなえている模様であった。

庭園というものには、自ずからなる様式がある。

すなわち、作庭記などをひもといてみると——。

「山の麓《ふもと》ならびに野筋の石は、むく犬の伏せるがごとし。小牛の母にたわぶれたるがごとし。およそ石を立てる事は、にぐる石一両あれば、追う石は七、八あるべし」などと、書いてある。すべて、自然風に配置せよ、という意味である。本所離別、ということも云われる。深山に生えるべき草木を水辺に植えたり、またその反対をしたりしてはならない意味である。あたりまえの話であろう。

したがって、いかなる庭園も、その描写は、自然の法則にかなっている。

顔十郎の対する庭園は、池を心字として、仮山を築いていた。滝口の石組も、中島の配置も、その自然主義にぴったりとのっとっていた。

顔十郎は、すうっと、右手をさしのべた。

「あの滝口の右わきの、先下りの松の根かたを、掘って頂きとう存ずる」

百余人の視線は、一斉に、その松に集中された。どう眺めても、べつに、なんの変ったところのない松であった。

「旦那。わからねえ。どうして、ぴたりと、お当てなすった？」

次の日、赤坂の並木の松原で、息せきって、追いついた金兵衛が、顔十郎に、問いかけた。

「あの松のかたちは、いわゆる袖掛松であったな。滝の中から、袖は掛けられまい」

すなわち、そこには、滝副石が据えてあるべきだったのである。ただ一箇処の、不自然な造りであった。

「それより、金兵衛、お殿様からの下し物はあったか？」

顔十郎は、所望の褒美《ほうび》を、と云われた時、又兵衛の孫が来ている故、そちらの方へ賜りたい、とこたえておいたのである。

「旦那が、何も貰わねえのに、あっしが、頂戴する道理がありませんや」

胡麻の蠅の心意気というものであったろう。

「欲しくなりゃ、そのうち、お城へ忍び込んで、観音様を頂いて参りますよ」

# 世すて人

## 一

遠州と三州の国境である白須賀を越えると、浜名湖。荒井の番所が、東海道の恰《ちよう》度《ど》、まん中の関門にあたる。

ぶじに、これをくぐれば、江戸へ六十七里。

荒井から舞坂へ、湖上一里。舟賃は、一艘の借切五百六文、尾州、紀州の衆は百文、乗合は一人前四十九文。

「舟が、出るぞうっ……」

船頭の声が、春風に乗って、遠くまで、ひびいた。

船には、若いさむらいと巡礼父娘が、乗っているだけであった。

艫《とも》にうずくまって、弁天島の方へ、目をあてている若いさむらいの貌《かお》は、こういうのを、眉目秀麗《びもくしゅうれい》と形容するのであろう。彫られたように、造作《ぞうさく》が整っている。眸子《ひとみ》も美しく、色も白い。ただ、美男特有の孱弱《せんじゃく》さから、この青年もまた、まぬがれることはできない。

それにしても、どこやら、苦悩を抑えている気色は、いたいたしく、巡礼娘でさえも、それに気づいて、時おり、ちらちらと、窺《うかが》い見ている。

船頭は、もう客は来ない、と見て、棹《さお》をとると、橋杭を、ひと突きした。

この時、幟《のぼり》をかついだ顔十郎の、尻端折り姿が、今切《いまぎ》れ口に現れた。

「おい、乗るぞ」

口に手をあてて叫んだが、船頭はかぶりをふった。

「待ちきれんわい」

船は、二間も、はなれていた。

顔十郎は、しかし、あきらめずに、がに股を踊らせて、走って来ると、橋板を蹴った。

なんの造作《ぞうさ》もなさそうな身の躍らせかたであったが、苦もなく、湖上二間の空中を跳んで、ひょいと、船へ降り立った。

船頭も巡礼父娘も、そして、若いさむらいも、あっけにとられて、顔十郎を眺めた。

顔十郎は、けろりとした表情で、

「ごめん——」

若いさむらいにことわって、その脇に、あぐらをかいた。

若いさむらいは、その幟に染めぬかれた文字を読んだ。

「天地人森羅万象指南」

しばらく、ためらっていたが、思いきった様子で、

「失礼乍《なが》ら、貴殿は、いかなる相談でも、受けられるか？」

と、問いかけた。

顔十郎は、若いさむらいを視た。

一途に何かを思いつめている、緊張した面持が、美しい。

「報酬次第では、城取りもやってのけてごらんに入れる。と、まあ、申したところで、誰も信用いたさんが、まあ、さしあたって、鼠取り、犬殺しぐらいの役目ならつとめて進ぜるな」

「…………」

若いさむらいは、俯向《うつむ》いた。そして、ひくい声で、

「武士たる者が、他力にすがろうとするのは、卑劣でした。……一人で、やらねばならぬことだ」

と、云った。

顔十郎の方は、しいて、指南を売るつもりはない。それきり、対手が沈黙をまもるのを、気にもかけず、腰の瓢《ひさご》をとって、口飲みしはじめた。

若いさむらいは、船が舞坂に着くまで、一度も、顔十郎を視なかった。

名邑《めいゆう》浜松は、井上河内守六万石。古来の勝区で、重要な地点に当っているので、種々の出来事が、絶えず起っている。

浜松の松原には、幽霊が出るので有名である。度胸のある飛脚が、そいつを捕えてみたら、怪猫であった、という話が、まことしやかに伝わっている。

その松原を過ぎて、町に入ると、賑《にぎわ》いは、東海道屈指である。

「遠州浜松、広いようで狭い、横に車が二挺立たぬ」と唄われている。

若いさむらいは、雑沓を縫って、足早やに、歩いて行った。

――あいつを斬ってやる！

決意は、ようやく、肚にすわっていた。

春昼の明るさの中で、見うけたところ気品のある白皙《はくせき》の貌をそなえた青年が、このような殺気を起していようとは、行き交う人々の夢にも気づかぬところである。

辻に来て、若いさむらいは、顔を擡《もた》げた。

ここから、西へむかって、通りの左右は、大きな商家になり、人通りもすくなくなる。どっしりした海鼠壁《なまこかべ》の土蔵がつづいているのであった。

これまでも、これらの宏壮な家構えを眺めるたびに、この若いさむらいは、虚心ではいられなかった。世の中を動かす力は、すでに、これら富裕な町人たちの手に握られてしまっているのだ。幕府の政道も、大名の権力も、実は、大町人たちの金力にあやつられて、むなしく虚勢ばかりを空転させるばかりなのだ。

公儀の歴々さえも、時世に乗るには、大町人たちの後楯を必要としているのである。まして、各藩の重役連は、藩政をとりしきるには、主君の許可を受ける前に、まず、富商たちの顔色を窺わねばならぬ状態であった。

宏壮な家構えの蔭で、どのような卑劣な私欲の取引が行われ、そして、それが、政道を、いかに左右しているか――。

思うまいとしても、こみあげる憤りは、しかし、自ら家禄をすてた純情な若い浪人の心を、逆に、自嘲へと、のめり込ませるのに役立った。

二

若いさむらいは、松戸俊吾といった。二年前まで、旗奉行であった。俊吾が、致仕したのは、きわめてつまらぬ出来事のためであった。

二年前の五月五日——端午の祝儀の日のことであった。

この日は、大幟大鯉《おおのぼりおおごい》の吹貫《ふきぬき》、また旗の見えないところは、市中にない、といってよかった。大名方、旗本衆は、若君のお祝いとて、家臣より祝言を申上げ、粽《ちまき》を献上する。主君からは、家中末々にいたるまで、何かの拝領がある。

今日より、武家方は、礼服帷子《かたびら》となり、民間は、単衣《ひとえ》を着る。市中では、みな柏餅を喰べ、職人たちは、すべて節句休みをする。子供たちは、武家町人を問わず、きれいなきものにきかえて、それぞれ師の許へ、祝賀を述べに行く。城内や、武家方の奥では、縮緬《ちりめん》と絹糸をもって製《つく》った薬玉《くすだま》というものを、屋内のあちらこちらへつるすのをならわしとしていた。薬玉の中には、香のいい香料をこめてあるので、風のままに、これが吹き送られるという風流であった。

浜松城主の若君は、恰度十歳になったわんぱく盛りで、この佳日にはしゃぎまわって、つるされてある薬玉をひきちぎって、蹴鞠《けまり》のかわりにして遊んでいるうちに、池へ落した。

お附きたちが、何かの用事で、若君のそばからはなれている時のことであった。

若君は、薬玉をひろおうとして、見まわし、床の間に飾られてある旗旆《きはい》を抜きとって、庭へ降りたち、棹《さお》代りに、いきなり、池へざぶりと浸けて、薬玉をかき寄せようとした。

その旗旆は、井上家の始祖が、将軍家より賜った家宝で、いくたびか、戦場に、これをはためかせて、武勲をたてていた。

旗奉行であった松戸俊吾は、職務怠慢によって、旗旆をけがした責を一身に負うと、致仕しなければならなかった。

旗旆をけがしたのは、若君であった。しかし、若君は、勿論、咎められず、また、お附きの女中たちも、罪にはならなかった。その場には居合せず、何も知らなかった俊吾一人が、罰せられたのである。

俊吾は、しかし、これを、当然のこととして、自ら退いて、浪人となった。

主君が、もうすこし寛容の人であったら、と思わないでもなかったが、べつに、恨みを抱きはしなかった。

しかし、いまの俊吾は、主君をも含めて、藩の重役を憎んでいる。主君や重役に、目に物見せるためにも、俊吾は、幾人かの奸商たちを、斬ろうと決意しているのであった。

その奸商の一人「東海屋」の別邸へむかって、俊吾は、足をはこんでいた。

とある曲り角に来た時、俊吾の陰鬱《いんうつ》な殺意が、ふっと、逸《そ》れた。

前方を歩いて行く一人の老人の姿をみとめたからである。

その老人は、俊吾の住む裏長屋に、つい一月ばかり前に引越して来た人物であった。

一軒置いた隣り同士で、顔を合せると会釈するだけの、べつにそれ以上親しくなろうとはしない間柄であった。しかし、俊吾は、その老人が、引越して来てからすぐに、

――なにやら、仔細ありげな人物だな。

と、うたがっていた。

風貌も、物腰も、こうした裏長屋で零落している人間とは、あきらかに区別されなければならぬ気品と折目正しさがあった。

武士であったことは、たしかである。しかも、かなり身分の上の人であったように、思われた。

いまも、古びはてているが、しぶい古渡りの胡麻柄唐桟に、博多帯をしめて、杖《つえ》を持っているが、それで身を支えるというのではなく、まっすぐに背を立てた後姿をみせているが、人生の黄昏《たそがれ》の翳《かげ》が濃くても、そこいらの隠居風情とは、全くちがった、一種犯し難い品格がそなわっているのを、俊吾は、感じた。

俊吾が、この老人について知っているのは、京から来た人、という噂だけである。なんのために、この浜松城下に仮住いしているのであろう。ここが、見知らぬ土地であることは、誰一人たずねて来る者もないことであきらかであった。あるいは、何処にも、身寄りは全くないのであろうか。

どこに働きに出る様子もなく、ひっそりと孤独をまもっている老人。こうした、おそらくは、過去の一切を葬った年寄が、天保改革以後の江戸や大阪や大きな城下町の片隅に、時おり、そっと、静かにくらしているのを、見かけるのである。

——どこへ行くのであろう？

俊吾は、微かな興味をおぼえると、歩調をゆるめて、老人のあとを尾けるともなく、尾けて行った。

意外なことであった。

老人が、立ちどまったのは、俊吾が、乗り込んでやろうと、肚をきめていた「東海屋」の前だったのである。

忍び返しをつけた黒塀が、二十間もつづいている大きな屋敷であった。露地をまわれば、うしろは、川に面している。馬込川《まごめがわ》から支《わか》れる流れで、小舟を、乗り着ける石段も設けてあった。

——この奸商に、老人は用があるのか？

俊吾は、急に、緊張した。

老人は、天水桶の脇に立ったなり、そっと門の中をうかがう様子をしめした。しかし、入ろうとする気配はなかった。門の扉は開いていて、玄関まで、敷石がひかっていたのだが……。

そうしたままで、老人は、化石したように、いつまでも動かなかった。

俊吾は、思いきって、近づいて、声をかけた。

振りかえった老人は、微かな狼狽《ろうばい》をみせて、歩き出そうとした。

「ご老人、ここの主人とは、わたしは、昵懇《じっこん》にして居ります。ご用なら、おひきあわせしてもよろしいが……」

俊吾が、云うと、老人は、かぶりをふって、

「いや、別に……。このあたりに、むかし、てまえの知合いの家がありましてね。……近くまで、用足しに参ったついでに、寄ってみたのです。この家は、大層凝った造りで、つい、見惚れた、ということなのです。ご免下さい」

それが、嘘であることは、嘘のつけない人柄であることを、証明するのに役立った。

――あの年寄も、もしかすれば、東海屋一味の悪事の犠牲者の一人かも知れぬ。

急ぎ足で立ち去って行く老人を見送って、俊吾は、自分の想像が当らずとも、遠からずだ、と思った。

三

当時は、青銭や鐚《びた》銭で、万事用の足りる世の中であった。旅籠《はたご》の一泊の宿賃が、二食入浴つきで百五十文であった。上等の旅籠で三百文。

顔十郎が、ぶらりと入った旅籠は、六十文で泊める最下等の家であった。六十文となると、さすがに女中も給仕に来ないし、夜具も勝手に客の手で敷くことになる。

酒は、瓢《ひさご》の中にのこっている分で足りた。

それを空にした頃あい、

「旦那、こっちですかい？」

声がかかって、ひょっこり、顔をのぞけたのは、お祭り秀太であった。

「よくかぎつけたな」

顔十郎が、にやにやすると、秀太は、いささか憤然となって、かぶりをふった。

「冗談じゃありませんぜ、旦那。中仙道を、柏原まで、つッ走って、はっと気がついたってえしまつでさ。お遊様は、すっかりおかんむりで、あっしがドジだと、もう手がつけられねえ。あわをくらって、青野から、名古屋街道を一散走り、岡崎へ出てみりゃ、一足ちがいだあ。全く、がっかりしちまって、どうでもしやがれ、と喚きたくなりましたぜ」

「姫君は、どうした？　つれているのか？」

「いっそ、岡崎の女郎屋へ、売りとばしてやろうか、と思いましたがね。なにしろ、公方様のご息女だあ。恩をきせておいて、後日の損にゃならねえ、と――思った矢先、うめえや、お遊様が、思い出して下さったんでさ」

「何を思い出した？」

「岡崎城の奥方様が、てめえ——いや、ご自分のお姉君であることをね」

「そうだ。本多中務大輔の簾中《れんちゅう》は、将軍家の息女であったな」

「たすかりやした。お遊様を、お城へとどけておいて、あとは韋駄天《いだてん》でさあ。……しかし、なんでまた、こんな薄穢ねえ旅籠に泊っちまったんですかい？」

「駕籠に乗る人、乗せる人、そのまた草鞋《わらじ》を作る人——。わしは、乗る人より、乗せる人の方に親しみがあるのでな」

顔十郎は、立って、窓べりに腰かけて、黄昏のあわただしいざわめきをみせている通りを見下した。

とたんに——。

「はて？」

顔十郎の大きな眸子が、光った。人ごみの中を、ゆっくりと通って行く一人の老人をみとめたのである。

それは、松戸俊吾に尾けられた、東海屋の別邸を窺っていた老人であった。

「あれは——？」

小首をかしげた顔十郎は、すぐ、秀太をふりかえって、

「おい、お前の仕事だ」

と、云った。

「なんです？」

「あの老人を――」と、指して、「尾けて、居処をつきとめて来い」

「お安いご用だ。合点だ」

秀太は、とび出して行った。

顔十郎は、腕を組んで、遠ざかるその後姿を見送り乍ら、

「まちがいない。生きていたのだ、あの御仁は――」

と、歎息するように、呟いた。

秀太が、もどって来たのは、それから半刻もすぎてからであった。

ひどく足をひき乍ら、痛さにしかめっ面になって、部屋に入って来た。

「どうした？」

「どうしたも、こうしたも……」

片足をなげ出して、向う臑《ずね》を、そろそろなでさすりつつ、

「ひでえものだ。ものも云わずに、ふりかえって、ぱっと、鳥のように飛んで来て、杖で、かっぱらって来やがった」

「あの老人が――」

顔十郎は、微笑した。

町の右の方に、諏訪の大明神の社がある。お城は、その彼方であった。

老人は、その社の境内に入って行ったのである。

——お稲荷《いなり》さんなら、狐が化けやがった、ということもあるが？

不審なままに、尾けて行った秀太は、いきなり、老人に、そうされたのである。

そこは、ただの鼠ではなく、唸りをあげつつも、秀太は、二間ばかり、遁《に》げて、

「何をしやがるんでえ」

と、喚いた。

老人は、それだけの跳躍をみせ乍ら、みじんも、気息を乱さずに、

「東海屋の飼犬なら、もどって、あるじに伝えい。ため込んだ金は、いずれ、近いうちに、のこらず、吐き出させてやる、とな」

と、云った。

「べらぼうめ、東海屋だか、東西屋だか知らねえが、そんな野郎の飼犬なんぞになるおれか。はばかり乍ら、昨日は京、明日は江戸と、気随にとんで歩く天下無宿のお兄哥《あにい》さんだい！」

「それなら、なんのために、わしを尾けた？」

「どっこい。そいつは、舌がちぎれても云えねえや。安心していいことは、ひとつあるぜ。あっしに命令したのは、男が惚れる男だってえことさ」

その捨てぜりふをのこして、秀太は、遁げて来たのであった。

「秀太――。いのちびろいしたな。杖が仕込みであったら、一刀両断にされているところだ」

「くわばら！　もう六十越えてやがるくせに、途方もねえ迅業《はやわざ》を使いやがる。旦那、なんです、あれア」

「うむ！」

顔十郎は、宙に目を据えて、幾年か前の記憶の中にもどっていたが、

「元公儀大目付――松平内蔵之介。それだ」

と、云った。

# 天竜心中

## 一

松戸俊吾は、浜松随一の富商「東海屋」の別邸の勝手口から、そっと、忍び入っていた。

なるべく家の者の目を避けたかったが、発見されても、言訳は用意していたし、いまは、あいつを斬ってやる殺気は、うすれて、別のこんたんが生じていた。

この家では、常時、やくざたちの賭場が開かれている筈であった。それに招かれて来た、と云えばいいのだ。

俊吾が、この家にふみ込んだのは、今日が、はじめてであった。

家の中は、金にあかして、凝《こ》った造りであった。廊下の床も、鏡のように、みがかれていた。

その長い廊下を、中途まで、跫音を消して、進んだ時、右手の座敷の障子が、開かれた。

反射的に、身の動きをすばやいものにして、左手の部屋へ隠れようとしかけた俊吾は、廊下へ這った影が、若い女のものであるのをみとめるや、それを止めた。

直感は、当っていた。

つやであった。

「あ！」

危うく、手にした銚子の盆をとり落そうとしたくらいの烈しい愕《おどろ》きをしめして、つやは、俊吾を視た。

「しゅ、しゅんご様！」

俊吾は、無言で、その肩をつかんだ。

「来い！」

俊吾は、ひくく、激しく、命じて、ひっぱった。

つやは、盆を持ったまま、人に見られはしないか、と気遣いつつ、俊吾を、暗い納戸に、みちびいた。

つやは、俊吾が、旗奉行であった時に、屋敷で使っていた小間使いであった。父親は、松戸家に仕えていた旗組の従士であった。

俊吾は、いつか、つやを愛していた。つやもまた、慕っていてくれた筈であった。俊吾が浪人してから、互いに心に秘めあっていた恋も、儚《はか》なく、消えたのである。俊吾は、つやが、東海屋嘉兵衛の養女になった、ときいた時、生れてはじめて、この世のすべてのものを呪いたい程の狂暴な絶望状態に陥ったものであった。その時、俊吾は、すでに、東海屋に飼われた用心棒だったのである。俊吾は、容子《ようす》に似合わぬ腕前を持っていたのである。

つやは、俊吾が東海屋の用心棒になったとは知らずに、その養女になったのであった。

俊吾は、東海屋が、つやの美しい器量に目をつけて、養女にした意味を知っていた。

あいつに、人身御供にさし出す為であった。

そして、その通りになったのである。

あいつは、江戸から来て、すでに一年余になる。まだ、なかなか浜松から引きあげる様子はなかった。

つやは、そのあいだの、なぐさみものなのだ。

「あいつが、来ているのだな？」

うすくらがりの中で、俊吾は、つやの肩をつかんで、険《けわ》しい語気で、訊ねた。

「え？」

「あいつだ！　公儀お目付須藤頼母だ！」

「…………」

「来ているのだろう？　云え！」

「は、はい」

「来たら、泊って行くのだな？」

つやは、わなないた。

「そうだな？　お前が、伽《とぎ》をするのだな？」

「…………」

「そうだろう？」

「は、はい――」

俊吾は、全身が、かっとなった。四肢のさきから、みるみるうちに、野獣と化すような狂暴な衝動が起った。

俊吾は、畳の上へ、つやを、突き崩した。

「俊吾さまっ！」

つやは、本能的に、怯《おび》えて、のしかかって来た俊吾を、こばもうとした。

「つや！　あいつには、なすままにさせて、こ、このおれには許さぬのか？」

「い、いえ！　……ただ、い、いまは——」

「いまを措《お》いて、ほかに、いつ、会えるのだ？」

「…………」

つやは、喘《あえ》いだ。

俊吾は、片膝で、つやの前を、ねじるように、開かせた。それから、片手をのばして、きものを、襦袢《じゅばん》を、下裳を、鷲掴みにして、たぐった。

びりりっと、どこかが裂ける音がした。

太腿の冷たい肌が、てのひらにふれると、俊吾は、瘧《おこり》のように全身が顫《ふる》えた。

——このからだは、おれのものになる筈だったのだ！

胸のうちで、そう叫ぶことによって、俊吾は、おのれの残忍な振舞いをいいわけしようとした。

——おれのものになる筈だったこのからだが、好色な爺に、さんざ、もてあそばれたのだ！

いま、もっともむごたらしく犯すのは、復讐だ、と思いたかった。

俊吾は、矢庭に、その片手を、くびれた腰から、下腹へ滑らせて、嫩《わか》い萌毛をひきむしるようにして、柔らかな肉襞の蔭を、さぐった。

つやは、もう、あらがいはしなかった。ただ、ふいごのように、悲しげな喘ぎの呼吸を波うたせ乍ら、されるがままに、なった。

──もっと、残忍に！　もっと、無慚《むざん》に！　もっと、冷酷に！

俊吾は、おのれを鞭《むち》うつや、不意に、上半身を起して、双手に力をこめるや、つやの白い円やかな膝を摑んで、押し拡げた。

──これだ！　これが、おれのものに、なる筈だった！

──この醜さは、どうだ！

俊吾は、いきなり、そこへ、顔を押しつけた。

「うっ！　……むっ！　むむむ……」

つやは、身もだえたが、この拷問から、とうていのがれることは、かなわなかった。

いくばくかの後、俊吾は、死んだようにぐったりとなっているつやの上から、のろのろと身を起した。

二

「……許せ！」

ひくく、詫びておいて、差料《さしりよう》をつかんで、立ち上ろうとした。

瞬間、つやは、はじかれたように、起き上って、とりすがった。

「わ、わたしを、つれて……逃げて、下さいませ！」

「………………」

俊吾は、無言で、押しのけた。

「俊吾様！」

「つや！　おれは、あいつを斬るのだ！　斬りに来たのだ！」

「ええっ！」

「おれは、世の中が、いやになって居る！　あいつのような下種《げす》な、貪欲な、卑劣漢が、公儀の政道にたずさわっている胸くそわるさが堪え難いのだ！　おれ自身が、東海屋の飼い犬になっていることもだ!」

「俊吾様!……つやは、せめて、貴方様と、三日でも——いえ、一日でもいいのです。一緒に、くらして——」

泪《なみだ》でむせび乍ら、つやは、俊吾に、しがみついた。

このおり、むこうの部屋で、高笑いが起った。

——あいつを生かしておいては、つやと一緒になることはできぬ!

俊吾は、つやを突きはなした。

「俊吾様っ! お行きにならないで!」

「斬るのだ! 斬らねばならん!」

「いえ! いえ!……ど、どうか——」

つやは、必死に、しがみついた。

「はなせ!」

俊吾は、もう一度、突きはなそうとして、急に、力が抜けるのをおぼえた。

髪の匂いや、華奢《きやしや》な肢体の重みや、あたたかさや、小さな唇から吐かれる喘ぎなどが、この上もなく、いとおしくなった。

たったいま、もっともむごたらしくあつかったからだであったが、されるがままに、じっとなっていたいじらしさが、突如といっていいくらい、俊吾の胸に、つきあげて来たのである。

夜ふけて、俊吾は、人影の絶えた通りを、歩いていた。静寂は、いっそ、じーんと底鳴りするまでに冴えていた。

おのれの住む裏長屋が、つい、そこにあるところまで戻って来た俊吾は、ふと、白馬ののれんの蔭に灯があるのをみとめて、それをはねて、入った。

先客があり、それが一軒置いた隣りに住む老人と知った俊吾は、つかつかと寄って、むかいの床几《しょうぎ》に腰を下した。

「ご老人！ 世の中というやつは、莫迦《ばか》げているとお思いにならぬか？ ……どのような卑劣な手段であろうと、あさましい策謀であろうと、いったん力と地位をつかんでしまえば、もう、しめたものだ。あくどい罪を犯しても、それは、その力と地位で、おしかくしてしまえるのだ。何くわぬ面で、栄耀をほしいままにしていられる。莫迦をみるのは、下積みの正直者ばかりなのだ」

俊吾は、ほとばしるように、云った。

老人は、微笑して、俊吾を見まもっている。

「ご老人！　貴方も、東海屋という奸商を憎んでいる一人ではありませんか！　……彼奴のところに、目下、公儀から遣《つかわ》されて来ているお目付がいる！　何をしているか、ご存じか？　あいつは、東海屋に、抜荷をやらせて、その船を、こっそり、この浜松に寄せさせて、上前をはねているのですぞ！　東海屋の用心棒をやっているこのわたしが、証明するのだ！　まちがいはない」

俊吾は、はこぼれた茶碗酒を、ひと息に、飲み干した。

三

つやが、その裏長屋をたずねて来たのは、次の日の黄昏《たそがれ》ちかくであった。

俊吾は、留守であった。

つやは、途方にくれた面持で、戸口に佇《たたず》んでいたが、この折、一人の老人が、ゆっくりと、露地に入って来るのをみとめた。

老人も、俊吾の家の前にいる女を見出すや、はっとしたように、足を停めた。

「あの……おそれ入りますが」

つやは、一礼して、訊ねかけた。

「松戸俊吾様は、どちらへお出かけになりましたでしょうか、おわかりではございませんか？」

老人は、つやをじっと見据えていたが、その質問にこたえる代りに、

「そなたは、もしや、東海屋の養女になっているひとではないか？」

と、訊ねた。

調べていたのである。

「はい——」

つやは、こたえて、老人の視線が眩《まぶ》しく、俯向《うつむ》いた。

「もしかすれば、松戸殿は、そなたの住んでいる家へ、参ったのかも知れぬ」

「え？」

「昨夜、更けて、わしは、松戸殿に会うた。大層昂奮されていたが、あるいは、昨夜のうちに、決意されたのかも知れぬ」

「………」

つやは、息をのんだ。

つやは、俊吾と、江戸へ出る約束をしたのである。そのために、こっそり、あの別邸を抜け出て来たのであった。

つやを抜け出させておいて、入れちがいに、ふみ込んで行く。これは、考えられることだった。

つやは、にわかに、目の前が、紫色に烟《けむ》るような眩暈《めまい》におそわれた。

その様子を、冷静な眼眸《まなざし》で見戍《みまも》り乍《なが》ら、老人は、問うた。

「公儀目付須藤頼母は、昨日から、そなたの住んでいる家に泊っているのではないか？」

「…………」

「正直に、こたえて頂こう。これ、松戸殿のためにもなることです」

「お泊りでございます」

つやは、昨夜は、須藤頼母が、褥《しとね》に入って来るように命じたのを、月のものがはじまったといつわって、拒絶したのであった。

「これから、そこへ、わしをご案内頂こうか」

「…………」

「もしかすれば、間に合わぬかも知れぬ。間に合わせたいものだ」

老人は、先に立って歩き出した。

老人とも思われぬくらい速い足であった。つやは、跟《つ》いて行くために、必死にならなければ

なければならなかった。それが、かえって、不安をつのらせることになった。

老人が、あらかじめ、その別邸の構造を調べていたことは、おもてを避けて、裏路を辿《たど》り、馬込川から支《わか》れた流れを、小舟で上る手段をとったので、あきらかであった。

すでに、陽は、落ちていた。

櫓音《ろおと》だけが、ぎい……ぎい……ぎい、と単調にひびく。老人が、漕いでいた。

月が出ていて、女の眉のように、細く、儚《はか》なげであった。

小舟が、東海屋の裏口の石垣へ、すべり寄った時であった。

突如、屋敷内から、銃声が、つらぬいた。

「ああっ!」

つやは、愕然として、小さな悲鳴をあげた。東海屋が、常時、短銃を身につけているのを知っていたのである。

四

短銃を撃ったのは、東海屋嘉兵衛であった。

しかし、撃たれたのは、松戸俊吾ではなかった。

公儀目付須藤頼母を上座に据えて、東海屋のほかに、二人の富商が、大型の卓子をかこんで、賭博に熱中しているさなかに、音もなく、侵入者は、姿を現したのであった。

途方もなく巨きな鼻と、おそろしく長い顱をもった異相が、何気なく視線を擡《あ》げた須藤頼母を愕《ぎょ》っとさせた。

知っていたのである。須藤頼母を、時おり、夢の中で、おびやかしている唯一の存在が、顔十郎だったのである。

「やあ、お愉しみのところを、失礼つかまつる」

ふところ手で、のっそりとふみ込んだ顔十郎は、卓上にちらばった博奕札を、じろりと見やった。オランダ渡りのメクリ加留多であった。極彩色の僧形、騎馬、武将の絵札が、鮮かである。

「なんだ、おのれは？」

東海屋が、目をひき剝《む》いて、片手を懐中に入れた。

「それがしの素姓は、須藤頼母殿におきき頂こうか。須藤殿の方は、あまり、会いたくない男であろうが、どうやら、これも、因縁でござろうな。引導を渡す役として、罷《まか》り越した」

それをきいて、須藤頼母の面貌が、蒼《あお》ざめた。

東海屋は、もとより、この薄穢い素浪人の技倆など知る筈もなく、懐中からひき抜いた短銃を、矢庭にぶっ放した。

瞬間——顔十郎の左手が、差料の刳《く》り形を摑んで、さっとさしのべた。

鍔《つば》は、弾丸をはじきとばした。

「刀の鍔には、こういう使用方法もござる」

顔十郎は、にやにやして、

「さて、須藤頼母殿。申上げておきたい。……七年前、お手前は、佐渡相川の奉行であった。お手前は、その職を利用して、大阪の廻船問屋と共謀して、金山から出た金を隠匿し、ひそかに、大阪へまわして、これを小判に鋳造していた。毎年、中央から、奉行取調べに、大目付が下って来ていたが、お手前の巧みな帳簿上のごまかしには、気がつかなんだ。ところが、あらたに大目付になった松平内蔵之介は、佐渡へ渡って来るや、一匁のつけ落しもないようにつじつまあわせた帳簿などには、目もくれず、自ら、人夫の労働日数の調査をはじめた。お手前は、あわをくらった。人夫の労働日数を調査すれば、不正は、直ちに発覚する。そこで、お手前は、松平内蔵之介を抹殺するよりほかに、のがれるすべはなしと、ほぞをかためた。そして、その通りにした。松平内蔵之介は、一日、釣舟を沖に出して、時化《しけ》をくらって、顚覆《てんぷく》し、海の藻《も》屑《くず》と消えた。お手前は、公儀に、そう報告した。……お手前は、やがて、江戸へもどって、目付となった。悪運は、いよいよ、栄えて、お手前は、さらに、この浜松へやって来て、ぞんぶんに私腹をこやしている。お目出度いことと申さねばならぬ。が——どっこい、上手の手から、水も、もれる」

そこまで云った時、須藤頼母が、つっ立って、狂人のように、

「東海屋っ！　こやつを、生かしてかえすなっ！」

と、呶号《どごう》した。

それに応えて、東海屋は、脱兎のように、子分を呼びに奔り出したが、廊下へとび出すいとまも与えられず、血煙りあげて、のけぞった。

「血迷うな、須藤頼母！　お手前が殺した筈の幽霊が、いま、二本の足で地を踏んで、ここへ、やって来る！」

顔十郎は、明るい声で、そうきめつけた。

それから、二日後、顔十郎は、お祭り秀太をつれて、天竜川を越えた。

見付の宿に入って、腰掛茶屋に憩うた時、顔十郎は、ふと、隣りの床几《しょうぎ》にいる旅商

人たちの話をききとがめた。

昨日、天竜川に、若い男女の心中があった、という。

「おぬしら、見たのか？」

顔十郎が、問うと、商人たちは、頷《うなず》いて、男はさむらいで、男女ともに、眉目美しい、いかにも似合いの一組であったと、説明した。

——松戸俊吾とつやにまぎれもない。

顔十郎は、憮然として、長い頤《あご》を撫でた。

他人の判断をもってすれば、二人はこれから、新しい人生をつくるために再出発する機会を与えられたのではないか、となじりたくもなる。

しかし、若い男女の愛情の葛藤は、他人の手で、解きほぐしてやるのは、不可能なのだ。それぞれが、それぞれの決意で、生死いずれかの道をえらぶことになる。

他人の知ったことではない——それなのだ。

「秀太——」

「へい」

「わしたちも、心中するほどの純情を持合せていれば、こうして野良犬にはなっているまいな」

# 因果仇討

## 一

島田金谷は、川のあい、お泊りならば泊らんせ、はたごは鐚《びた》でお定り、お風呂もドンドとわいている。障子もこの頃、張り替えた、云々。

宿唄に——

ここは、駿州と遠州との国ざかいで、ここを流れるのが大井川である。

大井川は、水勢が強い。川越人夫は、旅客を肩車にのせて、渡す。世間には、人の口車や尻馬に乗って、バカをみる者が多いが、この肩車も、はなはだ危険である。

武家や金持は、輦台《れんだい》すなわち板輿《いたこし》で、渡る。

雨が五日も降りつづいて、川留めになり、両岸の宿屋が、こぼれるほど客をためてから、ようやく、渡しの許可が出た今日。

両岸は、黒胡麻をまいたように、賑っていた。

渡し待ちの旅人めあての露店も、たくさんならんでいる。

その雑沓場から、すこしはずれて、顔十郎の幟《のぼり》も、朝風にひるがえっていた。

尤《もっと》も、ここだけは、まことに閑散としていて、顔十郎は、いたずらに、長い頤《あご》の髭を抜いているばかりであった。

先刻から、見台の前に立ったのは、立小便に来た人夫ただ一人。

「おうおう、八卦よいや、うかがいてえがね」

「なんだな？」

「宿屋のことをはたご、ってえのは、いってえ、どこから、はじまったんでえ？」

「はたごは、すなわち畑籠と書くのが、正しいな。むかしは、宿屋などと申すものはなかった。旅人が、道中している時、とある家の軒先に、籠がかけてあったな。籠の中には、畑から持って来た野菜類が容れてあった。旅人は、乞うて、これを煮てもらって、空腹をみたし、ついでに、一夜を泊めてもらった。これが、宿屋のはじまりで、はたごと呼びならわすことになった」

「へえん、うめえことを云やあがる。学があるぜ、浪人」

「さようさ、古今東西、和漢蘭こと、ひとつもないな」

人夫が、立去って、もう一刻になる。

顔十郎は、こうして、ぽつねんとしていることには、馴れている。

やがて――。

顔十郎は、一人の武家の若妻を、迎えた。

美しい顔立ちであったが、何事かを思いつめている必死な表情が、その美しさをかえって、いたましくみせていた。

「お願い申します」

「なんでござろうかな？」

「わたくしに、艱難《かんなん》の相がありましょうか？」

問われて、顔十郎は、じっと見据えていたが、おもむろな口調で、云った。

「そのむかし、越前国主朝倉義景の臣に、鳥井与七郎なる武士が、ござった。この妻は、姿色はなはだ美、眉は翠羽《すいう》のごとく、明眸清光を発し、丹唇は桜桃の顆《つぶ》か、皓歯うちに鮮かに、白雪の肌とあい映えて、まことに、男子の心をとろかし申した。ところが、某日、何処からとも知れずに立寄った雲水が、その容子を一瞥《いちべつ》しざま、嗟乎《ああ》むざんやな、と嘆じたそうな。いぶかって問えば、雲水こたえて曰く。絶世の美女も、惜しむべし、ただひとつの瑕瑾《かきん》のために、艱難をまぬかれず——と、すうっと、右手をさしのべて」

顔十郎は、蒼《あお》ざめた顔の中央を、ぴたっと指さした。

「その鼻梁《びりょう》に、竪紋一条あり——これこそ！」

そう指摘されて、若女房は、思わず、俯向《うつむ》いた。

まことにかたちのいい鼻梁であったが、ほんの微かな筋が、眉間の下に、刻まれていたのである。

顔十郎は、つづけた。

「天正元年、朝倉義景は、浅井長政を援けて、織田信長と戦って、あえなく敗れ申したな。鳥井与七郎は、刀禰《とね》山に、奮闘して、討死つかまつった。義景は、遁《のが》れて一乗谷に帰り、次いで、大野郡山田荘にかくれ、族景鏡《かげあきら》に殺されたことは、ここに申すまでもなし。……さて、鳥井一家の命運でござったが、あわれや、父兵庫助は歌一首を賦して自刃し、母もまた与七郎の死をきいて嘆き死に申した。その時すでに、信長の兵が、乱入して、与七郎の妻のあまりの美しい容子を発見するや、われをあらそって、拉致《らっち》し、村はずれの森の中で、まさに相犯さんと、いたしたそうな。与七郎の妻は、もはや、これまでとあきらめ、せめて、犯される前に、一首つくりたし、と矢立と紙を、兵の一人に所望して、さらさらと、したためたと申す」

顔十郎は、双眼をとじると、朗々と、その一首を詠じた。

世に経なばよしなき雲も掩いなん
いざ入りてまし山の端《は》の月

顔十郎が、目蓋をひらいた時、若妻は足早やに、遠ざかっていた。見台の上には、過分の金が置かれていた。

顔十郎は、ほっそりとした後姿を見送り乍ら、

「あの腰のあたりのなまめかしさが、男を狂わせたか」

と、呟いた。

二

武家の若妻は、渡し場にひきかえして来た。

そこに、美貌の妻にまことに似合うている眉目《びもく》が完璧につくられた若ざむらいが待

っていた。

「佐代、どこに参っていたのだ！」

苛々《いらいら》し乍《なが》ら待っていたのであろう、思わず大声で詰《なじ》った。

若妻は、目を伏せて、口のうちで詫びた。

「そなた、遁《に》げたのかと思うたぞ！」

良人は、いきなり、その白い細い手を摑むと、

「人足、輿だ！　早うせい！」

と、呶《ど》鳴《な》った。

四人の人夫にかつがれた輿が、川中へ出た時、若妻は、俯向《うつむ》いたままで、

「わたくし、覚悟をいたしました」

と、云った。

これをきいて、武士の方は、たちまち、表情を一変させた。

「そうか！　覚悟をしてくれたか！　……す、すまぬ！」

頭を下げてから、

「本懐をとげれば――一緒に、国許へ帰るのだ。悪夢であった、と忘れればよいのだ。……わしは、そなたに、生涯かけて感謝しこそすれ、決して、すてはせぬ。絶対

に、こだわらぬぞ。そなたは、忘れればよいのだ。わしも、忘れる」

かきくどくように、云いつづけた。

若妻は、もう、それきり、口をきこうとはしなかった。

昏《く》れてから、川を渡って島田宿に入った顔十郎は、どの旅籠からも、ていよく断られて、やむなく、いつもそうするように、どこかの寺院の堂内を、無断借用することにして、ぶらぶら、夜道をひろって行った。

宿はずれに、おあつらえ向きの古寺をみとめて、山門をくぐろうとすると、うしろに跫音《あしおと》がした。

ふりかえると、それは対岸の磧《かわら》で、おのが貌に艱難の相があるかどうか尋ねた若妻にまぎれもなかった。

ずうっと地面へ視線を落して来ていたし、ひとつの思念にとらわれていた若妻は、顔十郎の存在に気がつかない様子であった。尤《もっと》も、顔十郎は、夜道をひろう時には、跫音をたてぬくせがあったのである。

顔十郎は、つと、身をさけて、若妻を、さきにやりすごした。

若妻は、山門をくぐった。

この時、空に、雲が割れて、月がのぞき、境内の地面を、雪が降ったように白いものに照らし出した。

鐘楼わきに、浪人ていの影が腕を組んで、亻《たたず》んでいたが、若妻をすかし見て、いそいで、近づいて来た。

「佐代さんではないか！　兵馬は、どうした？」

張りのある佳い声音であった。

「兵馬は……参りませぬ」

若妻は、こたえた。

「参らぬ？　なぜだ？　なぜ参らぬ？」

「………」

「敵のわたしの方から、使いをやって、ここを約束したのではないか。そなた一人を寄越すとは、いったい、どういうのだ？」

「兵馬は、貴方様に、太刀討ちできぬと知って、もう二年あまり、修業をつむまで、待って欲しい、とわたくしに、告げて参れと――」

「ばかなっ！　討つ方が、討たれる者に、猶予を乞うとは、何ごとか！　ばかなっ！」

「又次郎様！　兵馬は、もう、だめでございます！」

佐代は、ほとばしるように、云った。

「だめだと？　性根がくさったと申すのか？」

「くさりました。貴方様を、討つ一念は、ございませぬ」

「佐代さん――」

男の声音は、静かであった。

「わたしは、兵馬に討たれてやるために、ここを指定して、待っていたのだ」

「え？」

「わたしは、胸を患っている。もう三度も、血を喀《は》いた。さきの永い生命ではない。だから、病死するよりは、兵馬に討たれてやろうと――手紙を送ったのだ」

佐代は、悲鳴のような叫びをあげた。

「しかし、兵馬がそれ程腰抜けときいて、討たれるのが、いやになった。……佐代さん、もどって、兵馬に伝えるがよい。又次郎は、討たれずに、畳の上で病死してやるとな」

つと、はなれて、男が歩き出すや、佐代は、はじかれたように、とりすがった。

「おねがいです！　又次郎様、わたくしを、つれて行って下さいませ！」

「どうするのだ！」

「わたくしを、妻に――妻にして、下さいませ」

「何を云う」

「貴方様のやまいを、わたくしの看護で、お癒《いや》しします！……わたくしを、つれて行って下さいませ！」

「そなた！　わたしを、敵にした上に、密夫にしたいのか？」

「貴方様は、わたくしが、お好きなはずです！」

「…………」

「おねがいです！　つれて行って下さいませ！」

佐代は、男の胸にしがみついた。

三

高須又次郎は、三年前、町尾兵馬の父兵左衛門を斬って、四国高松から逐電した男であった。

斬った又次郎に正当の理由があったことは、家中の誰もがみとめるところであった。町尾兵左衛門は、領内の納米を出納する蔵奉行であったが、藩中へ飯米を渡し蔵米の分を買上米とする職務を利用して、ひそかに私腹をこやしているふしがあった。しかし、その通帳を一人占めにしている以上、誰にも証拠がつかめなかった。

金奉行下役であった高須又次郎は、某夜、決意して、町尾邸へ忍び入って、その通帳を奪おうとして、兵左衛門に発見され、その狂気のような太刀先を躱《かわ》しきれずに、斬り伏せておいて、遁れ出たのであった。

正当の理由はあるにせよ、盗賊の振舞いをしたことは、武士道の吟味にはずれて居り、又次郎は、その夜のうちに、脱藩したのである。

又次郎と兵馬は、竹馬の友であった。

そして、又次郎が愛していた佐代は、それから一年後に、藩主の命令によって、兵馬にとついだのであった。

この因果な三人に、いま、ようやく、それぞれの運命に決着をつける秋《とき》が来たのである。

又次郎と佐代は、昇って来た月かげに濡れて、おのが影法師をふみ乍ら、ゆっくりと、島田の町なかへひきかえして行く――。

半丁おくれて、顔十郎は、そのあとを尾けていた。

——さて、どうなる？

佐代に対して、艱難の相であることを明言してしまった顔十郎として、おのれも一枚加わる役があるような気がしている。

——おれの腕で事態を一転させるということは、可能か不可能か？

そのことを考えてみている。

——他人のお節介で、人の運命が変えられると思うのは、おこがましいようなものだ。一人だけならいざ知らず、相手は三人いる。黙って、見すてておけば、おのおの、それなりの解決をするであろうが……。

もう建ってから三十年以上も経ているとおぼしい二間きりのぼろ家であった。畳も壁も襖《ふすま》も破れ、しかも、調度らしいものは何ひとつ置かれていない荒涼たるたたずまいであった。

佐代をともなって来た又次郎は、対座すると、腕を組んで、沈黙をまもった。

幼い頃から、兄妹のようにして育った間柄であった。互いに、愛しあうようになったのは、又次郎が、たわむれに恋歌をつくって、佐代に見せた時からであった。佐代は、思いがけず、それをたわむれと受けとらず、つよい羞恥の様子を示した。その様子を視て、又次郎も、にわかに動悸《どうき》うったものであった。

十年を経て、このような他国のぼろ家で、敵として、向い合おうなどとは、あの当時、夢にだに考えなかったことである。

ひとつ、ふかい、溜息をついてから、又次郎は、口をひらいた。

「佐代さん、兵馬のところへ、帰りなさい」

「いいえ！」

佐代は、熱があるように潤んだ眼眸《まなざし》で、男を見かえして、かぶりを振った。

「帰りませぬ！」

「わたしは、密夫にはなりたくない」

「又次郎様！」

佐代は、すり寄った。

「どこか、遠くへ、わたくしを、つれて行って下さいませ。わたくしは、貴方様にお会いした時、そう思いきめました」

「そなたは、兵馬の妻だ」

「わたくしは、貴方様の妻にして頂く女でございます」

「………」

又次郎の心が動揺した。

不意に——その隙をうかがって、佐代が、懐剣を抜きはなちざま、突きかけた。

あやうく躱《かわ》して、又次郎は、

「何をする！」

と、睨みつけた。

佐代はなお、懐剣をかざして、

「し、死んで下さいませ！」

と、叫んだ。

「良人に代って、そなたが、討とうとするのか？」

又次郎は、憤怒《ふんぬ》の形相になった。

睨《にら》みあいが、しばし、つづいたのち、佐代の表情が、悲しげな色に変った。

瞬間、佐代は、懐剣を突きかけるかとみせて、袖をひるがえしざま、おのが胸を、刺した。

又次郎は、あっとなって、肩を摑んで、崩れるからだを、かい込んだ。

「佐代さん！　そなたが、死ぬことはないのだぞ！」

佐代は、かぶりをふった。

「……わたくしを、一人で、貴方に、会わせたのは……兵馬の、はかりごとでございました。……兵馬は、わたくしに、操《みさお》をすてさせて……貴方様を、討とうと……」

「ばかな！　兵馬の奴！　なんという、見下げはてた奴だ！」

又次郎は、佐代の胸から懐剣を抜きとって、手当をしようとしたが、みるみる死相を泛べて来た顔を見て、暗然となった。

佐代は、微かな、かすれた声で、抱いていて欲しい、とねがった。

又次郎が、腕の中で、佐代が息をひきとるのを看取ってやってから、どれくらい過ぎたろう。

はっとわれにかえった又次郎は、反射的に、差料《さしりょう》をつかんだ。

次の間に、誰かが立っている気配をさとったのである。

「他人のお節介と思って頂こう」

その声とともに、襖がひらかれた。

又次郎は、異様な面相をした浪人者の出現に、

「何者だ？」

と、叫んだ。

「その妻女に、艱難の相があると観たてた大道易者でござるよ」

顔十郎は、微笑して、

「ついでに、お手前の人相も、観たてて進ぜようと思って、参上いたした」

「…………」

「お手前の人相は——左様」

じっと、見据えて、

「今日を限りの生命でござるな」

「貴様、兵馬にやとわれて来たか！」

「なんの、あらかじめ、他人のお節介とおことわりした」

顔十郎は、その場に坐ると、

「殺の報い、殺の縁、たとえば車輪のごとく、われ人を失えば、かれまた我を害す

——」

謡曲「春栄」の一節を口にしてから、

「お手前の顔には、今宵この場において切腹、という相が現れて居り申す。その介錯《かいしやく》をいたすのは、すなわち、この鼻の顔十郎」

町尾兵馬が、この家にふみ込んで来たのは、それから半刻のちであった。

兵馬は、ならべて寝かされてある二個の遺骸を発見して、茫然となった。

翌朝――。

塩漬けにした又次郎の首をせおい、佐代の遺髪を懐中にした兵馬の姿が、大井川の渡し場に、見出された。

磧《かわら》に、今日も、幟《のぼり》をたてて、不幸な悩みを持つ客が寄って来るのを待っている顔十郎は、虚脱したようなその兵馬の姿をみとめて、微笑した。

――めでたく本懐をとげて、帰参するわけだが、国許で待っているのは、どうやら、あまり幸せなくらしではなさそうだ。

# 虚空斬り

## 一

箱根権現の社の裏手に、いつ頃つけられたか、欝蒼とした杉木立の中に、熊笹になかば掩《おお》われ乍《なが》ら、細い径が、通じている。

勾配が険《けわ》しく、時おり、猟師が通うほかは、人影はない険路であった。

およそ、三町ものぼると、急に、四方がひらけ、はるか眼下に、芦の湖があらわれる。

楓《かえで》の林にかこまれたひろい空地が、そこに在った。

島津藩の兵道家・牧仲太郎が、斉彬の第四子篤之助を呪い殺す修法の座に、えらんだのは此処であった。

江戸三田の薩摩屋敷からやって来た演武党の士十数人にまもられ乍ら、牧仲太郎は、七間四方に縄を張られた修法場の中に立って、三角の護摩壇に立てられた竪六尺横三尺の白絹に、奇怪な魔王の像を描いていた。

それは、必ずしも巧みではなかったが、縄張りの外から見成《みまも》る演武党の面々に、寒気をおぼえさせる凄惨な凄味をおびていた。

牧仲太郎は、足もとに置いた漆黒の鉢によどませた赤黒い液に、太い筆を浸して、魔王を描いていた。その液は、牛犬の生血と、婦人の月経の血と、牧自身の血を混合したものであり、用いている筆は、獄門になった極悪な犯罪人の頭髪で造ったものであった。

風が強く、周囲の楓の枝を鳴らして、白絹へ吹きつけていて、描かれてゆく魔王は、宛然《さながら》、生きているごとく、動いた。

牧仲太郎は、口のうちで、絶えず、ひくく、呪いの詞《ことば》をとなえていたが、やがて、

「火を！」

と、叫んだ。

一人が、すぐに、火炉に火をつけた。青、黄、赤の炎が、ないまざりつつ、燃えあがった。

火炉は、白絹の背後に据えられていたので、魔王は、その炎に映えて、さらに、活き活きと、その凄愴な姿を浮きあがらせた。

描き了えた牧仲太郎は、そのまま、その場へ、崩れるように、坐り込むと、うなだれた。

この時、一人の士が、急ぎ足に、のぼって来て、誰へともなく、

「おい、調所笑左衛門殿が、自害したぞ」

と、告げた。

「なに？」

「まことか？」

一同は、一斉に、愕然となって、その者へ、視線を集中した。

「大阪の蔵屋敷で、毒をのんだ」

「…………」

人々は、息をのんだ。

「遺書には、ただ、島津家の永久のいやさかを祈る、とのみ書かれてあったそうじゃ」

牧仲太郎は、その報告を耳に入れたかどうか、振り向こうとはせずに、やおら身を

起すと、壇の端に置かれた戒刀を把《と》った。

「……南無！　金剛忿怒尊、赤身大力明王、ねがわくば、闍吒羅火、謨賀那火、邪悪心、邪悪人を燃えつくして……御尊体より、青光を発して、大願を成就させたまえ！」

祈りざまに、抜きはなった戒刀で、びゅーっと、一振りに、魔王を、斬った。

まっ二つになった魔王の、ぱくりとひらいた空間から、火焔が、めらめらと、ゆらめき出た。

その色を、憑《つ》かれたような眼眸《まなざし》で凝視していた牧仲太郎は、急に、眩暈《めまい》にでもおそわれたように、よろよろと、うしろへ、よろめいて、張られた縄へ、凭《よ》りかかった。

「どうなされた？」

一人が、かけよって、身をささえた。

牧仲太郎は、喘ぎつつ、

「敵が来る！」

と、呟いた。

「敵が？　われわれが、守護して居るゆえ、安堵されい」

「いや――」

牧仲太郎は、かぶりをふった。

「わが呪法を祈伏しようとする者がある。その敵が、近づいて参る」

「何者です？」

牧仲太郎は、しかし、なぜかこたえずに、戒刀を地べたにすてると、

「わしは、敗れは、せぬ。必ず、成就してみせる」

と、ひくくもらした。

二

顔十郎は、沼津はずれの千本松原の砂浜に、幟《のぼり》を立てて、自分は、のんびりと仰臥《ぎょうが》していた。

空は、遠く、碧《みどり》に澄みわたって、無限である。仰いでいると、人間の微小さ、あわれさ、儚《はか》なさを、しみじみと、おぼえる。

——人生というやつは、短いな。稀に長生きしても、たかが七十年。この大自然の歴史上では、ほんの一瞬に、ひとしい。

顔十郎は、とりとめのない懐疑と知りつつも、いったんとらわれた感慨を、いつま

でも、碧空を仰ぐ眼眸に泛べている。

数人の跫音が、近づいて来た。

「お——顔十郎ではないか」

その声に、顔十郎は、仰臥のまま、視線だけを移した。総髪も長髯《ちょうぜん》も、美しい銀色になっている白衣白袴の人物が、若い士らをしたがえていた。

顔十郎は、むくむくと、起き上ると、

「やあ、これは——」

と、笑った。

「十年ぶりですな。いよいよ、神仙の風格をそなえられた」

「お主の鼻も、相変らず、巨きい」

老人は、微笑した。

法木《のりき》幻無斎——というのが、この老人の名であった。

その素姓はあきらかではないが、噂によれば、近衛の中少将に任ぜられる羽林家の出である、という。

どういうつてであったか、先の将軍家が、原因不明の重病にかかって、一月以上も臥床した時、大目付にともなわれて、江戸城に現れ、わずか一昼夜の祈禱で、その高熱を引かせ、全身の発疹をあとかたもなく消えさせた功によって、御典医の最高位である法印を与えられて、その名を挙げた。

当時、御匙法印といえば、大層な位置にあった。

将軍家からは、盆暮に千両ずつの薬礼があり、たとえ大大名から乞われても、滅多に診察をしなかった。慶安三年に、大老堀田加賀守が大病にかかって、特に、将軍家に命じられて、狩野玄竹が治療にあたって、全快せしめた時、公儀から千両を賜り、堀田家からも千両の謝礼があった、という。

その行列は、数万石の大名の格式をそなえているくらい威厳があった。

法木幻無斎は、しかし、自分は医師ではない、と公儀おかかえを拒み、勿論扶持も辞退し、諸方を遊歴することを止めなかった。

弟子数名をつれていて、行くさきざきの国で、怨霊《おんりよう》がいればこれを調伏し、どんな貧家にも足をはこんで、病気を診てやるのであった。

足の向くままに放浪する天下の野良犬と、出会って、互いの人柄に惚れて、親しい友となったのも、ふしぎではない。

幻無斎は、顔十郎のかたわらに、腰を下すと、

「お主、この十年に、刀にかけた頭数は、十や十五ではあるまいに、みじんも、暗い

業念を滲《にじ》ませて居らぬな。ふしぎな男じゃな」

と、云った。

「いや、時おりは、刎《は》ねた首が、ふわふわと宙におどる悪夢に、うなされますな。尤《もっと》も、それがしは、神とかあの世とか、一向に信じて居らぬので、夢をみたぐらいで、べつに、人生観がかわりもいたさんが……」

「ははは……申したな。ところで、神明仏果を信じないお主に、ひとつ、たのんでみようか」

「何を、たのみたいと云われる？」

「悪逆の呪法と、正義の呪法が、生命を賭して、術を争うのじゃ。いずれが、勝つか——そのなりゆきを、見とどけてもらいたい」

「呪詛の術を——？」

「さよう。実は、この幻無斎は、いささか、呪術の心得がある。そこを見込んだ公儀のさる御仁に、たのまれて、この浜辺で、呪法を行ってみようとするのじゃ」

「敵は——？」

「薩摩の兵道家で、牧仲太郎と申す男じゃ」

「…………」

顔十郎は、息をつめた。

「牧仲太郎は、いま、箱根山中で、島津斉彬の幼子を呪詛調伏しようといたして居る。この幻無斎が、それをさまたげてみようとするのじゃ。はたして、この争い、いずれが勝つか——お主、興味はないか？」

顔十郎は、珍しく、鋭くひきしまった面持で、刺すように、幻無斎を瞶《みつ》めていたが、ふっと、もとの表情にかえった。

「幻無斎殿。おやめなされ」

「なぜじゃな？」

「神力も、業力の熾《さか》んなる秋《とき》には、勝てずと申す」

「この幻無斎が、牧に敗北するのを見透したというのか？」

「まず——」

「顔十郎、お主が人相を観るのは、その日の糧を得るための、方便ではないのか？お主が、易道の泰斗《たいと》とは思われぬ」

「カンというやつですな。お気の毒乍ら、幻無斎殿も、老いには勝てぬ」

「ま、見とどけてもらおうか」

幻無斎は、立ち上ると、弟子たちのところへ歩み寄って、延命の護摩壇を造る指示をはじめた。

腕を組んで、しばらく眺めていた顔十郎は、かぶりをふって、街道へむかった。

「顔十郎――」

幻無斎が、呼んだ。

顔十郎が、ふりかえると、

「お主、牧仲太郎を斬っては、ならぬぞ！」

「…………」

「術には術をもって、たたかうのじゃ！　法木幻無斎は、このたびの秘呪に、生命を賭けて居る。さしでがましい振舞いは無用じゃぞ」

顔十郎は、ちょっと返辞をためらったが、

「牧仲太郎が、斬らねば、斃《たお》れぬ奴であることは、それがしの剣が、いちばんよく存じて居りますが……、お手前が、そう云われるなら、傍観いたすまでです」

そう云いのこした。

街道へ出て、歩き出し乍ら、

「義理とか、意地とか――舟底にくっつく牡蠣《かき》のような、よけいなものを、人間は、どうして、すてきれないのか」

と、呟きすてていた。

三

その夜、顔十郎は、三島の遊里で、いつになく酔っぱらって、痩せこけて、幽霊のように影のうすい女郎を素裸にして、抱いた。

いきなり、枕を蹴とばされるまで、泥のように睡りこけていたのは、まことに、不甲斐ない限りであった。

但し――。

はね起きずに、匐《は》いつくばったなりで、薄目をあけて、侵入者を一瞥し、それから、やおら起き上ると、刀の代りに、煙管を把《と》ったのは、いかにも顔十郎らしい振舞いであった。

侵入者は、かげろう左近であった。

大阪蔵屋敷から、江戸へ還《かえ》る演武党に加り、東海道を道中して来て、この三島宿で、一人ふらりと、登楼したところ、偶然にも、とある部屋で、はやり唄をうたっている客の横顔が、障子に映っているのをみとめたのである。

顔十郎が一服吸いおわるまで、ふところ手で待っていたのは、これも、やはり、かげろう左近らしい態度であった。

「さて――」

顔十郎は、ぽんと、吸殻を、すてて、

「どうする？」

と、訊ねた。

「裏手に、空地がある。そこが、お主かおれか――孰《いず》れかの、生命の捨て場所になる」

「わしは、なんのために、お主と勝負しなければならぬのだな？」

「因縁だろう」

「因縁か――なるほど。そういう考えかたもある。べつに、お互いに、意趣遺恨があるわけではないが、なんとなく、出会えば、斬りあうことになる。そういう間柄も、世間には、あってよいな」

「出ろ！」

「まあ、待て。わしの希望だが、勝負は、三日後にしたい」

「なぜだ？」

「わしは、目下、呪術争いの検分役をたのまれて居る。その勝負がつくのは、たぶん明後日であろうからだ」

顔十郎は、牧仲太郎と法木幻無斎の闘いについて、語った。

黙然として、きき了った左近は、やがて、

「お主には、借りがあったな」

と、呟いた。

最初の出会いにおいて、左近は、白刃の対峙の最中に夥しく血を喀《は》いた。顔十郎は、それを斬らなかった。借りとは、そのことであった。

「よかろう、三日待ってやろう。……お主が、幻無斎の修法場で検分いたして居るのなら、おれは、牧仲太郎の修法場で検分していてやろう」

四

千本松原の砂浜に、六十間の竹矢来がめぐらされ、法木幻無斎は、延命の護摩壇に向って、すでに三日間、正座しつづけていた。

護摩壇の上には、青地に四印曼荼羅《まんだら》を描いた旛《のぼり》と、蓮華広大曼荼羅を描いた掛物をたて、それに五穀が供えてあった。

幻無斎の左右には、散香、名香、蘇油、独鈷《とっこ》、鈴、切花などがならべてあった。

幻無斎は、絶えず、口のうちで、ひくく、世界一切の菩薩、十万世界諸仏に祈りつづけ乍ら、紫剛木、栴檀木、楓香木、菩提樹などの護摩木を積んだ八葉蓮華の火炉へ、小さな杓で、五種の香液をそそいでいた。

弟子たちは、壇の四方をとりまいて、それぞれ、経巻を、ひろげて、誦《じゅ》しつづけていた。

三日のうち、一日は、強風をともなった雨が降りしきって、幻無斎と弟子たちの白衣は、濡れて、よごれはてていた。

しかもなお、火炉の焔は、三日間、一瞬も絶やしてはいなかった。

師も弟子たちも、まったくの無私無心の境地に入っていた。

その有様を、顔十郎もまた、三日間、矢来の一隅から、見戍《みまも》りつづけて来た。

尤《もっと》も、顔十郎の方は、その凄絶ともいえる渠《かれ》らの姿に、必ずしも、打たれてはいなかった。

風雨にさらされていると、

——こいつは、やりきれぬ。

と、うんざりしたし、今日のように、一斑の雲影もなく晴れわたって、海も美しく凪《な》いで、春光が宙に満ちると、しきりに、居ねむりを催した。

朝のうちは、がまんしていたが、午にいたって、携げて来た一升徳利を口のみにすると、とうとう、砂の上へ、あぐらをかいて、こくりこくりとやりはじめた。

顔十郎が、はっと、目ざめたのは、突如として、幻無斎の口から、異様な叫びが迸《ほとばし》ったからであった。

つッ立ち上った幻無斎は、右手に掴んだ金剛杖を、頭上に捧げて、黄金の盃になみなみとみたした香油を、火炉へそそぎつつ、

「南無っ！　大日如来、毘盧遮那如来《びるしやなにょらい》、十万世界一切の菩薩、諸仏、今世の諸悪鬼神を滅し、三悪趣の苦難をのぞき、幼き魂に、富貴延命を獲させたまえ！」

と、絶叫した。

炎々として燃えあがった焔は、紫から青に変じ、さらに、それは、あきらかに、生きもののように、大きく円形をつくった。

――うむ！

顔十郎は、思わず、胸中で、唸った。

修法は、いま、敵の呪術を圧倒し、破摧《はさい》せんとしているか、とみえた。

この時、箱根山上においても——。

牧仲太郎の秘呪も、最高潮に達していた。

そして、これを凝視するかげろう左近も、憑《つ》かれたような形相と化していた。

と——。

左近は、殆ど無意識で、そろりそろりと、牧仲太郎へむかって、足を進めた。

忿怒明王にむかって、さまざまの悪血をふりかけている牧仲太郎の頭上に、なにか、眩しい閃光がゆらめいて、それが、次第に、その痩軀をおしつつもうとするのを、左近は、みとめたのである。

そのためであろうか、痩軀は、いくども、よろめいたのである。

一瞬——。

左近は、一間を跳躍しざま、凄じい気合を発して、牧仲太郎の頭上を舞う閃光を、きえーっとひと薙ぎした。

左近の右腕に、したたかな手ごたえがあった。

閃光は、まっ二つに割れて、散った。

まったく、同時であった。

千本松原の砂丘で、幻無斎が、朽木《くちき》のように仆《たお》れたのは。

顔十郎は、駆けよって、幻無斎を抱き起してみた。

幻無斎の胸は、一直線に斬られて居り、みるみる、血汐が噴き出した。

あまりの意外さに、顔十郎は、息をのんだ。

幻無斎は、かたく目蓋をとじて、わずかに、色あせた唇をふるわせた。

「幻無斎どのっ！」

耳もとで、呼ぶと、幻無斎は、微かにのどを鳴らした。そして、何か云った。声音は、もう出なかったが、唇のうごきで、

「敗れたのではない」

そう云ったのを、顔十郎は、読みとった。

# 盲目の剣客

## 一

急に来た春の雨であった。

小田原城下の、透頂香《とうちんこう》やら提灯やら紫蘇梅やら干魚やらを呼び売りしている新宿町《しんしくちょう》に、さしかかっていた顔十郎は、しりからげすると、例の奇妙な走りかたで、とある外郎《ういろう》屋の檐《のき》したへ、にげ込んだ。

雨など来るような空ではなかったので、往還をにげる人々は、さまざまの被《かぶ》りものをしていて、見物がわにまわると、面白い光景であった。

白い脛《すね》をあらわにみせた女が、顔十郎のそばへ、かけ込んで来て、

「ああ、ひどい」

と云い乍《なが》ら、手拭いを、あたまから、払った。

ややつり気味の眦《まなじり》に、険《けん》があるが、鼻すじの通った佳《よ》い貌《かお》をしていた。崩した着こなしが、小意気で、江戸の匂いをこぼしていた。

日昏れの暗さをもって、遽《にわか》に、海の方から来た雨は、まるで、この往還をたたくように、凄じいばかりに、雨足が高い飛沫をはねあげた。

「なんてこった！　いやんなっちまうよ、ほんとに――」

舌うちして、歯切れのいい呟きをもらすのをきいて、顔十郎は、ぼそぼそと、云った。

「一度濡れたのが苦労のはじめ、いまは身を知る雨やどり、か」

「おや――？」

女は、顔十郎へ、横目をくれて、

「わたしのことでござんすか、旦那？」

「さあ、どうであろうな。いずれにせよ、男で濡れて、みがいた肌を、にわか雨に濡らすまいとしている風情は、なかなか、いいものだ」

顔十郎は、にやりとして、女がまだ裾《すそ》をたくしあげて、赤いものの下に、すらりとした白い脚をむき出しているのを、見やった。

女は、あわてて、裾をおろすと、

「袖《そで》すりあいましたねえ、旦那」

と、云った。

「そうさの。濡れついで、ということもあるが、あいにく、色男でなくて、気の毒だった」

「いいえ、わたしは、殿御に、貌かたちで、岡惚れはしませんのさ」

「こっちの心意気の程度をはかるには、袖すり合ったばかりだ」

「カンというものがございますよ」

「カンか、成程――。わしも、八卦は、カンで観る」

「旦那は、易をなさいます？」

「道中、生きて行く方便にな」

「わたしの人相は、いかがでござんす？」

「申しわけないが、さきに、色情を催してしまったのでな。カンを働かせる余裕がなくなったて。それほどの器量に生れれば、同じ苦労でも、やり甲斐があろう」

さりげないやりとりを交しているうちに、雨雲は去って、青空がのぞき、陽が路上にさして来た。

女は、檐下《のきした》を出ると、また、つと裾をからげて、美しく光るたまり水を、ひょいと、またぎ越して、

「おさきに——」

にっこりしておいて、遠ざかった。

「佳い女はいるものだ」

顔十郎は、首をふってから、往還へ出ると、のそのそと、歩き出した。

女の足は迅《はや》く、もう、行手に姿は見えなかった。

江戸口を出ようとしたおり、背後から、騎馬の蹄が、たかくひびいて、迫って来た。

あっという間に、かけぬけたのは、三騎であった。

いずれも、若いさむらいたちで、烈しい形相になっていた。一散に半町ばかり駆けてから、一騎が急に馬首をかえして、馳せ戻って来て、

「木戸番っ！」

と、呶鳴《どな》った。

「いま、ここを、眉目の整った、莫連《ばくれん》ふうの女が通ったであろう」

そうたしかめておいてから、前の二騎を、追って行った。

顔十郎は、興味を起した。

——あの女は、やはり、ただものではなかったようだな。

不意に、顔十郎は、奔《はし》りはじめた。

まったく、ぶざまな恰好というほかはない、蟷螂《かまきり》のように痩せこけたひょろ長い脚が、いまにも音をたてて折れるように、よたよたしているのであった。

眺める旅人たちは、思わず、笑い出さずには、いられない姿であった。

ところが、一町もさきを歩いている旅人たちは、笑うどころではなかった。宛然《さながら》、加速度をつけるように、次第にスピードを増した顔十郎は、一町を奔った頃には、旋《つむじ》風《かぜ》のような迅さをもっていたのである。

来る者、行く者、あっという間に、かたわらを、奔り抜けられて、ただ、あっけにとられたばかりである。

## 二

顔十郎が、女の姿をみとめたのは、酒匂《さかわ》川《がわ》に架けられた土橋を突破して、国府津村に近い地点まで、一気に疾駆してからであった。

女は街道をはずれて、まばらに磯馴れの枝ぶりをひろげている松のあいだを、縫って、必死に奔っていた。

追跡して来た三騎は、そこで、馬を乗りすてて、躍起に、砂をけたてて、迫ろうとしていた。

女は、裾を乱して、膝まであらわにしつつも、身ごなしは敏捷で、こうした逃亡には、なれているように見うけられた。

しかし、女と若いさむらいの脚力には、やはり、差があった。

距離は、一間ちかくに、縮められた。

瞬間——女は、片手をひと振りして、何かを、追跡者めがけて、抛《ほう》った。

松の幹に当ったそれは、ぱっと黄白い煙を噴いた。

猛毒であったろう、若ざむらいたちは、のけぞったり、よろけたり、泳いだりした。

「ざまみろ! ばか!」

小気味のいい罵声をのこして、女は、たちまち、遠くなった。

顔十郎は、にやにやして若ざむらいたちのそばへ、近づいて行った。

「どうされた? 武士の面目まるつぶれのていとお見かけつかまつる」

三人とも、目が見えなくなっていて、追うことはおろか、一歩もふみ出せぬ有様であった。

「た、たのむ！　女を――」

「女を捕えるのでござるかな？」

「さ、さよう――たのむ！」

顔十郎は、箱根を越えて来る時、禁裏御用の立札を荷駄につけた一行を追い越して来ていた。この若ざむらいたちは、どうやら、その一行の公家侍のようであった。

「捕えて、いかがされる？」

その問いに、対手がたは、すぐに、こたえなかった。

「理由をきかねば、手助けするわけには、参らんな」

顔十郎は、冷淡に云った。

「玉璽《ぎよくじ》を――」

一人が、うめくように、云った。

「玉璽！　うむ！」

顔十郎の大きな眸子《ひとみ》が、光った。

国府津から小磯、大磯と街道はつづく。小磯のことを、鴫立沢という。

心なき身にもあわれは知られけり
鴫立沢の秋の夕暮

西行法師が、通りがてに詠じた一首が、この名をのこした。

宿はずれに、小橋があって、そのさきが、切通しになっていて、右に首のない石地蔵がある。

そのむかし、この地蔵は、不埒にも、夜ごと、さまざまのものに化けて、行人をなやました。紀州の藩士なにがしが、ここを通ろうとすると、地蔵は、美しい女に化けて、現れた。藩士は、抜き討ちに、斬りすてた。気がついてみると、石地蔵の首を、打落していた。爾来《じらい》、地蔵には、首がない。

女が、いくども、うしろをふりかえりつつ、切通しを過ぎて、首なし地蔵の前にさしかかった時、ひょいと、それに、首が、くっついた。

女は、愕《ぎょ》っとなって、跳び退いた。

首は、顔十郎のものであった。

「ははは……また会うたな、姐御《あねご》」

「…………」

女は、咄嗟《とつさ》に、声が出なかった。

「石の地蔵に願かけすれば、堅い約束したさの心、知らぬが仏と云わせまい、かの——。こうして、げんに、首ったけと相成って居る」

「旦那！」

女は、鋭い表情で、油断なくにらみかえした。

「なんのこんたんで、先廻りなすったのです？」

「だから、それ——一目惚れでな」

「冗談じゃない。国府津の砂浜のこと、見ていなすったね？」

「忍びの術の手練ぶり、まことにあざやかであった」

一瞬——女のしなやかな肢体に、殺気がみなぎった。

「おっと、わしまで、毒煙をくらわされては、かなわん」

顔十郎は、地蔵の蔭へ、すっと首をすくめてから、のそっと、街道へ出て来た。

「ま——袖すりあった仲だ。同道いたそう」

「ご用がなければ、すておいて下さいまし」

女は、さっさと歩き出した。

顔十郎は、のそのそと、並んで歩き出すと、

「雲淡く風軽し近午の天、花に傍い柳に随って前川を過ぐ、時に人は識らず予の心の楽しみを、か。まことに佳い日だ」

と、いかにも、のんびりと目をほそめていた。

女は、ちらと、顔十郎の巨きな鼻を、ぬすみ見た。えたいの知れぬ浪人者だが、おそろしい敵ではないような気がするし、場合によっては、こちらの味方になってくれそうな予感さえも、わいていた。

三

川崎へ来て、日が昏れた。

六郷川の渡し舟は、もう無かった。

「姐御、ここで一泊ということに相成るな。米《よね》饅頭でもくらい乍ら、夜語りをいたそうか」

顔十郎が、云うと、女は、かたい面持でかぶりをふった。

「わたしは、舟をやといます」

「追手が怕《こわ》いのか？」

「いえね、江戸で、わたしの帰りを、首を長くして待っている人がござんす」

女は、ほんとにその積りであろう、舟をやとうべく、大師河原の方へ降りて行きかけた。

「されば、袖すりあったが身の因果――」

呟き乍ら、顔十郎は、うしろから、跟《つ》いて行こうとして、突如、総身に、凄じい殺気をあびた。

立場茶屋の前にさしかかっていて、その店内に、何者かが、いた。

顔十郎は、しかし、その殺気をあびつつも、反応は示さず、

――来るな！

と、心気を、氷のように冷たく、冴えさせたばかりであった。

そのまま、三歩すすんだ。

茶屋の中から、人が現れた。

顔十郎は、さらに、三歩をあゆんだ。

刹那――。

顔十郎の痩軀が、風の迅さで、翻転した。すでに、双手には、剣があった。

地べたには、小柄《こづか》が、撃ち落されていた。

茶屋から出現した者が、音もなく、顔十郎の背中めがけて、投じた小柄であった。

顔十郎は、切っ先を地摺《じす》りに落して、対手《あいて》を、じっと透し視て、

「意趣ならば、口上があろうが、不意討ちの不作法は、やとわれ刺客と受取ろう」

と、云った。

夕闇の中で、別人のように、颯爽《さっそう》とした態度であった。

対手は——宗十郎頭巾《そうじゅうろうずきん》をかぶった武士であったが——まだ刀を抜かず、顔十郎へ視線をかえそうともせぬ、ふしぎな姿勢をとって、即座に返答をかえそうともしなかった。

——はてな？

顔十郎は、疑った。

——どういうのだ、これは？

じっと、眸子を据えていたが、はっとなった。

——盲目だ、この男は！

「こちらは、返答次第で、致し様がある」

かさねて、促すと、対手は、一言、

「試した」

と、こたえた。

「試した？　これは、慮外――」

「お主の方に、試されるだけの手練が、身にそなわっていただけのことだ」

耳ざわりなくらい陰気な声音であった。盲目が、世をすねさせ、そして、非情を生ませたのか。常人ならぬ妖しい気配を、その姿から漂わせているのだ。

顔十郎は、つと、一歩退いた。

「それがしは、目下、美しい連れができて、ちと、さきを急いで居る。お手前の試しに、時間をさいているひまがない」

それに対する応えは、凄じい居合抜きの一撃であった。

こちらの太刀で受けとめるのは不可能なくらい猛然たるものであった。

顔十郎、これを、間髪の差で肩わきに流したが、白刃の掠《かす》め去ったあと、肩が、じいんと鳴ったくらいである。

しかも――。

抜き撃ったあと、青眼の構えをとった対手の姿が、水のような静けさを湛《たた》えているのは、顔十郎が、はじめて接する不気味な妖しさであった。

——これは、できる！

居合抜きで発した凄じい剣気を、どこへすてたか、まるで樹か石のように、すらりと彳《たたず》んでいるのだ。これは、容易の修業では、示し得ぬ。

はじめから、生命をすてているのだ、と受けとることもできるのだ。盲目の身がさとった極意が、完全に、その構えに満ちている、と云えよう。

風心の太刀、というのがある。

「この極意、口には、あらわしがたし。風心の勝は、人の知る可からざるものにして、勝ち得て後、すなわち、人知る。古今和歌集の一首、吹く風の色の千種に見えつるは秋の木葉の散ればなりけり、をもって知るべし」

と、心形刀流を伝える松浦静山は、記している。

まさしく——。

この妖気を湛えた盲目の剣客の構えは、それであった。みじんの闘志をも、その姿にも白刃にも、こめてはいないのだ。

受けて立つ顔十郎は、当惑に近いものを、おぼえた。

——動けば、斬られる。

——動かねば……朝まで、対峙していることになろう。

顔十郎は、やむなく、

「莫迦《ばか》らしい！」

と、ひくく、しかし、いかにも、いまいましげに、云った。

「なんのために、生命のやりとりをするのか！」

この故意の独語《どくご》に対して、対手は、あきらかな反応を示した。

青眼の刀身に、目に見えぬざんにんな殺気を走らせた。

顔十郎は、ここぞと、声を張った。

「邪剣だぞ！　斬れるかっ！」

「むっ！」

対手は、地を蹴った。

闇を截《き》る閃光の唸りの下で、顔十郎は、身を沈めつつ、地上を滑走した。

躍る五体と五体が、颯っと鳴りつつ、入れかわった。

静止が来た時、盲目の武士は、顔を高く擡《あ》げて、宵空を仰ぐようにしていた。

その右手に携げられた剣は、中ほどから両断されていた。

顔十郎は、二間のむこうに立って、大きく一息ついていた。

黙って、じっと、対手の動かぬ姿を見戍っていたが、べつに、声をかけず、白刃を腰に納めると、遠まわりして、磧《かわら》へ降りて行った。

意外だったのは、渡し場で、女が、やとい舟の中で待っていてくれたことである。

「やあ、これは、どうしたことかな」

何事もなかったように、顔十郎が、笑うと、女は、油のようにとろりとした暗い水面へ、視線を落し乍ら、

「旦那が、おいでになろうとは、思って居りませんでした」

と、云った。

沈んだ様子である。

「なんとしてだな？」

顔十郎は、乗りこんでから、訊ねた。

「旦那の方が、斬られておしまいになるのだ、と思って居りました」

「すると、お前さんは、あの御仁《ごじん》が来るのを待っていたのか？」

「はい――」

「なぜだな？　あれは、お前さんの何だな？」

「ご想像におまかせします……。生きているかぎり、わたしは、蛇に見こまれた蛙でござんす」

「ふうん――」

「旦那！」

女は、顔十郎を見かえって、

「まさか、斬ったのじゃござんすまいね？　あの仁《ひと》に、どんな使い手だって、勝てるはずはないのだから……」

「斬りはせぬ。勝つには、勝ったが――」

顔十郎は、そうこたえ乍ら、あの盲目の武士とこの女との間を、他人の窺知《きち》をゆるさぬ因果な絆がむすんでいるのを感じた。

――これは、余計なお節介で、絆を切ってやろうとするのが、野暮かも知れぬ。

しかし、顔十郎は、乗りかかった舟には、乗らねばならぬと、自分に云いきかせていたのである。

# 真贋問答

## 一

夜は、更けていた。

お佐和、と名のるその女は、床《とこ》の中で、闇に大きく目をひらいていた。となりの床には顔十郎が、やすんでいる。

江戸を目の前にして、ここ蒲田の梅屋敷の離れに、一泊することになったのは、お佐和の方からの所望だったのである。

六郷川をやとい舟で渡った時、

「旦那、袖《そで》すりあったついでに、一晩おつきあい下さいますか?」

お佐和は、なにげない口調で、云い出した。

「鈴ヶ森に、近頃、幽霊が出るという噂もきかぬが……」

顔十郎は、とぼけてみせた。

鈴ヶ森の闇の中を通るのを怕《こわ》がる女ではない。なにかのこんたんがあって、泊ろうとするものに相違なかった。

お佐和は、黙って、歩いて、さっさと梅屋敷に入ったのであった。

そこの茶汲み老媼《うば》が、お佐和と旧い知りあいで、たのみを快く肯いて、離れをかしてくれたのである。

お佐和は、墨を流したような深い闇を、じっと仰いで、もう一刻ちかくも、なにかを、思いつめていた。

となりの床からは、寝息も、もらされてはいなかった。

「旦那――」

お佐和は、呼んだ。

「旦那は、ご公儀の隠密でござんしょう？」

「………」

「わたしが、玉璽《ぎょくじ》を持っているのを、ご存じです。……わたしの亭主の刀をま二つにしたくらいの腕前を、お持ちの旦那に、わたしは、もう、じたばたはいたしません」

「……」

「据膳《すえぜん》を召上って頂けるかどうか、それは、そちら様次第でござんすが、べつに、召上って頂いたからといって、味方になって下さいまし、とお願いするわけじゃございません。ただ、二日だけ、黙って、見のがして頂きたいのでございます。いけませんか？」

しばらく、返辞は、なかった。

お佐和は、微かな苛立ちをおぼえて、

「旦那——、女の口から、はずかしいことを申上げているのでございます」

と、強い語気で、返辞を促した。

すると、顔十郎は、返辞のかわりに、むっくり起き上って、のそのそと廊下へ出て行った。

厠へ立ったのである。

はぐらかされてお佐和は腹が立った。

起き上って、行灯《あんどん》に燧《ひうち》をきると、なまめかしい長襦袢姿を、仰臥《ぎようが》させて、わざと掛具をかけないでおいた。

戻って来た顔十郎は、自分の床の上にあぐらをかくと、

「男を幾人知っている、姐御《あねご》？」

と、訊ねた。

「十八の時に、義理の父親に手ごめにされてから……十年のあいだに、五人の男に、このからだを、なぶらせました」

「あの盲目の浪人者は、どうやら、姐御に惚れていたようだな」

「あとにもさきにも、女房にしてくれたのは、あの仁《ひと》だけでございます」

「しかし、姐御の方は、惚れていないのではないか」

「女房になって、男が人間ではなくて、毒蛇とわかってみれば、にげ出したくもなりましょうさ」

「ふむ――」

顔十郎は、お佐和の寝顔を、鋭く見据えていたが、つと、猿臂《えんぴ》をのばして、長襦袢の裾《すそ》を、捲《めく》った。

お佐和は、なすままにまかせて、胸で手を組み、目蓋をとじて、無表情をつづけていた。

緋《ひ》縮緬《ぢりめん》の湯文字が拡げられ、すべすべとした滑石《なめいし》のような白い下肢が、むき出された。

均整のとれた美しい脚であった。

行灯には、お佐和の着物が掛けてあり、その紅絹裏《もみうら》にそめられた光に照らされて、肌は、熟した豊かさを、さらに、満ちたものに浮きあがらせていたのである。

顔十郎は、無骨な大きな掌で、脛から、ゆっくりと撫であげた。

柔かな内腿は、熱いほどあたたかであった。

……しぜんに、膝は、開かれた。

顔十郎は、ふっくらと盛りあがったそこへ、指をふれて、

「おれが、六人目か」

と、呟いた。

瞬間――。

お佐和は、ぱっと、身をはねるや、白い二本の脚を宙に躍らせて、顔十郎の首をはさみ込んだ。

顔十郎の巨きな鼻は、濡ればんだ肉襞の中へ、容赦なく、吸いつけられた。

――これは、ぶざまだ！

われ乍らあさましい恰好に、顔十郎は、自嘲した。

女の太股の力は、彊《つよ》かった。

「南無三！」

顔十郎が、呻《うめ》いたのは、数秒を置いてからであった。

鼻孔へもぐり込んで来たにおいが、ただの女の臭気ではないことに、気がついたからであった。

おのが油断を嗤《わら》うべきであった。顔十郎は、薄れて行く意識の底で、

——これも、一種の男冥利か。

と、思った。

二

翌朝——明けて間もない頃あい、地味な町家の内儀さんふうのいでたちになったお佐和が、入って行ったのは、品川宿の伝奏屋敷であった。

奥の一間に通されたお佐和は、かなり待たされてから、現れた公卿の前に、平伏した。

三位中将醍醐秋基が、この人物であった。

武家伝奏を持ち、去年の春から、この伝奏屋敷に滞在していた。

伝奏とは、武家の意見を朝廷へ、朝廷の意嚮《いこう》を武家へ執り次ぐ役であった。京にあっては、朝廷と所司代の間に立って、御用をつとめる。

例年二月には、江戸から、将軍家年頭の使者として、高家が参内して、大名旗本らの官位申立の小折紙をひとまとめに持参して、武家伝奏へさし出す。伝奏は、これを職事に送り、職事は議奏へさし出し、議奏は関白へさし出し、関白と議奏が相談の上で、御上の宣下があるという、手つづきをふむ。その宣下の口宣《くぜん》を伝奏からもらって、高家は江戸へたち帰るのが、順序であった。

その伝奏の一人である三位中将醍醐秋基が、なぜわざわざ出府して来て、この品川伝奏屋敷に滞在しているのか、誰にも判らなかった。

醍醐秋基は、横鬢に白いものを交えた、初老の、あまり風采の上らぬ人物であった。

お佐和は、懐中から、錦切れで包んだものをとり出すと、膝行《しっこう》して、三位中将の前にさし出した。

「おあらため下さいまし」

「うむ」

把《と》りあげて、

「よくやった、御苦労であった」

と、ねぎらっておいて、錦切れを披いた。

翡翠《ひすい》の印形が、あらわれた。

目の高さにかかげて、じっと瞶《みつ》めた醍醐秋基は、急に、不快げに眉宇をひそめた。

「ちがう！」

「え?!」

お佐和は、愕然となった。

「なんと仰言いました?」

「これは、贋《にせ》だ！　贋玉璽《ぎょくじ》だ！」

「…………」

お佐和は、息をのんだ。

「佐和、そちは、たしかに、按察使典侍《あぜちのすけ》から、この玉璽を受けとって参ったのだな?」

「はい。まちがいなく、御局様にお目もじして、頂戴いたしました」

お佐和は、三島宿本陣に、禁裏御用行列が到着するのを待ちかまえていて、そっと忍び入り、按察使典侍に会って、これを受けとって来たのである。

「按察使が、そちに、贋の品を渡すわけはないが……」

そう云って、醍醐秋基は、じろっと、お佐和へ、冷やかな視線をくれた。

お佐和は、むっとなった。

「中将様、この佐和が、ほんものと贋ものをすりかえたのではないか、とお疑いでございますか？」

きりりと柳眉をひきつらせた。

「そちを疑うわけではないが、面妖《おか》しなことだと思わぬわけにはいかぬ」

「止して下さいまし。佐和は、ごらんの通りの、莫連《ばくれん》でございますが、いったんお約束したことは、いのちにかけてもはたす、辰巳《たつみ》女の意気地というものを持って居ります。第一、そのお品をすりかえてみたところで、わたしに、なんの利得があるのでございます。人を見て、お疑い下さいまし」

「佐和！」

醍醐秋基は、憎さげに、睨《にら》みつけた。

「口がすぎるぞ！　下賤をむき出して居直るとは、無礼者め！」

「冗談じゃない！」

お佐和は、せせらわらった。

「こっちは、虎の尾を踏むおもいで、やって来たんだ。天子様が、破れ衣をお着なさるのがお気の毒だと思えばこそ、いのちをなげ出してつとめたんじゃないか、受けとったものが、ほんものか贋か、そんなことを、わたしが知るもんか……。ちぇっ、莫迦莫迦しい、とんだ骨折損の、くたびれ儲けさ」

「雑言ゆるさぬ！」

叱咤《しった》をあびたお佐和は、一瞬、屹《きっ》となって、前後左右へ、眸子《ひとみ》をくばった。

「わたしを、どうしようというのさ？」

「覚悟せい」

「何云ってやがんだい！」

さっと立ったお佐和は、いきなり、醍醐秋基めがけて、べっ、と唾をはきかけておいて、広縁へ奔った。

広縁には、すでに、左右に二人ずつ、公家侍が、待ちかまえていた。

一斉に、抜きつれて、迫って来るや、お佐和は、いつの間に摑んでいたか、両手の内の黒い珠を、同時に、抛《ほう》った。

その一個は、一人が刀で両断した。

もう一個は、かわしそこねた者の肩にあたった。

ともに、ぱっと黄色の煙を噴いた。

「くそくらえ！　兵六玉野郎！」

裾を散らして、庭へ跳んだお佐和は、醍醐秋基が投じた手裏剣を、袖に縫わせつつ、駆け去った。

三

「あいや、そこなお女中――」

お高祖頭巾に顔をつつんで、黄昏《たそがれ》の薄靄《うすもや》の中を歩いて行くお佐和にむかって、不意に、大声が、かけられた。

高輪の大木戸を入ったところであった。

高輪の大木戸が、江戸市内と朱引地《しゅびきち》（市外地）とをへだてる関門であった。旅に出る者、還って来る者は、この関門をくぐらねばならぬ掟であった。

顔十郎は、そこに、八卦見の幟《のぼり》をたて、見台を据えていたのである。

「あ！」

お佐和は、はっと、からだをひきしめたが、わるびれずに、近づいて行った。

「天知る、地知る、鼻が知る。……いやはや、面目なくも一敗、地に——いや股ぐらにまみれて、不覚不覚。大蛇を見るとも、女を見るな、と宝積経にも教えてあるが、煩悩の徒のあさましさ、見ン事、一杯食った」

隔意のない笑い声をたててから、

「それにしても、姐御、一向に浮かぬ様子だな」

「旦那——ちょっと、おつきあい下さいまし」

「こんどは、どういう奇策を用いるのだな？」

「あらいざらい、ぶちまけましょう」

「色気抜きでか？」

「はい。きちんと膝をそろえて、お話し申上げます」

お佐和は、にっこりしてみせた。

「その笑顔に、つい、男の鼻の下が、のびるのう。では、ひとつ、だまされると思って、参ろうか。……うたがいかかったかすみの衣、はれて笑顔をみせる花、か」

伊皿子《いさらご》から二本榎《にほんえのき》へ抜ける通りにある小料理屋の二階にあがると、お佐和は、つつみかくさず、話しはじめた。

禁裏御用行列が、出府して来たのは、将軍家が正月に献上した丹頂鶴に対する答礼のためであった。

正使は、按察使典侍であった。正使が美しい若い女官であるのは、意味があった。すなわち、正使は、江戸城西丸大奥に入り、十日の滞在期間中、将軍家の夜伽《よとぎ》をつとめるのであった。

しかし、このたびの答礼出府には、もうひとつの目的があった。

それは、財政まったく逼迫した宮廷が、上野東叡山寛永寺の御府庫金から、何万両か借りることであった。

日本中が金不足の時世に、遊び金がありあまっているところが、ひとつあった。上野東叡山寛永寺であった。

東照神君（家康）のみたまやである寛永寺には、年々幕府から、莫大な祭奠《さいてん》がとどけられ、それがつもりつもったのである。それを遊ばせておくのはもったいないので、文化六年から、執当御救済という名目で、大名に対して、金の貸しつけをはじめたのであったが、一割の利息をとったので、いよいよ、子は子を生んだのである。さらにその上に、大町人たちから無利息で、金を預ることもしていた。いわば、当時における唯一の銀行業務をつかさどったわけである。

幕末におよんで、大名の内証が、極度に窮迫していたことは、いまさら述べるまでもない。麴町十三丁目には、大名専門の質屋があったくらいである。

ところで、貧乏な大名が、いったん金を借りると、これを容易に返済できるものではない。

しかし、寛永寺側にとっては、返さぬ大名をいじめる巧妙な手段があった。

上野山内には、各大名の宿坊があった。将軍家が、廟参《びょうさん》の時に、随従して来て、休息し、衣服を改めるための寺院である。大名たちは、この宿坊の連印で、寛永寺から、金を借りていた。

寛永寺側は、そこがつけ目であった。期限が来て、利息が滞ると、寛永寺は、連印をした宿坊に閉門を命ずる。そうなると、大名は、将軍家の供をして、上野へやって来ても、休息し衣服を改める場所がなくなる。やむなく、苦心して、元金を調達持参し、利息だけを支払っておいて、すぐまた借りて行く方法をとるのであった。

返金の時期は、毎年十二月一日から十日までであった。この期間には、大油単《ゆたん》をかけた千両箱積みの吊台が、ひっきりなしに、黒門から搬入されて、谷中門へ抜ける光景がみられた。実は、大名は、その日一日だけ、大町人から、見せ金の千両箱を借りて、上野へはこび込み、すぐまた持ち帰ったのである。

こうしてふくれあがった御府庫金に、宮廷が、目をつけないわけがなかった。

関白の名をもって、借入のことが、寛永寺の御門主一品親王にむかって、申し込まれて来た。しかし、親王と雖《いえど》も、公儀に断りなしに、宮廷へ金を貸すわけにはいかなかった。といって、公儀に報せれば、許可しないことは、判りきっていた。

そこで、内密裡に、貸すことになった。

なにぶんにも、大金なので、天皇の玉璽を持参して来た者に、渡すことになった。

ところが、このことが、公儀大目付に察知されたふしがあった。

懸念した宮廷側では、三位中将醍醐秋基を、先に出府させ、品川伝奏屋敷に滞在させておき、逆に、大目付の動静をさぐらせることにしたのである。

按察使典侍が、箱根をこえると、公儀大目付が不意に前に立ちはだかって、玉璽を奪《と》り上げるおそれがあった。そこで、醍醐秋基は、忍びの術を心得たお佐和を使って、三島宿本陣で、按察使典侍から玉璽を受けとらせることにしたのである。

これは、醍醐秋基と按察使典侍とお佐和の三人しか知らぬことであった。

お佐和が、行列の公家侍たちから追跡されたのは、公家侍たちはすでに、公儀大目付の策略に乗って、宮廷側を裏切っていた証拠であろう。お佐和は、按察使典侍から玉璽を手渡される時、目撃されていたに相違ない。

話をきき了った顔十郎は、しばらく、沈黙をまもって、長い頤《あご》を撫でたり、つまんだりしていたが、急に、にやりとして、

「姐御、やはり、女だのう」

と、云った。

お佐和は、それが憐憫よりも、さげすみを含んでいる言葉と受けとった。

「どうせ、わたしは、そそっかしい女ですから——」

「べつに、お前さんの方が、間抜けなのではない。対手がたが、狡智にたけていたことだな」

「…………」

「お前さんが、三位中将に渡したのが、贋ではなくて、やはり、ほんものだったら、どうだ？」

「だって、これは贋だとはっきり云ったのですよ」

「だから、ちゃんと、ほんものと知ってい乍ら、贋だと云ったのだな」

「なんだって、また、そんな……。それじゃ、まるで、わたしは、踏んだり蹴ったりじゃありませんか」

「左様、たしかにな」

「いったい、どうして、あいつ、わたしを、いのちがけで働かせておいて、だましたんだろう?」

「三位中将もまた、禁中を裏切って、大目付に懐柔された――と思わぬか?」

お佐和は、あっとなった。

「畜生っ!」

血相かえて、つッ立つお佐和を、制して云ったものである。

「おちつけ、姐御。次の出番は、この鼻の顔十郎だ。ちょうど、舞台も廻って、花のお江戸だ。ひとつ、大見得きって、千両役者の気分をあじわおうではないか」

# 女心菩提

## 一

黄昏《たそがれ》の靄《もや》が、往還に流れて、行交う人々の足どりも、しぜんにはやくなった頃あい——。

品川の伝奏屋敷から、かなりの格式をもった行列が出て来た。

勘定奉行井草能登守が、三位中将醍醐秋基から、玉璽《ぎょくじ》を受けとって、出て来たのである。

その玉璽ひとつで、寛永寺の御府庫金を、何十万両でも借り出すことができるのである。寛永寺としては、こっそりと禁廷へ渡すのだから、もとより、返済してもらうつもりはあるまい。

公儀では、まんまと、濡れ手で粟と、横奪りしようという方寸である。

行列は、しずしずと、高輪を過ぎて、伊皿子の台地へのぼり、古川へむかって進んだ。

このあたりは、無数に寺院がならんでいる地域で、通りは、いつも、ひっそりとしている。

武家屋敷も、細川越中守をはじめ、大きな屋敷が多かった。

突然、いま過ぎて来た坂の下から、馬蹄のひびきが起った。

それは、せわしく、追い上って来たかと思うや、

「井草能登守殿っ！　勘定奉行殿っ！」

おそろしい大声で、呼びかけた。

「一大事でござる！　天下の一大事っ！」

供の者たちは、吃驚《びっくり》して、ふりかえったし、能登守自身も、何事だろうと、乗物の扉を開いた。

恰度、その時にはもう、騎馬は、行列の殿《しんがり》に達していた。

覆面をしていて、人々には、その巨大な鼻がみとめられたばかりであった。

疾風の迅《はや》さとは、まさに、それであった。

あっと思う間に、行列わきを駆け抜けて行ったのだが、駆け抜けざまにやってのけた離れ業が、あまりに鮮やかであったので、供の者は、ただ、木偶《でく》のように、茫然と自失して、一人として追跡しようとする者さえも、いなかった。尤《もっと》も、追跡したところで、無駄だったのだが……。

主人の井草能登守が、鉤のついた麻縄で、魚のように、ひょいと、釣られて、宙につりさげられて、はこばれて行ってしまったのである。

ようやくわれにかえって、一同が血相変えて追いかけた時には、もう馬蹄の音は、はるか彼方に、微かになっていた。

能登守は、古川の堤の上に、気を喪って、俯伏《うつぶ》していた。

われにかえると、譫言《うわごと》のように、

「天狗じゃ！　天狗めが、玉璽を奪い居った。不可抗力じゃ。……わしの罪ではない」

と、呟いた。

按察使典侍明石局《あぜちのすけあかしのつぼね》は、御浜御殿の一室で、老女がたてたお茶を、しずかに、あじわっていた。

「お局様、今日のうちに、三位中将様がおみえになるお約束でございましたが、いかがあそばされたのでございましょう？」

老女が、訝《いぶか》しげに、たずねた。

「さようですね。明日は、上野に参らねばなりませぬが……」

お佐和という女は、三位中将に玉璽を渡してくれた筈である。

三位中将は、直ちに、一足さきに、玉璽を、寛永寺にとどけたに相違ない。

明石局は、そのことを、露ほども、疑ってはいなかった。

「もしかすれば、人目につくのをおきらいになって、夜になって、おいでになるかも知れませぬ」

その予感は、あたった。

夕食がおわり、明石局が、そろそろ、早めに寝所に入ろうか、と思っている頃、三位中将の訪問が、告げられた。

醍醐秋基は、ひどく緊張した面持で、入って来ると、すぐ、人払いをたのんだ。

対座しても、しばし、沈黙を守っていた醍醐秋基は、息苦しげに溜息をもらしてから、

「局殿、一大事出来《しゅつたい》いたしましたぞ」

と、きり出した。

二

局は、どきっとして、対手を見かえした。

「玉璽が、盗まれました」

「えっ?!」

「お佐和なる女、むざんにも斬られて、果てました」

「まあ！　ど、どこで？」

「伝奏屋敷の門前にて――」

「な、何者のために？」

「公儀の隠密のしわざでありましょう」

「ど、どうすればよろしいのでしょう？　玉璽が無《の》うては、親王様に、お目もじが叶いませぬ」

醍醐秋基は、沈痛な面持で、

「病気といつわって、数日臥《ふ》せて頂かねばなりますまい」

「でも……」

局は、当惑した。

出府して来た表向きの任務は、将軍家が正月に献上した丹頂鶴に対する答礼であった。正使として、出府早々に、患って褥《しとね》に伏したというのは、将軍家に対して非礼になる。

「そのようないつわりは、できませぬ。貴方様から、親王様に、お詫び申上げて、おすがりできませぬか？」

醍醐秋基は、かぶりをふった。

「局殿。ただひとつ、手段《てだて》はありますぞ」

「どのようなてだてが……？」

「将軍家の夜伽《よとぎ》をなさる前に、親王様に、貴女をさし上げることです」

醍醐秋基は、蛇のような鋭い眼眸《まなざし》を据えた。

局は、さっと、蒼褪《あおざ》めた。

局は、処女であった。将軍家に処女をささげる生贄《いけにえ》となって、出府して来るまでには、覚悟をきめる人知れぬ努力をはらっている。そして、ようやく、心をおちつかせていた。

どうせ、命令によって、処女をすてるなら、対手が将軍家でも寛永寺の親王でも、同じようなものであるが……。

「局殿。わたしが、親王様に、おねがいするのは、この手段のほかはありませぬぞ」

「…………」

「いかがでしょう。決意して頂けませぬか？」

局は、俯向《うつむ》いた。

その様子を瞶《みつ》める醍醐秋基の表情が、一瞬、みだらな色を刷いた。

「それとも……この醍醐秋基と、相対死をなされるか？」

「え——？」

「どうせ、玉璽を喪っては、御府庫金はお借りできませぬ。われらは、京へ、手ぶらでは、帰れますまい。死んで、お詫び申すよりほかに罪はまぬがれませぬ」

「…………」

醍醐秋基は、ツツ……と膝行して、局の手を把《と》った。局は、びくっとなって、手を引こうとしたが、摑んだ力は強かった。

「局殿。わたしは、以前から、貴女が好きであった」

そう囁いて、醍醐秋基は、局をかかえた。

局は、男の胸へ、からだを崩して、喘いだ。

とたんに、

「阿呆――と申すのが、お手前がたのことだ」

その声が、かかった。

ぱっと、とびはなれた二人の前へ、几帳の蔭からのそりと現れた顔十郎は、大きなてのひらから、ころりと、畳の上へ、ころがしてみせた。玉璽であった。

夢中で、それをひろおうとする醍醐秋基の肩を、蹴とばしておいて、悠々と坐ると、

「お局さん、お佐和が斬られたなどとは、とんでもござらぬ。ぴんぴんいたして居りますよ。カラクリを申上げるならば、この三位中将という蝙蝠《こうもり》野郎が、いつの間にやら、公儀に懐柔されて、禁中を裏切ったのでござる。どうも察するところ、幕府の偉ら方のうち、三、四人が共謀になって、寛永寺の御府庫金を何十万両か猫ばばしようと企てたくさい。この三位中将さんは、その一味になって、四、五千両をせしめる肚《はら》とみた。いかがですかな、中将殿？」

「…………」

醍醐秋基は、死人のように蒼くなって、顫えた。

「まあ、こういう虫けらみたいな公卿衆は、生きようと死のうと、どうでもよろしい。しかし、見遁《みのが》せぬのは、お局さん、貴女の操《みさお》の行方だ。……女が、そうかんたんに、操を、心にもなく、呉れてやってよいものか、どうかですな。貴女には、心に宿した男の俤《おもかげ》はないのでござるか？　もしないのなら、いまからでも、おそくはない。ひとつ、慕う男をさがしてみられい。……ははは、野良犬同様の素浪人が、宮廷の身分高い女官に向って、恋をすすめるとは、奇妙な話だ」

顔十郎は、珍しく、むしゃくしゃした気分で、局を、冷やかに見据えた。

醍醐秋基が、隙をうかがって、遁げ出そうとした。

間髪を入れず、顔十郎の差料が鞘《さや》走って、したたかな峰打をくらわせた。

三位中将は、あっけなく、畳へのびてしまった。

局は、恐怖のまなざしを、顔十郎にあてていたが、そのうちに、その﨟《ろう》たけたおもてに、微妙な変化があらわれた。

ふたたび俯向いた顔から、ほろりと、ひとしずくの泪《なみだ》が、膝へ落ちるのを、顔十郎は、看た。

ながい沈黙ののち、局の口から、微かな声音が、もらされた。

「貴方様さえよろしければ、……わたくしを、おとりなされるが、よい」

「莫迦《ばか》莫迦しい！　くだらん！　……ああ、人間という奴は、くだらん！　……全く、やりきれん！」

深夜の大通りを、大声で吶《ど》鳴《な》り乍《なが》ら、顔十郎は、まんさんと、歩いていた。

酔っていた。三軒の居酒屋をはしごして、あびる程、飲んだのである。一升以上飲んだに相違ない。

しかし、五体は酔っていたが、脳裡の一点は、冴えていた。

大戸をおろした大店の前で、客を待っていた辻駕籠《つじかご》が、

「旦那、いいご機嫌で——。いっちょう、乗ってくれやすか？」

「駕籠に乗る人、乗せる人、そのまた草鞋《わらじ》を作る人か——。乗るぞ」

「へ、有難てえ。どちらへ——？」

「おれにも、わからん。この鼻が向いている方向へ行け」

「へえ？」

「鼻が西向きゃ、尻は東だ。どこへ行こうと、風次第——やれ、駕籠屋」

どさりと、乗ってから、顔十郎は、目蓋をとじた。

褥の上に横たわった緋のもの一枚になった女官の姿が、ちらちらと泛《うか》んだ。

顔十郎は、局を犯して来たのである。

顔十郎が、深川のお佐和の家をふらりと訪れたのは、夜あけ近くであった。

お佐和は、寝もやらずにいて、いそいそと出迎えた。

おもて向きは、踊りの師匠の看板をかかげていて、小意気なすまいであった。

茶の間に通って、長火鉢の前に坐った顔十郎の様子が、常とちがって、沈鬱なものであるのをみとめたお佐和は、しかし、すぐには訊かずに、黙って、香ばしいお茶をたてた。

「お佐和さん、酒はないか？」

「もうたくさん、召上って来たのじゃありませんか」

「ああ、飲んだ。あびるほどな——」

「旦那でも、酔いつぶれたくなる時が、あるのですか？」

「ある。われ乍ら、あさましい。豆腐の角へ、頭をぶちつけて、血反吐《ちへど》をはいて、くたばりたくなった」

「いったい、どうなすったのです?」

「野良犬が、立派な座敷へ、這い込んで、御馳走をくらって来たのだな」

「…………」

「うまかったな。しかし、食いつけないので、おもてへ出たら、げえっとなった」

「わかりませんねえ」

「わかってもらっては困る。……お佐和さん、お前さんは、実は、あの盲目のさむらいに、惚れているのではないのか? 憎悪もあるだろう。しかし、胸のうちのどこかには、きってもきれない絆で、つながっている気持があるのではないか?」

「どうしてそんなことをお訊きになるんです?」

「男の方は、お前さんを、この世で、たった一人の女、と思っている、とみたからだ」

「…………」

お佐和は、ふっと、遠くを視る面持になった。

「どうだ、お佐和さん?」

顔十郎は、酔眼を据えた。

お佐和は、ふっと、侘《わび》しげに微笑した。

「旦那――」

「うむ？」

「女は、男にすがらなければ、生きて行けないように、できているんでしょうねえ」

「やむを得ないな。それが、女のよさだ」

「わたしは、あの仁《ひと》を、毒蛇のように、きらっています。けど……、わたしに、惚れてくれてたのは、あとにもさきにも、あの仁だけだと、思うと――」

そこまで、云いかけた時、おもての格子戸がひき開けられた。

「佐和！」

その声に、お佐和は、息をのんだ。

「佐和、おれの坐り場所に、別の男を据えたな？」

「………」

「六郷で会った奴であろう。……今日こそ、勝負をつける。八幡の境内で、待っている」

格子戸が、閉められた。

しばらく、重苦しい沈黙があった。

顔十郎は、差料を把って、立った。

「旦那!」

お佐和が、必死な表情で、仰いだ。

「行かないで下さいまし!」

「そうは、参らんだろう」

「旦那は、酔っておいでです」

「むざとは、斬られぬ」

「わたしは、あの仁も、殺したくはありません」

「あいにくだった。袖すりあったのが、因果と申すものだな」

顔十郎は、一揖《いちゆう》して、おもてに出た。酔いはのこっていて、五体が、けだるかった。

四

夜が明けたばかりで、八幡の堂宇も、境内をかこむ杉木立も、まだ夜の中に沈んでいたひそやかさから目ざめないような淡い色をたたえていた。

屋根にも、梢《こずえ》にも、闇がのこっているようであった。

山門をしずかな足どりでくぐった顔十郎は、鐘楼をせおうて、幽鬼に似た痩軀を佇《たたず》ませている対手《あいて》を、看た。

まことに、無意味な決闘であった。それでいて、絶対にさけられぬ勝負という気がするのは、なぜであろうか。

――こんどは、敗れるかも知れぬな。

歩み寄って行き乍ら、顔十郎は、ふっと、そう感じた。

対手の名も知らぬのだ。しかも、盲目である。その敵に、この顔十郎が、斬られる。

――おれの最期にふさわしい、と思いたいところだが……。

顔十郎は苦笑した。

対手は、顔十郎が一間の距離を置いて立ちどまると、無言で、腰から、すらりと鞘《さや》走らせた。

「問答は、無用か――」

顔十郎は、呟いて、おのれも抜刀した。

脳裡は疼いているし、手にも足にも、重い鉛を詰めたような不快感があった。

対手は、尋常ならぬ風心の太刀を使うのである。これに応ずるには、目にもとまらぬ迅《はや》い動きを必要とする。いまの顔十郎には、おぼつかぬ。

妖気を湛《たた》えた敵の構えを、凝視しているだけで、眼球に痛みが走る。

顔十郎は、おのれに、絶望した。

敵は、すっと、一歩出て来た。

その時であった。

影のように、音もなく、顔十郎のわきを、お佐和が、あゆみ出た。

顔十郎には、制する余裕がなかった。

お佐和は、不意に、右手に短剣をひらめかせると、盲目の浪人めがけて、突進した。

一閃する白刃の下で、お佐和の肩から、血飛沫が噴いた。

噴かせつつ、地をすべったお佐和は、短剣を、良人の胸へ、突き刺した。

顔十郎は、折り重って崩れる男女を、茫然と、眺めた。

男は、わななく手で、女を、かき抱くようにした。女もまた、男の胸をさぐって、顔をすり寄せようとした。

顔十郎は、顔をそむけて、踵《きびす》をまわした。

……あてもなく道をひろう顔十郎のせなかに、朝陽が、あたった。

「おう、おう、おうっ……」

河岸からふっとんで、帰って来た魚屋が、

「何を、まごまごしてやがるんでえ。邪魔だ、邪魔だ！　素浪人野郎は、遠慮して、道の端を歩きゃがれ」

突きとばしておいて、その威勢のいいすてぜりふをのこした。

よろけ乍ら、顔十郎は、

——その通りだ。

と、頷《うなず》いていた。

——野良犬は、陽の当る往来なんぞ、遠慮すべきであろうな。

活気にみちた江戸の朝であった。

うろうろと、あてもなく、道をひろって行くのはこの化物面の男一人だけなのであった。

顔十郎は、はじめて、孤独のさびしさをおぼえた。

# 縄かけ地蔵

## 一

初夏であった。

大川を渡って来る風が、涼しい。

陽が落ちても、明るさがのこっているひととき、夕風に明石の裾《すそ》をとられて、前をおさえ乍《なが》ら、通って行く若い町女房の、緋縮緬《ひぢりめん》にからまれた素足の美しさなど、この季節のひろいものである。

両国の並び茶屋のひとつに、顔十郎は、腰かけて、今日も明日も、一向に為すべきあてもない者の、のんびりした様子である。

通行人のなかには、顔十郎の途方もない鼻と頤《あご》を見つけて、しげしげと好奇の目をあてて行く者があったが、当人は、そ知らぬふりをするのに、馴れている。

若い御用聞きが、腕を組んで、何やら思案ありげに、自分の足もとへ視線を落し乍ら、通りかかって来て、ふと、何気なく、顔を擡《あ》げたとたん、足を釘づけにした。

しかし、これは、顔十郎の異相におどろいたのではなかった。

顔十郎が、巨きな鼻さきで、小うるさく飛びまわる蠅を、人差指で、はじき落したのを見たのである。いかにも無造作な仕草であっただけに、若い御用聞きは、あっと、舌をまいたのであった。

近づいて来ると、いんぎんに、腰をひくめて、

「旦那――」

と、声をかけた。

「ぶしつけに、声をおかけ申して、失礼でございますが……、てまえ、十軒店で御用をつとめて居ります半次郎と申す者でございます。面識もないお仁《ひと》に、こんなお願いを致しますのは、十手を預っている身の恥でございますが……、是非おききとどけ下さいまし」

顔十郎は、いかにもキビキビした、小気味のいい気っぷだ、と観てとって、

「見らるる通りの素浪人だ。報酬しだいで、相談に乗ろう」

「へい——？」

「十六文で、どうだな？」

「え？　十六文と仰言いますと？」

「ただの十六文だ。あんまと同じ手間賃だな」

「御冗談を……」

「では、十六両、とふっかけたら、出せるか」

「い、いえ——」

「まあ、話してみるがいい」

半次郎は、自分のカンが当って、これは、たより甲斐のある人物だ、という期待をこめ乍ら、話しはじめた。

もう半刻して、伊豆の島から、御赦免船が、隅田川へ戻って来る筈である。それに、七年の島流しの刑をつとめあげた男が二人、乗っている。杉戸多門という浪人者と、寒夜の栄五郎という無職者《ぶしよくもの》である。

八年前の冬に、紺屋町の両替商「八幡屋」へ、五人組の強盗が押入って、千両箱を奪いとった事件が起ったが、ついに、下手人は、挙がらなかった。

翌年の春さき、八辻原で、三人の無職者が、斬られているのを、早朝、急ぎの医師が発見した。一人だけ、虫の息でいるのを、介抱してやると、八幡屋へ押入った五人組のうちの三人で、仲間割れして、浪人の杉戸多門から斬られた、と白状しておいて、事切れた。

杉戸多門と寒夜の栄五郎は、直ちに捕えられたが、ともに頑強に、罪状を否定した。したがって、奪った千両箱も、何処に隠匿したか、口を割らなかった。まだ、分配せずに、何処かに隠匿してあるのは、斬られた無職者が、云いのこしたことであった。

杉戸多門と寒夜の栄五郎は、白状せぬままに、七年の刑を申し渡されて、島流しになったのである。

「ふむ、そこで、帰って来た二人を捕えて、あらためて、千両箱をどこにかくしたか、泥を吐かせたいわけだな？」

顔十郎が、云った。

「左様でございます」

「奉行所の白洲の上でも、泥を吐かなんだ二人が、お前さんに口を割る筈もなかろう。二人は、もはや、天下晴れて、白昼大手をふって歩ける身になっている。十手を怕《こわ》がりはせぬぞ」

「ぜひ、旦那のお力をお借りしたいのでございます。お願い申します。……杉戸多門は、居合抜きの達人でございますし、寒夜の栄五郎は、諸方の賭場をわたり歩いて、いくども博徒の喧嘩の助人になって、人を斬った腕を持って居ります。てまえは、奴らを、自分一人で、捕えてやろうと肚をきめたものの、とても、敵わぬことだと、今日になって、あきらめかけて居りましたが……、旦那が、指さきで、蠅を打ち落すのを拝見して、このお仁にお願いすれば、と思いかえしたのでございます」

顔十郎は、しばらく、半次郎の必死な顔を眺めていたが、

「ひと芝居うつには、臨機応変が必要だが、やれるかな。やりそこなったら、対手は居合抜きだ、生命がないぞ。こっちは、十六文の奉仕をするだけだから、べつに覚悟はいらんが……」

と、云って笑った。

二

赦免船は、両岸の灯が美しく水面に映えた頃、汐風をはらんでいた帆をおろして、すべるように、永代橋をくぐって来た。

橋の欄干の上から、半次郎は、食いつくような視線を、それへ、そそいでいた。

半次郎の左右には、ひとかたまりずつ、五、六組の出迎人の群が、しのびやかに、待っていた。提灯を欄干から差出して、何やら叫んでいる鳶《とび》の者の組を除いては、いずれもみすぼらしい服装《なり》の人々で、幼い子も交えて、人目をはばかるように、ささやき声もひくい。

やがて、役人が呼びあげるのに応えて、陸へ上って来た囚人の頭数は、十二、三あった。

鳶の組は、身内を迎えて、どっと歓声をあげたし、貧しい家族は、働き手の元気な姿にすがりついて、哭《な》き声をたてた。

出迎えのない囚人も、五、六人いた。

半次郎は、すこし離れた地点から、丸腰の浪人者を、瞶《みつ》めていた。浪人者は、連れの男に、何か云って、笑った。連れの男も、にやりとした。

孰《いず》れも、世間のおもて通りを歩く人ていではない。

二人は、役人にも挨拶しようとはせず、さっさと、橋を渡りはじめた。

半次郎は、あとを追って、橋を渡りきったところで、声をかけた。

ふりかえった二人の目つきは、鋭かった。

「失礼乍ら、お二人さんの落着き先を、見とどけて来るように、お上から命じられて居ります。こっそり尾《つ》けるのは、失礼にあたると思って、声をかけました」

穏かに、云った。

「勝手に跟《つ》いて来るがいい。但し、まだ落着き先は、きめて居らぬぞ」

杉戸多門が、云った。

「落着き先を、長崎にきめたら、おめえさん、跟いて来るかね？」

寒夜の栄五郎が、せせらわらった。

「お上の命令ですから……」

「地獄の底まで、跟いて来るか。ははは……」

二人は、河岸道から、倉庫のならんだ淋しい通りへ折れた。陽が落ちると、このあたりは、ぱったり人影が絶える。

顔十郎は、いつの間にか、そこに佇《たたず》んで、待ちかまえていた。

「杉戸多門と寒夜の栄五郎だな？」

二間の距離を置いて、おそろしく大きな声をあげた。すでに、刀の鯉口を切っているる身構えを示していた。

「なんだ、貴様は？」

杉戸多門が、透し見て、凄味のある声をかえした。

顔十郎は、のしのしと迫って来て、

「朱雀の勘助、上総屋政吉、伊勢の久八——この三人が、地獄から迷い出て来て、わしをやとったと思え。千両箱をこっちへ渡してもらおう」

と、せいぜい、威嚇的な態度をつくってみせた。

「しゃらくせえ！」

栄五郎が、吐き出した。

しかし、二人とも素手であった。

悪党だけに、対手がどの程度の使い手か、すぐに観てとれたし、遁げるにしては、距離がなくなっていた。

と——。

半次郎が、すっと、二人の前へ出た。

「おめえさんに、この二人の身柄を渡すわけにには、いかねえ！」

そう云いはなって、腰の十手を抜きとった。

多門も栄五郎も、商家の手代になった方がよさそうな柔和な顔つきの若い岡っ引が、意外な度胸をそなえているのに、おどろいた様子であった。

「たわけ！　半季二朱の、下女より安い給金で、生命を粗末にしても、はじまるまいぞ！」

「うるせえっ！　来やがれ！」

半次郎は、別人のように精悍な身ごなしで、十手を突き出すと、じりじりと迫った。

「さらば、貴様をまず血祭にしてくれるか」

顔十郎は、抜刀するや、大上段に構えた。勿論、みじんの隙もない、みごとな構えであった。

宵闇の中にも、多門の目には、はっきりと、その修練ぶりが、看てとれた。

――青くさい岡っ引ごときの歯向える対手ではない。

多門は、半次郎が血煙りたてて仆《たお》れるのを、予測した。

ところが――。

次の瞬間、全く意外な番狂わせが、二人の目前で起った。

「ええいっ！」

気合凄じく斬りつけた――その一閃は、たとえ白昼であっても、目にとまらなかったであろう迅業《はやわざ》であった。にも拘らず、その跳躍が終った時、半次郎は、平然として、その場に立っていたし、顔十郎は、ひくく呻《うめ》いて、よろめいていたのである。

多門も栄五郎も、地ひびきたてて、ころがる顔十郎を、茫然と見やった。

「さきを急ぎましょうぜ。あんたがたを狙っている連中は、二人や三人じゃねえんだ」

そう促す半次郎が、二人には、急に、人間ばなれのした凄い男に思われた。

三

行先がないと云う二人を、半次郎が案内したのは、仙台堀に架った正覚寺橋の袂《たもと》にある舟宿であった。

二階におちついても、半次郎は、べつに自分からは、口をきこうとせずに、手酌で、ちびちびと、飲んだ。その様子が、かえって、二人の目には、薄気味のわるいものに映ったようであった。

「半次郎――さんと云ったな?」

多門の方から、話しかけて来た。

「お前さんは、おれたちが落着く先を見とどけると、云うが、どうやら、こんたんがあるようだな？」

「まあね」

半次郎は、無表情で、頷いてみせた。

「ひとつ、それを、きかせてもらおうじゃねえか」

「そちらさんが、正直に出てくれりゃ、話してもいい」

「というと？」

「千両箱を、どこにかくしてあるか、だ」

「…………」

「あっしは、べつに、小判が欲しいわけじゃねえ。八幡屋が、抜荷買いをやっている証拠をつかみてえんだ。その千両箱の蓋をひらいてみると、証拠が、つかめるんだ」

「なぜだ？」

「八幡屋は、呂宋《るそん》船を手先につかっている。今年のはじめに、平戸の沖で、松浦藩の軍船が、こいつをつかまえた。調べてみると、贋小判をたんまり持っていた。ということは、八幡屋が、つかませたことになるんだ」

これをきいた二人の顔色が変った。

半次郎は、その様子を見て見ぬふりをし乍ら、

「あんたが盗んだ千両箱も、贋小判のうたがいがある。もし贋小判だったら、こっちへ、渡してもらいてえ。ほんものだったら、一枚も要らねえ」

「…………」

半次郎は、二人を視た。

「さっきの浪人者も云った。岡っ引は、下女よりも安い給金で働いている。まじめに御用を勤めていては、十日で頤《あご》が干あがってしまう……。あっしは、ただの岡っ引じゃねえ。むかし、八幡屋と仲間になって、長崎で抜荷買いをやっていた男の倅だ。八幡屋に裏切られて、とっ捕って獄門になったんだ。この恨みを、親爺に代って、はらしてやるために、岡っ引になったと思ってもらいてえ。……なに、八幡屋の生命をもらうのは、造作のねえ話だが、それだけじゃ、芸がねえ。八幡屋が、抜荷をやっている証拠をつかんで、じわじわと頸を締めあげてやる料簡さ。……千両箱のひとつやふたつ、欲しがるような、ケチな根性なんざ、持っちゃいねえ」

むしろ穏かな、ひくい喋りかたが、かえって、この場合、効果があったようである。

重苦しい沈黙があってから、多門が口をひらいた。

「その話、嘘じゃねえだろうな？」

「嘘だと思うなら、八幡屋へ乗り込んで、あるじの背中を、剝いでみな。髑髏《どくろ》の刺青《いれずみ》がしてあるぜ」

「よし！　おれたちの行く先へ、案内してやろう。もし、贋金だったら、どうだ、お前さんの仇討に、おれたちを、一役ふりあてねえか？」

「いいだろう」

半次郎は、承知した。

本所中之郷南蔵院に、縄かけ地蔵または縛られ地蔵という盗難除けの地蔵尊がある。

享保の夏、室町越後屋の手代が、木綿の行商に出かけて、この地蔵尊の前まで来ると、銀杏の樹蔭がいかにも涼しそうなので、荷をおろして、ひと息入れるうちに睡気を催し、つい、うとうとと、まどろんだ。目がさめてみると、荷が無くなっているので、仰天した。

この訴えを受けた大岡越前守は、いやしくも地蔵菩薩ともあろう者が、荷を盗まれるのを傍観していたとは何事か、召捕って吟味してくれる、と同心に命じて、地蔵尊に、縄をかけさせ、大八車で白洲まで曳いて来させた。

この奇妙な裁判を観ようと、数百人が奉行所へ押しかけて来た。越前守は、頃合を見はからって、門を閉じさせ、無断で押し入って来るとは不届至極、各々木綿一反ずつの科料を申しつける、と一人のこらず住所氏名を記載させた。

集められた木綿の中に、被害者の木綿があったので、それを手がかりとして、盗人を召捕ることができた。科料の木綿は、いちいち呼び出して返してやり、地蔵尊はふたたび、南蔵院に安置された。

爾来《じらい》、盗難に罹《かか》った者が、その地蔵尊を、縄で縛って、願を掛ける風習ができた。

皮肉にも——。

多門と栄五郎が、次の日の昏《く》れがた、半次郎を案内したのは、その地蔵尊のうしろにある松の木立の中であった。

目じるしに据えておいた腰掛石を除くと、そこに、千両箱は、七年間ねむっていた。

半次郎は、腕を組んで、千両箱の蓋がひらかれるのを待っていた。

栄五郎が、小判の一枚を、つまみあげて、半次郎に、さし出した。

受けとって、嚙んでみた半次郎は、

「こいつは、ほんものだ」

と、呟いた。

多門と栄五郎は、顔見合せて、にやりとしあった。

「お前さんには、気の毒だったな。しかし、仇討には、一役買うぜ」

栄五郎が、狡猾《こうかつ》に、目を光らせ乍ら、云うと、半次郎は、かぶりをふった。

「贋金だったら、という約束だ。……それよりも、この千両箱は、ちイっとばかり、軽そうだな」

「なに？」

「穴から持ち上げるのを見ていたが、千両箱は、もうすこし重いものだぜ」

栄五郎は、あわてて、小判をかきわけてみた。その底には、杉板が重ねて敷いてあった。

栄五郎は、じろっと、多門を見上げた。

「多門さん、まさか、これは、あんたの仕業じゃあるめえな？」

「なにを云うか！　八幡屋の小細工に相違あるまい」

「さあ、どうかな。あんたには、あの頃は、借金が多かったぜ。女にも、金をみつがねばならなんだ」

「栄五郎！　貴様、濡れ衣をおれにかけて、実は、自身の仕業ではないのか？」

「なんだと？」

この問答をきいた半次郎が、ふいに、口をはさんだ。

「話をつけるのは、早い方がいい。一人がいなくなれば、のこった者が、そっくり一人占めできるというものだ」

その言葉のおわらぬうちに、多門の腰から、白い閃光が、迸《ほとば》しった。

居合抜きは、冴えていた。

栄五郎は、長脇差を抜きあわせるいとまもなく、血飛沫を撒いて、ころがった。

差料に血を吸わせた多門は、瞬間、半次郎も邪魔ものに思えたか、殺気をみなぎらせた眼光を、ぎろりと、送って来た。

半次郎は、三歩ばかり、しりぞいてから、十手を抜きはなった。

「杉戸多門、こんどこそ、獄門だぜ！」

「なにっ？」

「てめえに、罪を犯させるためにしくんだ狂言だと思え！」

「貴様、謀ったかっ！」

「そうよ！　まんまと、ひっかかりやがった、……八年前に、八幡屋へ押し入って、てめえ、大番頭を斬りやがったろう。あの大番頭は、あっしの兄だ！　兄のかたきを討つために、てめえが島から戻って来るのを、首を長くして待っていたんだ」

「おのれっ！」

多門が、悪鬼のように、躍りかかろうとした刹那——。

「軍師は、ここにいる」

背後から、あかるい声が、あびせられた。

ふりかえった多門は、巨きな鼻と長い頤の異相を見出すや、野獣のようにほえて、斬りかかって行った。

結果は、記すまでもないことであった。

# 虚々実々

## 一

両国広小路――。

芝居、見世物、寄席《よせ》、楊弓店、水茶屋などが、櫛比《しっぴ》する。それに、小商人、煮売、行商、香具師《やし》、野天芸人などが、縄張りをきめて、ずらりと並ぶ。空地など、一坪もなかった。

但し、この広小路には、公儀では、居住を許さなかった。したがって、茶店という名義の仮設家屋で、表面は、水人足と記帳されていた。すなわち、もし不時の出水があった場合、広小路で働く連中は、すべて水人足となって、両国橋を警護する任務があった。

その任務に免じて、平常は、広小路をうずめて、商売するのを黙許しておいたのである。

たとえば、将軍家が、隅田川を眺めに、お成りになる、となると、全部とりはらってしまって、その名の通り、人影もない、ひろびろとした広小路に還元することになるのであった。

俗に、広小路は、垢離場《こりば》と称《よ》ばれていた。

当時は、盆山といって、暑中を利用して、職人たちは、大山神社へ参詣したものであるが、その初登山のものは、両国橋袂《たもと》から、隅田川へ降りて、水垢離をとったのである。

朝のうちは、広小路の往還は、野菜市がひらかれる。市が退けてから、芝居、寄席がはじまる。ひっぱりの見世物よりは、高小屋が多く、寄席などには、名人と称される人々も高座に坐った。

勤番の田舎ざむらいや、江戸見物の三太郎婆《ばば》など、いちどは、この垢離場へ来て、その繁昌ぶりに、びっくりすることになる。江戸では、浅草奥山と、その賑《にぎわ》いを、ふたつに分けていたのである。したがって、巾着切のたぐいも、絶え間なく出没している。

顔十郎が、女芝居と色物席にはさまれた小路角に、

『よろず相談どころ』

という幟《のぼり》をたてて、その異相を終日、さらしはじめてから、もう十日あまりになった。

ひやかしに立寄る者は、あったが、一向に、真剣な相談をしかけて来る者はなかったので、顔十郎は、長い頤《あご》を撫で乍《なが》ら、織るような人の群を、無為に眺めてすごしていた。

今日も――。

騒音の絶え間のない、正午《どん》の賑いが来た。

人ごみの中から、すっと顔十郎の前に立ったのは、お高祖頭巾の若い女であった。

江戸前の、まなじりの切れた、鼻すじの細く高く通った佳い女であった。粋ごのみの着つけで、いずれは、黒板塀に見越しの松の、凝《こ》ったつくりの家の囲われ者と、おぼしい。

「旦那、辻占を観たてて下さいますか？」

歯ぎれのよい、綺麗な声音で、問うた。

「お好み次第だ」

顔十郎は、笑ってみせた。

女は、袂をさぐって、三つ四つ、とり出した。

顔十郎は、

「ひとつ、情歌で観たてるか」

と、云った。

「お願い申します」

女は、にこりとした。

「読んでもらおうか」

「はい——」

女は、そのひとつをひらいた。

「縁は、異なもの」

「うむ、縁は異なものか。縁は、異なもの、操《みさお》の松を退いてすすきに、宿る月」

「長し短し」

「長し短し、帯解《と》く夜半《よわ》と、たすき掛けして添うた日は」

顔十郎のこたえは、間髪入れぬ鮮やかさであった。

「思いの種」

「――からつい芽がはえて、顔の色まで青くなる」

「願い叶う」

「――て世間を見れば、角のとれたる鬼ばかり」

この問答を、すこしはなれた場所から、じっと見まもる山岡頭巾の武士があった。熨斗目《のしめ》の紋服をつけた、かなりの身分の人と、みえた。若党を二人、したがえている。

「こんどは、三十六歌仙で、お願い申します」

女は、云った。

「結構だな」

顔十郎は、応じた。

「短夜の更けゆくままに高さごの峰のまつ風吹くかとぞきく」

女は、小声で、よみあげた。

顔十郎は、ふっと、

――これア、育ちがいいな。

と思いつつ、

「それかあらぬか、雨よぶ蛙、主の足音かくすのか」

「わびぬれば、身を浮き草の根を絶えて、誘う水あらば、去《い》なんとぞ思う」

「盛りすごして散る花さえも嵐に未練があるらしい」

女は、うてばひびく顔十郎の当意即妙のかえしに、満足そうに、

「どうも、有難う存じました」

と、礼をのべて、二分金を見台に置いた。見料としては、あまりに多すぎる。気まぐれにしては、すこし面妖《おか》しい。

しかし、顔十郎は、黙って、受けとった。

二

女が去って、顔十郎は、ひとりにやりとすると、見台にのこされたさいごの辻占をひらいてみた。

うれしいこと、とある。

「うれしい事やら、悲しい事の、なかに誠と嘘がある、か」

そう呟いた時、一人の若党が、寄って来た。

「卒爾《そつじ》乍ら――」

「ああ?」

「てまえの主人が、貴方様に、一席設けたいと申して居りますが、おつきあい下さいますまいか?」

山岡頭巾の武士が、自分を見まもっていたことは、すでに気がついていた顔十郎であった。

「ご主人と申されると?」

「仔細あって、身分はかくして居ります。面眉《めんび》の上で、とくと、お願い申上げたき儀がありますれば、まげてご承諾下さいますよう……。お礼のほどは、充分に——と申して居ります」

「大道易者に、ごていねいな口上ですな。参ろう」

広小路から、浅草御門前を過ぎて、神田川沿いに、柳原堤を辿《たど》る。

並んだしだれ柳が、微風にゆれて、初夏の陽ざしをはね乍ら、無数の小さな光を撒いていた。遠く、定斎《じょうさい》の音が、ひびいて来るほかは、澄んだ空気は、ひっそりとして、のびやかな佳い午后であった。

ふしぎに、この柳原堤は、人影のすくない通りであった。

いくぶん猫背になって歩く若党のあとから、ふところ手で、跟《つ》いて行き乍ら、顔十郎は、なんとなく、泰平の世の静けさを、しみじみと、胸に感じていた。

しかし——。

顔十郎という男に与えられているのは、こうした平和な時が突如として一変して風雨につつまれる運命であることを、これまでの過去が証明している。いまもまた、例外ではなかった。

紅網代の女乗物が二挺、しずしずと近づいて来た。大奥の女中が表使いに出たものと、見受けられた。うしろに、伊賀者、お小人が、四人したがっていた。

二挺は、殆んど間隔をあけずに、ならんでいた。

しきたりとして、どんな身分の高い、たとえ大名であっても、忍びの往復をしている場合は、通行人はこれをさける必要はなかった。

正式の代参、表使いならば、使番の旗本が、乗物の前にいる筈であった。いないのは、忍びを意味する。

顔十郎は、ふところ手のまま、通りぬけようとした。

先の駕籠《かご》脇を過ぎた——その刹那であった。

ふたつの駕籠から、まったく同時に、手槍が、顔十郎めがけて、噴いて出た。

一槍は背中を、一槍は胸を——見事な手練の迅業《はやわざ》によって、みじんの狂いもなく、狙ったのである。

後日、この瞬間を思い浮べるたびに、顔十郎は、背すじが冷たくなる戦慄をおぼえたことである。

どうして、躱《かわ》し得たか、おのれ自身おぼえてはいなかった。

気づいた時には、地に片膝ついて、二槍のけら首を摑んでいた。

摑んだまま、やおら身を起して、無言で待った。

対手《あいて》がたの出様が判らなかったし、こっちは心気を正常にかえすためであった。

二槍は、引かれもせず、顔十郎の双腕にゆだねられたなり、その沈黙の中に、あった。

顔十郎は、ふたつの乗物のむこう側に、すっと、出現した対手がたを視て、二槍を抜きとって、地に立てた。

あらわれたのは、どこといって特徴のない、目だたぬ風貌の持主たちであった。武士のうちでも、下級に属するみなりであった。

——公儀庭番（隠密）だな。

顔十郎は、さとって、

「この痩犬を片づけるのに、念の入ったしかけだが……どういうのであろうな？」

そうあびせて、にやりとした。

対手がたは、無表情で、乗物をまわって、前へ出た。

すでに、刀の鯉口をきっていた。

顔十郎は、なお両手で、二槍を立てたまま、対手がたを見くらべていた。

二本の白刃が、宙に閃いた瞬間、顔十郎は、地を蹴った。

隠密たちは、当然、顔十郎が、左右に摑んだ槍を同時に使って、応戦するものと、考えたに相違ない。

くり出して来る槍の穂先を両断して、抜刀しようとする顔十郎に、そのいとまを与えずに、とびかかって、仕止める。

とっさに、その戦法をとるべく、隠密たちは、威嚇のひと振りを示したのであった。

顔十郎が、それに対して、えらんだ動きは、二槍を利用して、地を蹴って、後方の堤へ跳び退ることであった。

隠密たちとの距離に、二間余り遠のくを得た。

「お主らは、刺客となるために、公儀に飼われている。人間として、最も惨めな存在だ。そういう輩とたたかうのは、愚の骨頂だ。御免――」

そう云いのこして、顔十郎は、堤から消えうせた。

二人の隠密は、冷たい眼眸《まなざし》を合わせた。

無言であったが、互いに、追い討つことが無駄とさとったことを、みとめあった。

三

急勾配の斜面をすべり降りて、顔十郎は、ふりかえった。

追って来ない、と知って、やれやれと、大きなてのひらで、顔をひと撫でした。汗は、全身に滲んでいた。

そのおり、ゆっくりと、神田川をさかのぼって来た屋形舟が、顔十郎の前で、停められた。

なんとなく、そうするように、あらかじめ打合せでもしてあったように、顔十郎は、一間を跳んで、ひょいと、舳《みよし》に移った。

「船頭、造作《ぞうさ》になる」

そうことわった顔十郎は、そこへしゃがみ込もうとした。

すると、障子が開けられて、

「お入んなさいまし」

と、ききおぼえのある声が、呼んだ。

頭をまわした顔十郎は、のぞいているお高祖頭巾を見た。

辻占を観たてさせた女にまぎれもなかった。

――おあつらえ向きすぎる。

顔十郎は、苦笑した。

「やあ――これは」

あかるく、大声でこたえて、顔十郎は、ひょろ高い痩身を跼《かが》めて、屋形の中へ、の
そのそと入って行った。

女は、ひとりで、愉しんでいたものか。酒肴の膳が、膝の前にあった。

顔十郎が、あぐらをかくと、女は、優しく微笑みかけて、

「どうなさいました？」

と、問うた。

「どうもせぬが……」

「それなら、よろしゅうございますが、すこし、お顔の色が――」

「蒼いか。ははは……おはずかしい次第だ」

「いつ、どこで、くたばっても一向にさしつかえない、と肚《はら》にきめていた男が、思いがけず、恐怖心を持っていた、と判ったということだ」

「それは、よろしゅうございました」

「なぜだな？」

「生命が惜しいとわかれば、これからは、充分用心なさいましょう」

「用心して、どうなる？」

「わたしに、おたずねになるまでも、ありますまいに——」

——これは、目から鼻へ抜ける女だ。

顔十郎は、大きく頷《うなず》いて、

「ひとつ、盃を頂こうか」

「わたしが、よごして居りますけど、かまいませんか」

「結構だ、ひとつ、辻占のつづきをやろうではないか」

「お願いしましょう」

「よしわるし——とは？」

「思い設けぬ、と参ります」

「ふむ。思い設けぬ首尾よりいつか」

「昨日知らない苦もふえる」

「できた。うまい」

顔十郎は、盃に酒を受けて、飲んだ。

舟は、艫音《ろおと》を単調にひびかせ乍ら、神田川をさかのぼって行った。

和泉橋をくぐり、やがて、筋違《すじかい》御門まで来て、艫音をとめた。

その時、顔十郎は、手枕をして、女の前に横たわっていた。

盃に四、五杯の酒で、酔うような男ではなかったが、急に、

「ねむい」

と、呟《つぶや》いて、からだを倒してしまったのである。

女は、その寝顔へ、冷やかな眼眸《まなざし》をくれていた。

「生命が惜しければ、充分用心するがいい、と忠告した筈なのに……」

皮肉な呟きにも、つめたいひびきがあった。

舟がつけられた石垣の上には、山岡頭巾の武士が、立っていて、すっと乗り込んで来て、障子を開けた。

じろっと、顔十郎へ一瞥をくれて、

「他愛のないものだな」

と、云った。

「どうなさいます。この仁《ひと》を？」

女は、ちょっと不安げに、訊ねた。

「さあ、どういたそうか。使える男だが、所詮はひねくれた素浪人だ。これ以上、野放しには、いたして置けぬ」

大目付、浅野図書は、云った。

二年前に、顔十郎を、百両出してやとった人物であった。

百両でも、安いくらいであった。下したいくつかの任務は、公儀庭番が幾人か生命を落した危険きわまるものであったが、顔十郎は、平然として引受けて、ひとつとして、失敗はしなかった。

失敗があれば、それは、顔十郎から仕事を引継いだ隠密の挫折によるものであった。

味方として、これほど心丈夫な、信頼の置ける人物は、いなかった。

江戸へ戻って来た顔十郎を、浅野図書は、いくどか、人を遣《や》って、呼んだが、無駄であった。

もはや、顔十郎に、その意志がない、とさとった浅野図書は、非常の手段をとることにしたのである。

二挺の女乗物から、手槍を噴かせる策を指令したのは、浅野図書であった。しかし、顔十郎がそれで、むざと生命を落すであろうか、と疑ったのも、図書自身であった。

槍の攻撃を躱《かわ》した顔十郎が、どう遁《のが》れるか。そこまで、考慮したのは、流石《さすが》であった。

退路を断ち、行手をさえぎる伏兵を備えておけば、それとさとった顔十郎は、神田川へ飛び込むに相違ない。

網を、そこに仕掛けておけば、這い込むであろう、と謀《はか》り、みごとに、図に当ったのである。

顔十郎は、ひとすじ、よだれをたらして、全く痴呆の寝顔をみせている。

「おえん、先に行け」

「はい」

女は、立ち上って、あっとなった。

帯が、ばさと解けて、足もとに落ちた。

いつの間にか、せなかで、ま二つに両断されていたのである。

はっとなって、顔十郎へ視線をまわしかけた浅野図書は、瞬間、ばらっと、髪毛《かみのけ》が顔へ落ちかかって、

「うっ！」

と、呻いた。

反射的に、手を頭にやった。髷《まげ》がなかった。

はね起きた気配もなしに、顔十郎は、のっそりと立ち、すでに刀は、鞘《さや》に納めていたのである。

「大目付殿。どうやら、陸へ上ることのできるのは、それがし一人のようですな」

いっそ、のんきな口調で、あびせておいて、

「おえんさん。たしかに、用心するにこしたことはないようだな。そこで、楽あれば苦、とはどうだな。月でさえも、満ちたり欠けたりするので、風情がある」

「…………」

おえんは、着物の前をおさえ乍《なが》ら、いまは顔十郎へ、畏敬《いけい》の眸子《ひとみ》をあてていた。

たしかに、顔十郎は、毒入りの酒を飲んだとみえたのである。飲んだとみせて、飲まなかった手妻《てづま》は、神技というほかはない。

「間夫《まぶ》と客との忠臣蔵の、幕にゃ表と裏がある。ははは……どうやら、今日の辻占は、裏と出た。明日は、大目付殿に、帯を買ってもらうことだ、おえんさん。そのお礼に、大目付殿のあたまを、つるつるに丸めてやるのだな」

（下巻へつづく）

本作品中に、身体の障害や人権にかかわる差別的表現がありますが、著者に差別を助長する意図はなく、また著者がすでに故人であるため、表現の削除、変更をせず、原文のままにしました。

編集部

新装版《しんそうばん》 顔十郎罷り通る《かおじゅうろうまかりとお》(上)

柴田錬三郎《しばたれんざぶろう》



講談社文庫

定価はカバーに
表示してあります

2006年8月11日第1刷発行

発行者——野間佐和子

発行所——株式会社　講談社

東京都文京区音羽2-12-21　〒112-8001

電話　出版部 (03) 5395-3510

販売部 (03) 5395-5817

業務部 (03) 5395-3615

Printed in Japan

デザイン—菊地信義

本文データ制作—講談社プリプレス制作部

印刷———豊国印刷株式会社

製本———株式会社大進堂

落丁本・乱丁本は購入書店名を明記のうえ、小社業務部あてにお送りください。送料は小社負担にてお取替えします。なお、この本の内容についてのお問い合わせは文庫出版部あてにお願いいたします。

ISBN4-06-275478-9

# 講談社文庫刊行の辞

二十一世紀の到来を目睫に望みながら、われわれはいま、人類史上かつて例を見ない巨大な転換期をむかえようとしている。

世界も、日本も、激動の予兆に対する期待とおののきを内に蔵して、未知の時代に歩み入ろうとしている。このときにあたり、創業の人野間清治の「ナショナル・エデュケイター」への志を現代に甦らせようと意図して、われわれはここに古今の文芸作品はいうまでもなく、ひろく人文・社会・自然の諸科学から東西の名著を網羅する、新しい綜合文庫の発刊を決意した。

激動の転換期はまた断絶の時代である。われわれは戦後二十五年間の出版文化のありかたへの深い反省をこめて、この断絶の時代にあえて人間的な持続を求めようとする。いたずらに浮薄な商業主義のあだ花を追い求めることなく、長期にわたって良書に生命をあたえようとつとめるところにしか、今後の出版文化の真の繁栄はあり得ないと信じるからである。

同時にわれわれはこの綜合文庫の刊行を通じて、人文・社会・自然の諸科学が、結局人間の学にほかならないことを立証しようと願っている。かつて知識とは、「汝自身を知る」ことにつきていた。現代社会の瑣末な情報の氾濫のなかから、力強い知識の源泉を掘り起し、技術文明のただなかに、生きた人間の姿を復活させること。それこそわれわれの切なる希求である。

われわれは権威に盲従せず、俗流に媚びることなく、渾然一体となって日本の「草の根」をかたちづくる若く新しい世代の人々に、心をこめてこの新しい綜合文庫をおくり届けたい。それは知識の泉であるとともに感受性のふるさとであり、もっとも有機的に組織され、社会に開かれた万人のための大学をめざしている。大方の支援と協力を衷心より切望してやまない。

一九七一年七月

野間省一

# 講談社文庫 最新刊

大道珠貴　ひさしぶりにさようなら　怠惰同士がめぐり合い、結婚し、子を育て……。底なし沼のような家族関係を描いた2作品。

大沢在昌　新装版 氷の森　冷血な男がこの街にいる——『新宿鮫』ブレイク前夜の大沢ハードボイルドの原点、新装版。

高橋克彦　竜の柩(3)(4)　龍とともに空に舞った九鬼虹人が辿り着いた場所とは——時空を超え、伝説を創造する！

竹内　真　じーさん武勇伝　喧嘩の連勝記録を続ける畳職人のじーさん。今度は南の島で宝探しに熱中して大騒動に！

たつみや章　ぼくの・稲荷山戦記　古い稲荷神社にまつわる秘密をマモルは知ってしまい……。講談社児童文学新人賞受賞作

橘　もも　バックダンサーズ！　カッコいい女の子の夢がぎっしり詰まった本格ストリートダンス映画を華麗に小説化！

衿野未矢　「男運の悪い」女たち　「男運が悪い」のは自分のせい？　女性の心理を暴くルポ。『恋愛依存症の女たち』改題。

藤田紘一郎　ウッふん　〝カイチュウ博士〟だから言える排泄の大切さとは。超清潔志向の社会におくる面白エッセイ。

柴田錬三郎　新装版 顔十郎罷り通る(上)(下)　義理や名誉は大嫌い。酒と女を生きがいに、浮世の常識の埒外に生きる顔十郎の冒険譚。

多田克己 絵・京極夏彦　百鬼解読　京極堂シリーズを彩る数多の妖怪を稀代の「妖怪馬鹿」が精緻に解説。作家自身が絵を付す。

保阪正康　昭和の空白を読み解く〈昭和史　忘れ得ぬ証言者たち　Part2〉　いったいあの時、何がおきたのか。当事者に単刀直入に切り込み、時代の襞《ひだ》に光をあてる。

講談社文芸文庫

田村泰次郎
# 肉体の悪魔・失われた男
解説＝秦昌弘　年譜＝秦昌弘
一兵卒としての中国従軍体験は、理念や思想の虚妄を教え、兵士たちの犯す罪業や現地の人々の惨苦を透徹した眼差しでとらえることを強いた。戦争をめぐる傑作選。
たAD1　198451-9

高橋英夫
# 新編 疾走するモーツァルト
解説＝清水徹　年譜＝著者
小林秀雄、河上徹太郎等、日本人のモーツァルト受容史を精緻に跡づけ、その音楽のミステリアスな魅惑に迫る表題作に、モーツァルトをめぐる随筆十四を加えた新編。
たG3　198450-0

駒井哲郎
# 白と黒の造形
解説＝粟津則雄　年譜＝中島理壽
現代銅版画の先駆的役割を果し、極限の美の世界に生を賭した芸術家。その創造の秘密にふれる芸術論、ルドン、クレーらへのオマージュ等、ポエジー溢れる随筆集。
こP1　198449-7

## 講談社文庫　目録

## 講談社文庫　目録

島田荘司　眩（めまい）暈
島田荘司　アトポス
島田荘司　異邦の騎士
島田荘司　改訂完全版 異邦の騎士
島田荘司　島田荘司読本
島田荘司　御手洗潔のメロディ
島田荘司　Pの密室
塩田潮　郵政最終戦争
清水義範　蕎麦《そば》ときしめん
清水義範　国語入試問題必勝法
清水義範　永遠のジャック&ベティ
清水義範　深夜の弁明
清水義範　ビビンパ
清水義範　お金物語
清水義範　単位物語
清水義範　神々の午睡(上)(下)
清水義範　私は作中の人物である
清水義範　春高楼の
清水義範　イエスタデイ

清水義範　今どきの教育を考えるヒント
清水義範　人生うろうろ
清水義範　青二才の頃〈回想の'70年代〉
清水義範　日本ジジババ列伝
清水義範　日本語必笑講座
清水義範　ゴミの定理
清水義範　目からウロコの教育を考えるヒント
清水義範　世にも珍妙な物語集
清水義範　ザ・勝負
清水義範 西原理恵子・え　おもしろくても理科
清水義範 西原理恵子・え　もっとおもしろくても理科
清水義範 西原理恵子・え　どうころんでも社会科
清水義範 西原理恵子・え　もっとどうころんでも社会科
清水義範 西原理恵子・え　いやでも楽しめる算数
清水義範 西原理恵子・え　はじめてわかる国語
椎名誠　フグと低気圧
椎名誠　犬の系譜
椎名誠　水域
椎名誠　にっぽん・海風魚旅〈怪し火さすらい編〉

椎名誠　もう少しむこうの空の下へ
椎名誠　モヤシ
東海林さだお 椎名誠　やぶさか対談
真保裕一　連鎖
真保裕一　取引
真保裕一　震源
真保裕一　盗聴
真保裕一　朽ちた樹々の枝の下で
真保裕一　奪取(上)(下)
真保裕一　防壁
真保裕一　密告
真保裕一　黄金の島(上)(下)
真保裕一　発火点
真保裕一　夢の工房
周大荒 渡辺精一訳　反三国志(上)(下)
篠田節子　贋《がん》作《さく》師《し》
篠田節子　聖域
篠田節子　弥勒
笙野頼子　居場所もなかった

講談社文庫　目録

# 講談社文庫　目録

# 講談社文庫　目録

高橋克彦　火　怨〈北の燿星アテルイ〉(上)(下)
高橋克彦　時　宗　壱　乱星
高橋克彦　時　宗　弐　連星
高橋克彦　時　宗　参　震星
高橋克彦　時　宗　四　戦星〈全四巻〉
高橋克彦　京伝怪異帖　巻の上　巻の下
高橋克彦　天を衝く(1)〜(3)
高橋克彦　ゴッホ殺人事件(上)(下)
高橋　治　男　波　女　波〈放浪一本釣り〉(上)(下)
高橋　治　星　の　衣
高樹のぶ子　氷　炎
高樹のぶ子　妖しい風景
高樹のぶ子　エフェソス白恋
高樹のぶ子　満　水　子(上)(下)
田中芳樹　創竜伝1〈超能力四兄弟《ドラゴン》〉
田中芳樹　創竜伝2〈摩天楼の四兄弟《ドラゴン》〉
田中芳樹　創竜伝3〈逆襲の四兄弟《ドラゴン》〉
田中芳樹　創竜伝4〈四兄弟《ドラゴン》脱出行〉
田中芳樹　創竜伝5〈蜃気楼都市《ミラージュ・シティ》〉

田中芳樹　創竜伝6〈染血の夢《ブラッディ・ドリーム》〉
田中芳樹　創竜伝7〈黄土のドラゴン〉
田中芳樹　創竜伝8〈仙境のドラゴン〉
田中芳樹　創竜伝9〈妖世紀のドラゴン〉
田中芳樹　創竜伝10〈大英帝国最後の日〉
田中芳樹　創竜伝11〈銀月王伝奇〉
田中芳樹　創竜伝12〈竜王風雲録〉
田中芳樹　魔天楼〈薬師寺涼子の怪奇事件簿〉
田中芳樹　東京ナイトメア〈薬師寺涼子の怪奇事件簿〉
田中芳樹　巴里《パ》・妖都変〈薬師寺涼子の怪奇事件簿〉
田中芳樹　クレオパトラの葬送〈薬師寺涼子の怪奇事件簿〉
田中芳樹　西風の戦記《ゼピュロシア・サーガ》
田中芳樹　夏　の　魔　術
田中芳樹　窓辺には夜の歌
田中芳樹　書物の森でつまずいて……
田中芳樹　白　い　迷　宮
田中芳樹　春　の　魔　術
田中芳樹　幸田露伴　原作　運　命〈二人の皇帝〉
田中芳樹　土屋　守　「イギリス病」のすすめ

田中芳樹ほか文　皇名月　画・文　中国帝王図
田中芳樹　赤城　毅　中欧怪奇紀行
高任和夫　架　空　取　引
高任和夫　粉　飾　決　算
高任和夫　告　発　倒　産
高任和夫　商社審査部25時〈知られざる戦士たち〉
高任和夫　起　業　前　夜(上)(下)
高任和夫　燃　え　る　氷(上)(下)
谷村志穂　十四歳のエンゲージ
谷村志穂　十六歳たちの夜
谷村志穂　レ　ッ　ス　ン　ズ
高村　薫　李　歐《りおう》
高村　薫　マークスの山(上)(下)
多和田葉子　犬　婿　入　り
岳　宏一郎　蓮如夏の嵐(上)(下)
岳　宏一郎　御　家　の　狗
武　豊　この馬に聞いた！フランス激闘編
武　豊　この馬に聞いた！炎の復活凱旋編
武　豊　この馬に聞いた！1番人気編

武　豊　この馬に聞いた！　大外強襲編
武田　圭　南海楽園〈タヒチ、バリ、モルジブ……サーフィン一人旅〉
高橋直樹　湖賊の風
橘　蓮二　狂言の自由〈茂山逸平写真集〉
橘　蓮二
吉川　潮　高座の七人〈当世人気噺家写真集〉
橘　蓮二
監修・高田文夫　大増補版 おあとがよろしいようで〈東京寄席往来〉
多田容子　柳影
多田容子　やみとり屋
田島優子　女検事ほど面白い仕事はない
高田崇史　QED〈百人一首の呪《しゅ》〉
高田崇史　QED〈六歌仙の暗号〉
高田崇史　QED〈ベイカー街の問題〉
高田崇史　QED〈東照宮の怨〉
高田崇史　QED〈式の密室〉
高田崇史　QED〈竹取伝説〉
高田崇史　試験に出るパズル〈千葉千波の事件日記〉
高田崇史　試験に敗けない密室〈千葉千波の事件日記〉
高田崇史　試験に出ないパズル〈千葉千波の事件日記〉
竹内玲子　笑うニューヨーク DELUXE

竹内玲子　笑うニューヨーク DYNAMITES
竹内玲子　笑うニューヨーク DANGER
高世　仁　拉致〈北朝鮮の国家犯罪〉
田中秀征　梅の花咲く〈決断の人・高杉晋作〉
団　鬼六　外道の女
立石勝規　田中角栄・真紀子の「税金逃走」
高野和明　13階段
高野和明　グレイヴディッガー
高野和明　K・Nの悲劇
高里椎奈　銀の檻を溶かして〈薬屋探偵妖綺談〉
高里椎奈　黄色い目をした猫の幸せ〈薬屋探偵妖綺談〉
高里椎奈　悪魔と詐欺師〈薬屋探偵妖綺談〉
大道珠貴　背く子
高橋和女　流棋士
高木　徹　ドキュメント 戦争広告代理店〈情報操作とボスニア紛争〉
平安寿子　グッドラックららばい
高梨耕一郎　京都 風の奏葬
高梨耕一郎　京都半木の道 桜雲の殺意
陳　舜臣　阿片戦争 全三冊

陳　舜臣　中国五千年(上)(下)
陳　舜臣　中国の歴史 全七冊
陳　舜臣　小説十八史略 全六冊
陳　舜臣　琉球の風 全三冊
陳　舜臣　山河在り(上)(中)(下)
陳　舜臣　獅子は死なず
陳　舜臣　小説十八史略 傑作短篇集
張《チャン》仁《イン》淑《スク》　凍れる河を超えて(上)(下)
津島佑子　火の山――山猿記(上)(下)
津村節子　智恵子飛ぶ
津村節子　菊日和
津本　陽　塚原卜伝十二番勝負
津本　陽　拳豪伝
津本　陽　修羅の剣(上)(下)
津本　陽　勝つ極意 生きる極意
津本　陽　下天は夢か 全四冊
津本　陽　鎮西八郎為朝
津本　陽　幕末剣客伝
津本　陽　武田信玄 全三冊

2006年6月15日現在